강의실 밖 고전여행

③

이강엽 고전 여행 시리즈

강의실 밖 고전 여행

③

평민사

□ 책머리에

요사이는 종종 80년대의 음악을 듣는다. 80년대가 '과거'로 기억되리라고는 생각지도 못했던 시절, 그때 듣던 그 노래들이다. 새로 나온 노래라고는 변변히 아는 게 없으니까 그렇기도 하지만 내게는 80년대 노래만큼 편하게 와 닿는 노래가 없기 때문이기도 하다. 그러나 그렇다고 해도 그 시절의 그 노래가 모두 다 좋은 노래일 수는 없다. 20년의 세월이 지난 지금도 손쉽게 들을 수 있고 또 애써 간수하여 즐겨듣는 노래들에는 무언가 다 곡절이 있다. 한 시기를 풍미했다거나 그 노래를 부른 가수가 생명력이 있다거나, 이도 저도 아니라면 최소한 나에게만이라도 특별한 노래이기 쉽다.

고전은 누가 뭐래도 지난 시기에 만들어진 작품들이다. 현재 통용된다 하더라도 어쩔 수 없이 세월을 담아 전해오는 작품들이다. 그러나 그 세월이 낡기만 한 것이 아니라 연륜으로 느껴질 때 진정한 고전이 된다. 세월의 아픔을 고스란히 담고, 세월의 풍상을 건뎌낸 작품이라야 여지껏 살아 숨쉬는 것이다. 고전이 아름다운 이유도 거기에 있고, 또 설령 그 모습이 흉하더라도 함부로 내칠 수 없는 이유 또한 거기에 있다. 가능하면 많은 사람들이 그 고전에 겹겹이 쌓인 그런 흔적들을 찾아내 주길 희망하며 3권을 내보낸다. 물론, 이런 말이 필요 없이 이 책 한 권으로 실제 그렇게 된다면 더 바랄 것이 없겠지만, 1, 2권을 낸 경험으로는 감히 기대할 것이 못된다.

다만 변명 삼아 말해둘 것은 여기 실린 여러 작품들의 선별 기준에 관해서이다. 독자들 중에서는 한국의 고전을 이야기하는 데 왜 꼭 이런 작품들이어야 하는가 의아해할 수 있을 것이다. 특히 고전에 소양이 깊은 독자들이라면 학교에서 배운 많은 작가나 작품들을 제쳐두고 다소 엉뚱해 보이는 내용들이 돌출하는 데 대해서 불만이 없지 않겠다. 그러나 이 역시 내게 다가오는 80년대의 노래와 같은 맥락에서 설명할 수밖에 없다. 어떤 작품은 워낙 탁월한 작품성 때문에, 또 어떤 작품은 작품성은 의심스러워도 그 끈질긴 생명력 때문에, 또 어떤 작품은 나에게 특별한 작품이기 때문에 선별된 것이다. 맨 마지막 경우는 좀 불공정하다고 여길 수도 있겠으나, 내가 좋아하고 남들보다 더 잘 설명할 수 있기 때문이라는 말말고는 달리 할 말이 없다.

이번 권 역시 매 강의마다 작품, 갈래, 주제를 다루고 있다. 작품이면 작품, 갈래면 갈래, 주제면 주제별로 다루는 것이 일관성이 있어 보이기는 하겠지만, 필자가 실제로 강의를 할 때 그렇게 할 뿐만 아니라 그렇게 하는 것이 고전문학을 이해하는 데 가장 효율적일 듯하기 때문이다. 작품을 심도 있게 이해하는 것은 물론 필요한 일이며, 고전문학에만 있고 현대문학에서는 자취를 감춘 갈래들에 대한 설명 역시 없어서는 안 될 것이다. 더욱이 고전을 옛문학으로만 묶어두지 않으려면 고전과 현대를 관통하는 끈을 잡아두어야 하는데 그러기 위해서는 주제론적 접근을 하는 것이 큰 도움이 된다. 〈토별가〉나 『옹고집전』 같은 개별 작품, '자연'이나 '원(怨)과 한(恨)' 같은 주제, 탈춤 같은 갈래 등을 함께 다루는 것은 그런 점을 염두에 둔 것이다.

　그러나 책이라는 게 본래 필자의 의도가 곧바로 독자들에게 수용될 수 있는 것이 아니다. 우선 필자의 역량이 턱없이 부족하고 독자들의 성향 역시 한 곳에 초점을 두기 어려울 만큼 가지각색이다. 그러니 칭찬을 하며 읽든 욕을 하며 읽든 읽어주는 것이 고마울 따름이다. 특히 1, 2권을 이어서 3권까지 정독해주는 독자들이 있다면, 그분들께 큰 절을 올린다. 그리고 계획보다 늦어진 원고를 서둘러 출판해준 출판사측에 고맙고 미안하다.

2001년 5월
모래내에서 이 강 엽

토끼와 자라의 동병상련

1. 누군들 떠나고 싶어서 떠나랴?

한때는 이 땅이 온통 고향 타령으로 범벅이 되었던 적이 있다. 오죽하면 "타향은 싫어, 고향이 좋아!"라고 절규하는 노래까지 있었을까. 유행가만이 아니라 〈고향〉이라는 제목의 시와 수필은 이루 헤아릴 수 없이 많았으니 가히 '고향 천국'이었던 것. 물론 요사이는 좀 덜해졌지만 그래도 여전히 TV를 켜면 고향 소식을 전해주는 프로그램이 있는가 하면, 흡사 고향의 마을 같은 촌락을 배경으로 하는 드라마가 있고, 유명인사들의 고향을 찾아 옛 시절을 회고하는 교양물도 있다. 그리고 일년에 두 번씩 설날과 추석이면 천만을 넘는 인파가 귀성전쟁을 치러댄다.

그렇다고 이걸 빌미로 우리 민족이 유달리 고향에 대한 애착심이 있다고 말하려는 것은 아니다. 만약 우리 나라가 일제의 침탈과 조국의 분단, 급격한 산업화를 겪지만 않았더라면 그처럼 과도하게 고향을 생각해야 했던 일을 없었을 것이다. 누가 뭐래도 자기가 태어나서 살던 곳만큼 편안함을 느끼게 하기는 어렵다. 드넓은 바다를 보고 자란 사람은 바다가 없는 곳에서는 답답함을 느끼고 비옥한 평야지대에서 자란 사람은 푸른 들녘을 보지 못하면 몹시 불안한 법이다. 그러나 제아무리 그런 고향이 좋다해도 도저히 거기에서 제대로 살 수 없을 때 사람들은 고향을 떠난다. 떠밀리듯 고향을 나서기도 하고 더 높은 이상을 좇아 스스로 발걸음을 옮겨보기도 하지만, 결국 고향을 떠났다는 사실에서만큼은 큰 차이가 없다.

만약, 고향에 살면서도 생계에 쫓기지 않고, 마을 사람들과 어울리면서도 높은 이상을 실현할 수만 있다면 과연 몇이나 고향을 떠날까. 지금 도회지에 사는, 연세가 지긋하신 분들 가운데 십중팔구는 저마다의 사연을 안고 고향을 떠난 사람들이다. 징용을 피해 다니다가 낯선 땅에 정착한 사람, 1·4후퇴 때 월남한 사람, 일자리를 찾아 공단 주변에 자리잡은 사람, 서울로 유학 왔다 눌러앉은 사람 등등 참으로 많은 사람들이 이러저러한 이유로 고향을 떠나왔다. 그러나 그들이 여전히 고향을 지키는 친구들과 전화할 때 옆에서 들어보면 보기 드물게 생기 넘치는 모습이 연출되곤 한다. 갑자기 심한 고향사투리를 구사하면서 가끔씩은 고양된 목소리로 잠시간의 공간 이동을 경험한다. 아니, 어쩌면 어릴 적 그 시간으로 되돌아 가는 시간 이동인지도 모른 다.

공연스레 고향 이야기로 장황해진 듯한데, 이제 본론 으로 들어가 보자. 이번 강 의의 내용은 저 유명한 〈수 궁가〉, 혹은 〈토끼타령〉이 라고 하는 판소리 작품이 다. 물론 소설로는 『토끼전』 이라고도 하는 것으로, 토끼 와 자라가 제 고향을 떠나는

▼ 송규태 작,
〈수궁설화도〉
(http://my.netian.com/
~minwha00)

이야기이기 때문에 고향 이야기를 했던 것이다. 물어보나마나 토끼는 산 속에 사는 짐승이고 자라는 물 속에 사는 짐승이다. 그런데 이 이야기의 두 주인공은 모두 고향을 떠난다. 엉뚱하게도 토끼는 물 속으로, 자라는 산 속으로 발걸음을 옮긴다. 만약 이 작품을 그저 곤경에 처했던 토끼가 기지를 발휘해서 구사일생으로 돌아오는 것쯤으로만 치부해버린다면, 이런 고향 타령은 한마디로 넌센스가 될 것이다.

그러나, 실제의 이야기는 매우 복잡하게 전개되며, 특히 신재효가 쓴 〈토별가〉의 경우는 더욱 그러해서 세심하게 읽어내야만 한다. '토끼와 거북이' 이야기나, '토끼의 간' 정도로만 생각했던 독자들이라면 이 〈토별가〉에서 분명히 한 깨달음을 얻게 되리라 믿는다.

2. 위험한, 그러나 달콤한 유혹

자라가 물을 떠나는 일을 어찌 설명해야 할까? 판소리 사설 그대로 '자라의 장한 충성'이라고 하는 것이 가장 간단한 대답이다. 혹은 '우직한' 충성이라고 해도 그리 많이 틀리지는 않는다.

먼저 이 작품의 근원으로 지목되는 〈거북과 토끼의 이야기(龜兔之說)〉를 보자.[1]

그대도 일찍이 거북과 토끼의 이야기를 들었소? 옛날

1) 더 깊이 들어가자면 그 원형은 〈귀토지설〉이 아니라 인도의 본생설화(本生說話)나 중국의 불전설화(佛典說話)로까지 소급될 수도 있겠지만 적어도 우리 문학을 논하는 데 있어서는 그 원형으로 〈귀토지설〉을 잡는 데는 별 무리가 없을 것이다. 이러한 근원설화에 대한 논의는 인권환, 「토끼전 근원설화 연구」(『아세아연구』 25, 1967) 참조.

▲ 『삼국사기』에 있는 〈귀토지설〉 부분

동해 용왕의 딸이 심장병을 앓았는데 의원이 말하기를 "토끼 간을 구해 약에 넣으면 병을 고칠 수 있다."고 했소. 그러나 바다 가운데는 토끼가 없어서 어찌할 도리가 없었지요.

거북 한 마리가 용왕에게 말하기를 "내가 그것을 구할 수 있습니다." 하고는 드디어 뭍으로 올라가서 토끼를 보고 말했소. "바다 가운데 섬 하나가 있는데 거기에는 샘도 맑고 돌도 깨끗하며 짙은 숲과 맛좋은 과실이 있다. 더위와 추위도 이를 수 없고 매도 침범 침범하지 못한다. 네가 만일 가게 되면 편히 살며 근심이 없을 것이다."

이리하여 토끼를 등에 업고 2~3리쯤 헤엄쳐 가서는 거북이가 토끼를 돌아보면서 말했다오. "지금 용왕의 딸이 병에 걸려서 토끼 간을 약으로 쓰려 하기 때문에 수고를 꺼리지 않고 너를 업고 올 뿐이다."라고 하였소. 토끼가 말했지요. "아! 나는 신령의 자손이라 오장을 꺼내어 씻어서 넣을 수 있다. 요즈음 속이 약간 불편한 듯하여 잠시 간과 염통을 꺼내어 씻어 가지고 바윗돌 바닥에 두

김춘추(602~661) : 신라 제29대 왕인 태종무열왕. 53세의 나이에 뒤늦게 왕이 되었지만, 왕위에 오르기 전부터 뛰어난 외교술과 정치력을 발휘하여 신라의 국력을 높였으며, 김유신과 더불어 삼국을 통일하는 데 지대한 공헌을 했다.

2) 김부식, 『삼국사기』 권 제 41 「열전」 제1 〈김유신 상(上)〉

었다. 너의 달콤한 말을 듣고 그 길로 오는 바람에 간은 지금 거기 있으니 어찌 돌아가서 간을 가지고 오질 않을 것이냐? 그리하면 너는 구하는 바를 얻을 것이고 나는 간이 없어도 살 수 있으니 양쪽 모두 좋은 일이 아니겠는가?"

거북이 그 말을 믿고 돌아가 겨우 언덕에 오르자 토끼는 풀숲으로 도망쳐 들어가며 거북이에게 말했소. "어리석구나, 너는! 어찌 간이 없이 사는 놈이 있겠느냐?" 하니 거북은 민망히 말도 못하고 물러갔다오.[2]

이 대목을 잘 이해하기 위해서는 전후사정을 좀 알 필요가 있다. 신라 선덕왕 11년에 백제가 쳐들어와 김춘추(金春秋)는 딸과 사위를 잃었다. 이 원수를 갚으려고 김춘추가 고구려에 병사를 청하러 갔는데 고구려에서는 도리어 신라의 영토가 전에 자기네 땅이라며 돌려달라고 했다. 돌려주지 못한다면 돌아가지 못할 것이라고 협박하는 가운데 김춘추는 그럴 수 없다며 버티다가 옥에 갇히는 신세가 되고 만다. 이때 김춘추가 선도해(先道解)라는 사람에게 후한 선물을 주고 전해 들은 이야기가 바로 이 거북과 토끼 이야기이다. 김춘추는 이 말을 듣고 깨달은 바가 있어서 거짓으로 땅을 되돌려주겠다고 다짐한 후 도망칠 수 있었다.

이 이야기는 우화이다. 김춘추에게 토끼의 꾀(속임수)를 이야기하면서 슬쩍 권해보는 것이다. 따라서 이야기의 중심이 철저하게 토끼의 꾀에만 집중되어 있다. 결과적으로, 기껏 토끼를 져나르던 거북이에게는 '어리석다' 는 조롱만이 있을 뿐이다. 그러나 우리가 아는 판소리 작품은 이와 다르다. 우선 등장인물부터가 다르다. 학생들에게 물어보면 무엇이 다르냐며 눈을 꿈벅거리기 일쑤인데, 『삼국사기』에 있는 이 설화는 거북과 토끼였던 데 비해서 〈수궁가〉에서는 분명히 '자라' 와 토끼로 바뀌어져 있다. 물론, 자라나 거북이나 그게 그건데 무슨 큰 차이냐고 한다면 별로 할 말이 없지만, 자라는 엄밀하게 자라과에 속하는 다른 종류의 짐승이다. 이렇게 양자간의 차이를 자꾸 이야기하는 것은 자라의 크기 때문이다. 자라는 다 자라보아야 몸길이가 한 자 정도밖에 되지 않는 작은 짐승이다.

자라의 크기가 그렇게 작다는 데 착안했을 때, 색다른 의미가 부각된다.

> 서반(西班: 무반) 중의 한 조관이 출반(出班 : 여러 신하가 모인 반열에서 나옴)하여 여짜오되 효도는 백행(百行)의 근원이요, 충성은 삼강(三綱)의 으뜸이라. 천성으로 할 것이지 가르쳐 하오리까 …(중략)… 신의 간을 잡수어서 대왕 환후 나을 테면 곧 빼어 올리올되 토간(兎肝)이 좋다하니 신의 정성대로 기어이 구하리다. 만조(滿朝: 온 조정)가 다 놀래어 에워 서서 살펴보니 **평생 모두 멸시하던 주부**(主簿: 종 6품 벼슬) **자라**여든 용왕이 의혹하여 자세히 묻는구나[3]

3) 강한영 교주, 『신재효판소리사설집』 (보성문화사, 1978) 265-267쪽. 이하 '사설집' 으로 약칭.

바로 이 앞에 펼쳐지는 내용은 쟁쟁한 문무반 간의 치열한 다툼이다. 그것도 서로 나서겠다는 싸움이 아니라 자신들이 왜 육지로 나설 수 없는지 변명하면서 서로 상대에게 임무를 떠넘기려는 비열한 싸움이다.

바로 이때 별주부가 나서는데 고딕체로 표시된 부분처럼 '평생 모두 멸시하던 주부 자라' 였다. 물론 본에 따라서는 이런 부분이 특별히 강조되지 않은 채 '충성'으로만 몰아간 작품도 있지만 신재효 본의 경우는 평소에 멸시받는 내용을 강조한다. 멸시받기 좋게 꾸미려면 아무래도 덩치가 작은 편이 훨씬 더 그럴듯할 것이다.

그렇다면 평소에 멸시받는 것하고 자라가 뭍으로 가는 것하고 무슨 관계가 있을까? 이는 자라가 출정을 결심하고 집으로 돌아온 다음부터 분명히 밝혀진다. 별주부가 집에 돌아오니 이미 모든 친척들이 전송하러 모여 있었다. 그런데, 별주부의 어머니는 아들과의 하직을 슬퍼하기는커녕 은근히 죽을 것을 독려(?)하기까지 한다. 논리는 매우 간단하다. 별주부의 아버지는 식탐(食貪)이 많아 낚싯밥을 잘못 먹고 젊은 나이에 죽었기 때문에 자기가 독수공방의 설움을 참아내며 별주부를 길렀다는 것이다. 그러니 만약 이번에 나가서 뜻을 이룰 수 없거든 아예 돌아올 생각말고 모랫바닥에 뼈를 드러내고 죽으라는 극언을 서슴지 않는다. 정말 죽겠다고 나선 사람이더라도 그런 말을 들으면 좀 기분이 안 좋아질 법한데, 별주부의 아내는 아예 한술 더 떠서, 오륜 중에 군신유의(君臣有義)가 부부유별(夫婦有別)보다 먼저 있으니 집안 걱정일랑 전혀 하지 말라고 할 뿐더러 죽더라도 한이 없음을 선언한다.[4]

세상 사람들이 맺는 관계 중에 가장 끈끈한 것 둘을 꼽으라면 모자 관계와 부부 관계가 아닐까 한다. 특히

4) 사설집, 269-271쪽. 이 이하의 논의는 이강엽, 「신재효 〈퇴별가〉의 풍자적 특성과 계층갈등」(『원우론집』20, 연세대학교 대학원 총학생회, 1993)을 참조.

▲ 신재효, 〈토별가〉의 시작 부분

모자 관계는 각별한 것이어서 자식 대신 죽을 수만 있다면 죽겠다고 나서는 게 어머니의 심정이다. 실제로 현재 불려지는 판소리에서는 길을 떠나려는 아들을 애절하게 막아서는 게 일반적이다.[5]

그런데 이 작품에서는 '충성'을 빌미로 죽을 것을 거의 강요하다시피 하고 있다. 부부 관계 역시 마찬가지이다. 비록 부부가 헤어지면 남남인 관계라고 해도 재혼이 엄격하게 규제된 사회에서, 그것도 여성이 특별한 생계 수단을 갖기 어려운 형편에서는 남편의 사망은 곧 자신의 몰락을 뜻한다. 그럼에도 불구하고 별주부의 아내는 남편을 사지로 몰아넣는 데 아무런 거리낌이 없다.

대체 무엇 때문인가? 한마디로 말하면 욕망 때문이다. 별주부는 평생 남들에게 멸시를 받아왔다. 그러나 그런 멸시는 타고난 체신 때문이기도 하지만, 사실은 조상 탓이 더 크다. 아버지가 식탐이나 하다가 죽었다

5) 가령, 다음을 비교해보라.

별주부, 토끼 화상을 받어 목덜미 속에 집어넣고 꽉 옴틀여 놓으니, 물 한 점 들어갈 배 만무하지. 사은숙배 하직헌 후에 본댁으로 돌아올 적에, 그때에 주부 모친이 있는듸. 자래라도 수수천년이 되어서 삶아도 먹지 못할 자래였다. 주부 세상에 간단 말을 듣고 울며불며 못 가게 만류를 허는듸, "여봐라, 주부야, 여봐라, 별주부야, 네가 세상을 간다 허니 무얼 허로 갈라느냐? 장탄식 병이 든들 어느 뉘가 날 구하며,

는 불명예를 씻지 않는 한 그와 그의 가족 및 후손들은 앞으로도 영원히 그런 멸시를 견뎌야만 할 것이다. 그의 어머니나 아내 역시 그렇게 사느니 차라리 죽을 각오를 해서라도 명예를 회복하고 신분 상승을 꾀하고자 한다. 물에 사는 짐승이 뭍으로 나간다는 것은 분명 만만히 볼 수 없는 모험이다. 그러나 그 모험에 성공하면, 설혹 성공하지 못하고 죽더라도 그것으로 모든 문제를 해결할 수만 있다면 그것은 이미 모험이 아니라 유혹이다. 그것도 아주 달콤한 유혹이다. 위험한 장사에 남는 게 많다는 속언은 바로 이럴 때 쓰는 말이 아닐까.

그렇다면, 이런 위험한 모험과 달콤한 유혹이 공존하는 일이 별주부 자라에게만 있는 것인가? 아니다. 상황은 좀 다르겠지만 토끼 역시 마찬가지이다.

모임을 파한 후에 토끼 뒤를 따라가며, 청산석경유벽처(靑山石徑幽僻處: 청산 바위틈 길 그윽한 곳)에 토끼를 한 번 불러 "여보 토생원!" 토끼의 근본 성정 무겁지 못한 것이 겸하여 체소(體小)하니 온 산중이 멸시하여 누가 대접하겠느냐. 쥐와 여우 다람쥐도 "토끼야, 토끼야!" 여호소아(如呼小兒: 어린 아이 부르듯) 이름 불러 무존장아문(無尊丈衙門: 어른 없이 함부로 구는 곳)으로 평생을 지내다가 천만 뜻밖 누가 와서 생원이라 존칭하니 좋아 아주 못 견디어 깡장깡장 뛰어오며……[6]

토끼가 뛰는 속을 누가 제대로 알 수 있을까. 아마도 심한 멸시를 받아본 사람만이 그럴 수 있을 것이다. 토끼는 참으로 이상한 짐승이다. 뛰기는 잘하는데 그밖에는 영 다른 재주가 없다. 우리나라 지형을 토끼 모양이라고 하는 데 대해 불만을 가진 사람들더러 물어보면 토끼가 갖고 있는 그 물러터진 듯한 이미지 때문이라고 한다. 토끼란 짐승은 다른 짐승을 공격하기는커녕 제 몸 하나 지켜낼 방어책도 없고, 심지어는 죽을 때조차 끽소리 한마디 못 지르는 존재이니 딴은 그럴 수도 있겠다. 별주부는 바로 그런 약점을 파고든다. 산 속에서 어느 하나 토끼를 어른 대접하지 않고 동네 아이 부르듯하는데 이 별주부만큼은 '생원'까지 들먹이며 기분을 띄워주는 것이다. 거기에 대고 토끼가 이처럼 방정맞게 대응하니 별주부의 1단계 작전은 성공이다.

이제 립 서비스 차원을 넘어서는 현실적인 예우를 갖출 차례이다. 별주부는 수궁에만 들어가면 높은 벼슬을 보장하겠다는 제의를 한다. 멸시만 받지 않아도 살 것 같은 토끼에게 언감생심 무슨 벼슬. 허나 토끼도 아주 어리석은 짐승이 아닌지라 저 무식한 것은 스스로 헤아릴 줄 알았다. 토끼는 넌지시 물어본다. 수궁에는 유식한 벼슬아치들이 많은가? 또 저보다 풍채 좋은 짐승들이 많은가? 이 두 가지야말로 토끼의 최대 콤플렉스이기 때문에 묻지 않을 수 없었던 것이다.[7]

별주부는 시치미를 딱 떼고 토끼가 최고라고 추켜준다. 세상에, 수궁에는 아는 게 많아 입만 살아있는 문신들이 즐비하고 고래만큼 덩치 큰 무신들이 부지기수이지만 별주부는 거짓으로 일러주는 것이다.

이에 토끼는 제 분수를 모르고 옳다구나 쾌재를 부르며 '벼슬길'에 오르고자 한다. 2단계 작전도 성공.

7) 사설집, 291쪽 참조.

하지만 시속(時俗)을 좀 아는 여우가 나서서 가로막으면서 별주부의 계획에 상당한 차질이 예상되자 별주부는 3단계 작전을 구사한다. 여우가 벼슬자리 못 가니까 질투하는 것이라며, 가기 싫으면 여기 남아서 겨울에 굶주리고 사냥개나 피해 다니라는 식으로 겁을 준다. 이리하여 토끼는 다시 마음을 돌려먹고 저승길 같은 가짜 벼슬길에 오르게 된다.

이렇게 보면 자라의 육지행이나 토끼의 수궁행이 너무도 흡사하게 닮아 있다. 그런데, 어떻게든 자신의 곤궁한 처지를 극복해보려는 그 눈물겨운 노력에 동정이 가는 것은 왜일까? 신재효가 만들어 놓은 이 두 인물은 어쩐지 현대의 대중들을 닮지 않았던가? 충성이니 지혜니 하는 덕목을 구하려는 옛사람들 쪽보다는 살기에 지쳐서 대박을 꿈꿔보는 현대인과 닮았다는 생각이 든다면 내가 너무 지친 탓일까?

3. 산 속이나 수궁이나

어떤 〈수궁가〉이든 작품 속에는 크게 두 세상이 존재한다. 그 하나는 토끼가 살고 있는 산 속이고 또 하나는 자라가 살고 있는 수궁이다. 하나는 산 속, 하나는 물 속이니 그 둘의 차이는 엄청나다. 특히, 신재효가 쓴 〈토별가〉는 그런 외양상의 차이를 훨씬 넘어설 만한 뚜렷한 차이를 드러낸다. 이른바 '어족회의' 와

'모족회의' 라는 것이 바로 그것이다. 어족회의는 글자 그대로 수궁에서 벌어지는 온갖 어족(魚族), 곧 물고기 족속들의 회의이고, 모족회의는 산 속에서 벌어지는 온갖 모족(毛族), 곧 털 있는 짐승들의 회의이다. 다른 본에서도 두 세상이 나오기는 하지만 신재효의 〈토별가〉만큼 의식적으로 그 둘을 그려내려 하지는 않는다.

먼저 수궁에서 벌어진 어족회의부터 살펴보자.

> 용왕이 생각하되 토끼라 하는 것이 양계(陽界: 육지)의 짐승이라 어찌하여 구하리오. 의대신(議大臣: 대신들과 의논함)하시기로 만조입시(滿朝入侍)하시라 하교를 하옵시니, 수중이 진동하여 군령(君令: 임금의 명령)은 불사가(不俟駕: 멍에를 메는 것을 기다리지 않음. 곧 즉각). 만조백관들이 풀풀 뛰어 달려들 제, 태호(太昊) 복희(伏羲)씨 유룡서(有龍瑞: 용의 상서로움이 있음)여늘 이룡기관(以龍紀官: 용으로써 官을 정함)하단 말이 『사기(史記)』에 있었으니 용궁에 벼슬이름 상고에 난 것이라. 조선과는 다르것다. 동편에 문관 서고 서편에 무관 서서 양반을 구별하여 일자로 들어올 제 좌승상 거북, 우승상 이어(잉어)……[8]

무슨 이유인지는 모르겠지만 유난히 '조선과 다름'을 강조하는데, 아마도 지나친 풍자 때문에 글쓴이가 혹시 곤욕을 치를까 걱정이었을지도 모르겠다. 여기에서 중요한 점은 이 어족회의가 최소한 '조정'의 꼴을 갖추고 있다는 점이다. 그러니 이 회의는 요샛말로 하면 용왕의 병을 치유하기 위한 일종의 대책회의인 셈으로 중요한 대신들을 모두 불러들였다고 했다. 그렇

『사기(史記)』: 중국 한(漢)나라의 사마천(司馬遷)이 쓴 역사책. 중국 고대의 황제(黃帝)로부터 한(漢) 무제(武帝)까지 약 2천년간의 역사를 다루고 있으며,「본기(本紀)」,「열전(列傳)」등 모두 130권이다.

8) 사설집, 257쪽.

다면 당연히 그 다음은 모종의 대책이 나와야만 하겠다. 누가 나설 것인지, 어떻게 잡아올 것인지 하는 등등. 그러나 희한하게도 모두들 발뺌을 하는 데에만 열을 올린다. 제일 먼저 지목된 신하는 대장 고래였다. 대장이라는 직함을 가지고 있으니 당연히 나서야 하겠지만 고래는 자신이 지명되자 발끈하면서 문반과 무반 사이의 뿌리깊은 반목과 갈등만 북돋아놓는다.

용왕의 병을 치유하기 위하여 토끼를 잡아와야 하는데 아무도 선뜻 나서려 하지 않는 것이다. 나서기는커녕 이 기회에 그간 쌓였던 악감을 표출하는 데 골몰할 뿐이다.

> 한림학사 깔따구는 이부상서 노어(鱸魚:농어)의 자식이요, 간의대부 모치는 병부상서 수어(秀魚:숭어) 자식이라. 저의 집 세력으로 구상유취(口尙乳臭)한 것들이 청요(淸要)한 벼슬하여 아무 사체 모르고서 방안 장담 저리하니 수류이 달랐으니 용왕의 한 조서(詔書)를 산군이 들을 테요? 저희들이 조서하고 저희들이 가라시오.[9]

9) 사설집, 263쪽.

무반들이 못 가겠다고 버티는 가운데 무신들이 기껏 내세운 대책이란 게 산군(山君: 호랑이)에게 조서를 내려서 토끼를 잡아들이게 하라는 것이다. 그렇게만 하면 별 힘 안 들이고 쉽게 이룰 수 있을 듯하지만, 문제는 수궁 용왕의 조서가 산속에까지 효력을 미치느냐하는 점이다. 실제로 그럴 수 없는 현실에서 그걸 대책이라고 내놓는 까닭은, 무신들이 파악하기에, 위에서 살펴본 대로 요직을 차지하고 있는 문신들이 제 실력보다는 집안 덕에 출세를 하여 세상물정을 모르는 데 있다. 이 정도에 이르면 왜 굳이 조선과 다르다고 강조했는지 충분히 짐작할 만하다. 다르다고 하면서 사실은 똑같은 점을 더 두드러지게 하는 수법이라 하겠다. 실제로 작품 중에 "수궁의 벼슬들이 인간과 같잖아서 세도로도 못하옵고 청으로도 못하옵고 풍신과 덕망으로 별택하옵기로"[10] 라고 말하면서 당대의 조선조 사회를 날카롭게 비판하는 것이다.

10) 사설집, 261쪽.

이 점에서 토끼가 살고 있는 산 속 역시 마찬가지이다. 털 달린 짐승들의 공통 걱정거리는 한 가지. 어떻게 하면 사냥꾼의 총에 죽지 않을까 하는 것이다. 사냥꾼을 걱정하기는 산 속의 임금인 호랑이 역시 피할 수 없는 일이었다. 허나 때리는 시누보다 말리는 시누이가 더 밉다고 직접 총질을 하는 사냥꾼보다 그 사냥꾼 앞잡이 노릇을 하는 사냥개가 더 얄미웠다. 똑같은 모족(毛族)인데 어떻게 인간의 편에 붙어서 동족을 해치는 일을 할 수 있단 말인가? 당연히 공동 대책회의의 성토 대상 제1호는 사냥개이다. 어떻게 사냥개를 처치할 것인가가 제일 급한 임무이다. 짐승들은 산군께서 나서서 좀 해결해달라고 요청해보지만 산군에게 별 대책이 있을 수 없었다. 사냥개가 무서워서가 아니라 사냥꾼이 곁에 있어서 어쩔 수 없다는 것이다.

이러한 모족회의 광경은 수궁의 어족회의와 정확하게 대응될 뿐만 아니라 사실은 무대만 바뀌었지 실제로 그 변주처럼 느껴질 만큼 심하게 닮았다. 토끼의 간을 구하러 가야한다는 임무를 놓고 수궁의 문·무반들이 서로 못 가겠다고 발뺌하던 것이나 사냥개를 없애야 한다는 데에는 의견을 한데 모았지만 가장 힘이 센 호랑이(산군)조차 못 가겠다고 하는 것이 똑같지 않은가. 힘이 센, 그래서 그 동안 권세와 호강을 함께 누리던 족속들은 막상 위난을 당해서는 나설 수가 없다. 아니, 나설 생각조차 못한다.

이제 자라가 물을 떠나고 토끼가 산을 떠나는 내력을 좀더 현실적인 눈으로 바라볼 수 있는 토대가 마련되었다. 제가 나서 자란 곳이 다른 데보다 살기 편하다면 굳이 거기를 떠날 이유가 없다. 다소 불편하더라도 익숙한 곳을 선호하는 게 인지상정이다. 그런데도 이 둘은 떠나야만 했다. 그 이유는 자기들보다 힘이 센 짐승들이 제 역할을 다하지 못하기 때문이다. 그들은 힘이 세다는 이유로 저희들보다 약한 짐승을 골리기나 했지 실제로 어려운 문제를 만나기만 하면 모두 발뺌하기에만 급급할 뿐이다. 이래저래 거기에 있어봤자 아무런 희망이 없다고 느껴질 때, 과감한 탈출을 감행한다. 이는 정치적으로나 경제적으로나 어려울 때마다 이민이 늘어나는 현상과 일치한다.

거북이가 토끼를 잡으러 산으로 오고, 거북이의 꼬임에 빠져 토끼가 물에 들어간다는 줄거리는 〈수궁가〉로서는 피할 수 없는 것이다. 만일 그것을 거부하면 이미 〈수궁가〉가 아니라 〈수궁가〉의 패로디에 지나지 않게 된다. 따라서 작가는 그 내용을 그대로 살리면서 거기에다 자신의 목소리를 담는 방법을 개발해냈다. 약한 짐승들이 견디질 못하고 떠나야 하는 현실을 신랄히 비판한다. "보아라, 저 처참한 현실을. 이러고도 위정자들이 정신을 못 차린단 말이냐!" 그의 질타는 맵다. '토끼의 꾀'니 '자라의 충성'이니 하는 것만으로는 도저히 설명할 수 없는 디테일을 담아서 퍼붓는 것이다.

게다가, 이 용궁과 산 속은 묘하게도 당대의 조선을, 우리네 사회를 그대로 닮았다. 일단 용궁은 왕이 있고 문무 양반들이 있는 중앙 정치무대의 전형이고, 산 속은 수령과 아전, 백성들이 함께 있는 향촌사회의 판박이이다. 두 차례의 회의만으로 중앙과 지방의 총체적 난맥상을 여실히 폭로했다 하겠다.

4. 내 탓, 네 탓, 우리 탓

그렇다면 그 모든 문제들은 왜 일어나는가? 원인을 알아야 해결을 할 터, 그 실마리를 찾아가보자. 대체 내 탓인가, 네 탓인가? 뭐니뭐니 해도 용왕 탓이 제일 크다. 용왕이 좀 조심하여 병만 나지 않았던들 토끼와 자라가 만날 일은 없지 않았겠는가 말이다. 이렇게 이야기하면, 병이 난 걸 가지고 병자를 탓하는 인정머리가 어디 있느냐고 따질 인정 있는 사람이 있을지도 모르겠다. 하긴 대부분의 〈수궁가〉에서는 용왕의 병을 두고 용왕 탓을 하기 어렵게 되어 있다. 다른 본에서는 "해내(海內) 열풍을 과히 쏘여 우연 득병허니"[11] 정도

11) 한국브리태니커 편, 앞의 책, 161쪽.

교주고슬(膠柱鼓瑟) :
규칙에 얽매어 변통을
모르는 것을 말함. 현악
기의 음을 맞추기 위해
서는 줄을 조절하여야
하는데 그러려면 반드
시 주(柱)를 움직여야만
한다. 그런데 이 주가
붙어있어서 움직이지
못하는 상황을 말한다.

12) 사설집, 253쪽.

로 책임 소재가 약하게 되어 있는 데 비한다면 신재효
본은 비교적 강하게 당사자의 책임을 강조한다. 온갖
선약(仙藥)을 포식하고 잔치를 너무 심하게 즐긴 결과[12]
병이 난 것이다.

실컷 놀고 나서 우연히 병이 든 것이 아니라 실컷 논
탓에 병이 들었다고 했다. 그것도 신선들이나 먹는 약
을 너무 과하게 먹은 이유를 제일로 꼽고 있으니, 단순
하게 바람을 많이 쏘여서 생긴 것과는 큰 차이를 보인
다. 따라서 〈토별가〉의 용왕은 사실상 자신의 병에 대
한 책임을 져야하는 형편이다. 그러나 용왕은 아무런
해결책을 낼 수 없었고 신하들을 불러모으게 된다. 1차
적 책임자인 용왕으로부터 용궁의 대신들에게로 공이
넘어간 셈이다. 그러나 그들 역시 문제를 해결할 능력
이 없었다. 우선 뭍에까지 갈 수 있는 능력이 문제가
되는 가운데 무반의 최고 우두머리격인 대장 고래는
분통을 터뜨린다.

고래가 분을 내어 출반(出班)하여 여짜오되, "수륙(水
陸)이 달랐으니 수중에 있던 군사, 육전(陸戰)을 어찌할
지. 저런 소견 가지고도 문관을 자세(藉勢)하여 좋은 벼
슬 하여먹고, 조금 위태한 일이면 호반에게 밀려하니 뱃
속에 있는 것이 부레풀뿐이기로 변통 없이 하는 말이 교
주고슬(膠柱鼓瑟) 같사이다[13]

13) 사설집, 261쪽.

고래는 수궁에서 제일 힘이 센 장수이다. 이 사설의
표현대로 하자면 '대장'이니 그 힘을 아무도 의심할

수 없다. 그러나 그는 수궁에서나 힘을 발휘할 뿐 정작 이와 같이 대외적으로 해결하여야할 일에는 아주 무기력하다. 이것은 실제 수궁의 조정이라는 것이 얼마나 무력한가를 신랄히 풍자하는 것으로 보인다. 나아가서 여기에서의 고래는 자신의 역할이나 힘에 비해서 너무 심한 푸대접을 받고 있다고 생각하는데 그것은 곧 무반으로서의 자격지심이자 울분이라고 할 수 있다. 물론 자기도 국가적 문제를 해결할 수는 없지만 이런 급박한 상황에서 아무런 능력도 없으면서 탁상공론이나 펴는 문반들의 행위가 비위에 거슬렸던 것이다. 이는 자라가 보잘것없는 외관이지만 육지를 다녀올 능력이 있는 데 비하면, 강한 대비가 되는 터여서 그 자체만으로 매서운 풍자가 된다.

이 어족회의의 상황을 간단하게 정리하자면, 능력도 없는 대신들이 모여서 말다툼이나 하는 것이다. 일이 이렇게 된 데에는 일차적으로 신하들의 무능이 크다 해도, 그런 무능한 신하들의 본모습을 사전에 감지하지 못한 용왕의 탓도 매우 크다. 실제 작품에서도 그런 점은 여실히 지적되는 바, 용궁은 그야말로 총체적인 난국에 빠진 셈이다. 임금은 신하를 모르고 신하들은 문반과 무반으로 나뉘어 잇속 없는 싸움이나 하고 있으니 말이다. 또 용왕인 임금의 명령이 산군에까지 이

▲ 완판본 『토별가』(연세대학교 중앙도서관 소장). 신재효의 〈토별가〉를 바탕으로 판각한 것이다.

를 수 없다는 말은 국가의 명령체계가 뒤흔들리고 있다는 뜻이어서 그것만으로도 엄청난 비판이 된다 하겠다. 결국, 이런 어족회의를 등장시킴으로 해서 우선 용왕이 못났고, 그 신하들이 못났으며, 신하들은 서로 싸우기만 하고, 그러니 당연히 그 말이 지방에까지 미칠 수 없음을 풍자한 것이 아닐까 한다.

다음으로, 어족회의가 중앙정치무대를 상징했다면 모족회의는 지방정치무대를 상징한다. 보다 엄밀히 말하자면 한 고을의 상징인데, "시속(時俗)에 비하며는 산군은 수령 같고, 여우는 간물출패(奸物出牌: 밖에 나가서 못된 일을 꾸미는 무리), 사냥개는 세도(勢道) 아전(衙前), 너구리 멧돼지며, 쥐와 다람쥐는 굶지 않는 백성이라."[14] 와 같이 상당히 도식적이기는 하지만 작품 속의 언명대로 여기에서는 수령부터 일반백성까지를 두루 빗댄다. 그런데, 공교롭게도 모족회의 역시 어족회의와 마찬가지로 어떤 문제해결을 위해 소집된 것이어서 비교해보면 매우 재미있다. 상정된 안건은 '인간의 횡포에 대한 공동대처방안' 정도인데, 어찌된 것이 마치 어족회의처럼 쓸데없는 갈등만 증폭되고 아무런 해결책이 마련되지 못한다. 앞서 보았듯이 백수(百獸)의 왕이라는 호랑이조차도 사냥개의 뒤에 버티고 선 인간의 총이 무서워서 꼼짝해볼 도리가 없었던 것이다.

바로 여기까지가 '네 탓'이 가능한 부분이다. 나는 잘해보려 했지만 네가 잘못해서, 나는 똑똑하지만 네가 못나서 이렇게 살 수밖에 없다는 자조 섞인 푸념이다. 좀더 정확히는, 아랫사람들이 윗사람 탓을 하는 대

14) 사설집, 285쪽.

목이다. 옳다. 어족들이 서로들 으르렁대는 이유도 따지고 보면 용왕 탓이고, 모족들이 마음 편히 못 사는 것도 사냥개 하나 처리하지 못하는 산군 탓일 것이다. 나아가 어족회의에서 좀더 힘이 센 문반들이 무반들을 무시하기 때문에 무반들은 문반을 향해 질타의 화살을 날리고, 모족회의에서도 힘이 센 순서대로 약한 동물을 못살게 군다. 가히 계층간의 위화감이 극에 달한 지경이다.

그러나, 신재효본 〈토별가〉는 그런 계층간의 갈등을 증폭해서 보여주는 데만 머물지 않는다. 그런 식의 책임 전가야말로 실제 현실에서 식상할 정도로 많이 보아온 것으로 대단한 것이 못된다. 이 부서 장관은 저 부서 장관을 탓하고, 여야 의원은 서로 싸우고, 그 가운데 약한 사람들만 계속 피해를 볼 수밖에 없다는 소리야 너무도 많이 들어서 이제는 별 느낌도 없을 정도이다. 그런데, 신재효가 둔 묘수는 계층과 계층 사이의 갈등을 넘어 동일계층 내에 있는 인물들간의 갈등까지 보여주는 것이다.

여우가 썩 나서며, "다람쥐 과동(過冬)하자 도토리를 많이 모아두었으니 가져오라 하옵소서." 산군이 좋다하고 "가져오라." 분부하니 다람쥐 생각한즉 좌중에 모인 식구 저보다는 주먹 세어 어찌할 수 없었으니 저와 같은 만만장이 제가 가려 또 내세워, "쥐도 양식 많을 테니 가져오라 하옵소서." 산군이 좋다하니 쥐와 다람쥐가 애써 주워 모은 것을 다 갖다 바쳤구나.

좌중이 분식(分食)한 후 산군이 하는 말이, "나는 실과

성호사서(城狐社鼠) :
성에 사는 여우와 사당
(祠堂)에 사는 쥐. 여우
와 쥐가 미워도 함부로
할 수 없는 곳에 있기
때문에 어쩔 수 없듯이,
임금의 권세에 기대어
있는 간신을 가리킨다.

(實果) 못 먹으니 무슨 요기해야하제." 여우가 또 나서며,
"산군님 그 식량에 사소한 짐승들은 입담 없어 못할 테
니 멧돼지 큰자식이 지금 잡아 팔자 해도 열 냥 값이 푼
푼하니 가져오라 하옵소서." 산군이 좋아라고 여우를 훨
씬 추어, "호(狐)선생이 얌전하여 내 식성을 똑 아는고.
내 옆에 와 앉으시오." 여우가 하하 웃고 팔짝팔짝 뛰어
가서 산군 옆에 썩 앉으니, 멧돼지 분이 나서 여우를 깨
물잔들 성호사서(城狐社鼠) 바[所] 세거(世居)하는 것들
이요, 산군 옆에 앉았으니 가호위(假虎威)를 하였구나.
어찌할 수 없었으니 제 분을 못 이기어 백새금치(백자 깨
어진 조각) 입에 물고 으득으득 깨물면서 큰자식을 상납
하니, 산군이 큰 입으로 양볼제비 먹을 적에 여우가 옆에
앉아 자랑이 무섭구나. "저희들이 못생겨서 남에게 볶이
네 잡혀먹네 걱정하제 날같이 행세하면 아무 걱정 없제.
남의 무덤 바짝 옆에 굴을 파고 엎뎄으면 사냥꾼이 암만
해도 불지를 수도 없고 쫓기어 가다가도 오줌만 누었으
면 사냥개도 할 수 없고 아무데를 가더라도 주관하는 사
람에게 비위만 맞추면 일생이 편한 신세 공출물(쏳出物)
에 놀아주제."[15]

15) 사설집, 283-285
쪽.

인용이 길어졌는데 참 재미있는 대목이니까 슬쩍 지
나치지 말고 꼼꼼하게 보아주면 좋겠다. 어찌 보면 없
어도 그만인 부분처럼 느껴질 수도 있겠으나 이 부분
이야말로 신재효다운 특성을 잘 보여주는 대목이 아닐
까 싶다. 사냥개를 잡자고 시작한 회의가 아무런 소득
이 없이 끝나는 가운데 손님으로 참석한 기린에게 무
슨 음식을 대접할까 하는 논의가 나오면서 이런 일이
생겼다. 그런데 가만 보면 등장인물들의 심사가 하나

같이 뒤틀려 있다. 여우는 공연히 아부를 하느라고 다람쥐의 월동 식량을 들먹이고, 그 때문에 다람쥐는 배고픈 겨울을 나게 되었다. 일이 이렇게 되어 다람쥐가 망했으면 여우에게 대들든지 가만히 있든지 하면 될 것을, 이번에는 가장 만만한 쥐를 끌어들여서 그마저도 겨우내 굶게 만들었다. 세상에, 이런 심술이 어디 있냐면서 분개할 독자들이 있다면 참으로 행복한 사람이다. 이런 일은 세상에 참 흔한 것이다. 식량은 그렇다치자. 없으면 꾸어다 먹을 수도 있고 굶기를 밥먹듯이 하는 수도 있으니까 말이다. 그런데 산군이 먹을 것을 찾자 이번에도 여우란 녀석이 나서서 멧돼지 새끼를 바치게 하지 않는가. 그리고 나서 여우가 하는 말은 가관이다. 자기처럼만 처신하면 아무 문제가 없는데 저희들이 못나서 그렇게 사는 것이라고 쏘아대고 있다.

일이 이 지경이 되면 대체 누구를 욕해야 할까 헷갈린다. 사태 판단을 못하는 호랑이를 탓할 것인가, 호랑이에 아부하느라 동료를 파는 여우를 탓할 것인가, 맥없이 저보다 약한 여우에게 당하고 마는 멧돼지를 탓할 것인가, 저 억울하다고 남까지 망하게 만드는 다람쥐를 탓할 것인가? 근본적인 문제가 비록 호랑이에게 있다고는 해도, 물론 더 근원으로 가자면 인간과 사냥개에게 있겠지만, 산속이 이 지경으로까지 살기 어렵게 된 것은 자기들끼리도 다투기 때문이다. 호랑이에 비하자면 훨씬 약한 존재들끼리도 그 알량한 힘의 우열을 놓고 서로를 무시하고 상처를 주며 각박한 세상을 만든다. 이제 계층간의 수직적인 갈등보다도 계층

▲ 신재효의 생가. 전북 고창 소재. (http://www.tgedu.net)

내의 수평적인 갈등이 더 심각한 문제인 것이다.

　이렇게 보면 이 모족회의에서는 문제해결능력이라고는 전혀 없으면서도 내부갈등이나 일삼는 모습에 대한 공격성을 엿볼 수 있다. 이는 아마도 신재효 당대의 지방 고을 모습을 그대로 드러내는 것이 아닐까 하는데, 특히 어족회의에서는 볼 수 없었던 새로운 인물형을 등장시킨다는 점이 주목할 만하다. 그 하나는 여우처럼 기회주의적인 속성을 가지고 동족 내지는 동종계층을 팔아먹으면서 자신을 살찌우게 하는 간사한 인물형이며, 또 하나는 자신에게는 아무런 소득도 없으면서도 일종의 심술로 남을 망치게 하는 심술꾼 인물이다. 전자는 잘못을 저지르고도 "저희들이 못생겨서 남에게 볶이네 잡혀먹네" 한다고 말할 만큼 뻔뻔한 인물형이며, 후자는 자신의 몰락에 아무 죄 없는 다른 사람까지 끌어들이는 어리석은 인물형이다. 이런 인물형들은 모두 어지러운 세태를 반영하는 것으로 조선말기의 암울한 상황을 상징적으로 잘 그린 것으로 보인다.

정말 이런 내용이 신재효본의 특성인지 궁금한 독자들은 〈수궁가〉의 다른 이본들을 살펴보기 바란다. 대개 다른 본에서는 이런 정도의 상세한 모습이 그려지지 않은 채, 공식적인 회의 대신 어느 술자리에서고 있게 마련인 상좌(上座)다툼으로 그 역할을 대신한다. 물론 상좌다툼 역시 그 시대 향촌

▲ 신재효 영정

사회의 풍자임에는 틀림없으나, 신재효본과 비교해보면 그 주제의 심각성이 현저히 줄어든 것이다. 대개 다른 본에서는 누가 제일 어른인가 다투면서 결국은 아무 소득이 없는 입씨름으로 귀결되고 말기 때문에 거기에서 거둘 효과는 기껏해야 그런 동물들의 놀음을 통해 즐거움을 주자는 정도에 그칠 뿐, 이 신재효본처럼 목숨을 건 긴박감 같은 분위기는 기대할 수 없다.

상좌(上座) 다툼 : 누가 제일 어른인가를 가리는 다툼. 가장 많이 알려진 이야기인 〈두꺼비의 나이 자랑〉처럼 여러 동물들이 모여 앉아서 누가 더 나이가 많은가를 뽐내는 가운데 맨 마지막에 말한 짐승이 제일 나이가 많은 것으로 판가름 난다.

일반적으로 무슨 문제가 발생하면 다른 사람, 다른 계층 탓으로 책임을 전가하고 자신들은 쏙 빠져버리지만, 이런 부분을 곰곰 생각하면, 실제적으로는 모든 사람, 모든 계층이 그 책임으로부터 자유로울 수 없음을 깨닫게 된다. 결국, 신재효가 그려낸 어족회의와 모족회의는 당대 조선 사회만의 문제가 아니라, 온 인간사회의 축도(縮圖)인 셈이다. 동물들이 요란스럽게 노는 모습을 재미있게 읽노라면 이상하게도 슬픈 느낌이 드는 것은 바로 그런 이유 때문일 것이다.

▲ 창극 〈수궁가〉의 공
연 포스터

5. 관용과 화해 - 아름다운 마무리

자, 이제 이야기를 건너뛰어서 마무리
부분으로 가 보자. 간(肝)을 마음대로 내
고 들일 수 있다는 거짓말로 사지(死地)에
서 벗어난 토끼는 그 다음에 어떻게 했을
까? 어처구니없게도 자라에게 제 똥을 준
다. 수업 시간에 이런 말을 하면, "설마?"
로 되받는 학생들이 꼭 있다. 미리 작품을
읽어왔으면 그런 말을 안 하련만, 사실이
그런 걸 어쩌랴.

해색(海色)이 안 보이도록 한참을 훨썩 가서 암상(巖
上)에 높이 앉아 주부(主簿)를 호령한다. "네 이놈 자라
야, 네 죄목(罪目)을 의논하면 살지무석(殺之無惜: 죽여도
애석하지 않음) 괘씸하다. …(중략)… 본사(本事)를 생각하
면 척견이 폐요(跖犬이 吠堯: 도척의 개는 요임금을 보고 짖
음)하고 계포(季布: 楚나라 項羽의 장수로 漢王을 자주 괴롭
힘)가 하죄(何罪)리오. 각위기주(各爲其主: 각각 그 주인을
위함)하였기로 십분 짐작하였으며 하물며 만경창해(萬頃
蒼海) 네 등으로 왕래하니, 사지동고(死地同苦)하였기에
목숨 살려 보내주니, 그리 알고 돌아가되 좋은 약(藥) 보
내기로 네 왕에게 허락하니, 점잖은 내 도리에 어찌 식언
(食言)을 하겠느냐. 나의 똥이 장히 좋아 청열(淸熱: 열을
내리게 함)을 한다 하고 사람들이 주워다가 역아(疫兒)들
을 먹이나니, 네 왕의 두 눈망울 열기가 과하더라. 갖다
가 먹였으면 병이 곧 나으리라." 철환(鐵丸) 똥을 많이
누어 칡잎에 단단히 싸 자라 등에 올려놓고 칡으로 감아

주니 …(이하생략)…[16]

16) 사설집, 319-321 쪽.

이 대목이 다른 수궁가와 구별되는 점은 크게 두 가지이다. 첫째, 토끼가 별주부의 입장을 충분히 이해한다는 점이며, 둘째, 토끼가 용왕의 약을 마련해준다는 점이다. 다른 본이라면 토끼가 별주부에게 이를 갈며 해코지하는 대목이 툭툭 튀어나온다. 끈으로 모가지를 옭아맨다거나 돌덩이를 굴려서 등짝에 돌 세례를 퍼붓는 것이 그 예이다. 그런데 이 본에서는 보다시피 '척견이 폐요'를 운운하며 자라의 충성만큼은 인정한다. 또, 약을 구하는 별주부에게 다른 본에서는 암자라를 하루에 천오백 마리씩 석달 열흘간 잡아먹이라는 둥 두꺼비 쓸개 열 독과 빈대 월경수 서 말 등을 써서 약을 지으라는 둥 조롱조의 답변을 하지만, 여기에서는 토끼 똥을 주고 그것으로 실제 병이 낫게 하고 있다.[17] 물론, 하필이면 토끼 '똥'인가에 대해서 의견이 분분하겠으나, 실제로 병이 낫게 되었다면 누가 뭐래도 제대로 약을 준 것이다.

17) 이런 상황을 명확히 파악하려면 김진영 외 편, 『토끼전전집』(박이정, 1997) 같은 자료를 구해서 비교해보기 바란다. 결말부분에서 신재효본만큼 자라에 대해 우호적인 이본을 찾아보기 어렵다.

이리하여 자라는 충신이 되어 출세하고 토끼는 신선이 되어 월궁에 가서 약을 찧고 있다는 후일담이 붙고 나면 이야기는 끝이다. 작품에 명시된 대로 "자라와 토끼란 게 동시(同是) 미물(微物)로서, 장한 충성(忠誠) 많은 의사(意思) 사람하고 같은 고로 타령을 만들어서 세상에 유전(遺傳)"[18] 하는 것이 작가가 내세운 창작 이유이다. 다른 〈수궁가〉가 '토끼의 꾀'에 더 큰 비중을 두던 데 비해서 신재효본은 확실히 거기에 '자라의

18) 사설집, 321쪽.

충성'까지 대등하게 내세운 셈이라 하겠다. 이로써 신재효가 굳이 '토끼타령' 같은 명명법을 택하지 않고 '토별가'를 쓴 이유가 선명히 떠오른다. 토끼든 자라든 그들이 살고 있는 세상에서는 참으로 힘없고 불쌍한 존재가 아니던가. 어쩔 수 없어서 다른 세상으로 나섰지만 결국은 각자 자기들이 사는 세상으로 돌아가고, 끝내 자라는 출세하고 토끼는 신선이 된다는 결말로 관용과 화해의 정신을 보여준다.

　앞서 살핀 대로 수궁은 산속과 닮았고, 용왕은 산군과 닮았으며, 문무대신은 산 속의 중간층 짐승과 닮았고, 별주부는 토끼를 닮았다. 거울 보듯이 서로를 빤히 들여다보고, 속사정을 훤히 꿰고 있다면 결코 상대를 일방적으로 매도할 수만은 없다. 나는 순선(純善)이고 상대는 순악(純惡)이라는 이분법적 도식을 벗어난 것이 이 작품의 장점이었기에, 어느 한 쪽의 일방적 승리로 귀결되어서는 안 되는 것이다. 그리고, 그것은 작품에서만 그럴 것이 아니라, 사실은 우리가 몸담고 있는 현실에서도 똑같이 적용되어야 하리라 본다. 인간이란 모름지기 '나 아니면 남'이 아니라, 누구든 '그들도 우리처럼' 괴롭고 아픈 존재들이다. 그 당연한 사실을 깨닫는 순간, 나와 남이 공존할 수 있는 방법이 생기고 함께 나아갈 수 있는 길이 열린다.

'성장'을 위한 민담 —
〈지하국대적제치설화〉와〈온달〉

1. 이야기와 현실, 그리고 진실

　문학을 통해 현실을 이야기하는 것은 이제 아주 익숙한 일이다. 대학 수업에서 소설 작품을 읽고 그 감상을 서로 이야기하는 기회를 갖게 되면 아주 신랄한 토론이 오간다. 이때 처음의 서먹서먹함을 지나게 되면 곧바로 부딪치게 되는 일이 바로 '현실'이다. 이 소설에 있는 우리 사회의 현실과 그 모순은 무엇인가, 하고 누군가 묻기 시작하고, 잠시 동안의 논의를 거쳐 어느 정도 정리가 되면, 그 다음부터는 소설이라는 텍스트는 간 곳이 없고 이 사회의 모순과 문제점을 성토하는 성토장으로 변해버리곤 한다. 물론 건강한 비판의식을 나무랄 일은 아니지만, 그렇게만 읽고 넘어가기에는 문학이 아깝다는(?) 생각이 든다. 그럴 바에야 시사문제를 놓고 시사토론을 하거나, 특정한 역사적 사실을 놓고 그 공과(功過)를 논하는 편이 훨씬 더 나을 것이기 때문이다.

　이런 현상이 벌어진 것은 얼마간은 우리의 잘못된 문학교육 관행 때문이기도 하고, 또 대학입시에 논술시험이 들어오면서 생긴 변화이기도 하다. 제대로 된 문학교육은 일차적으로 현실문제에 대한 비판의식을 키우는 것이라거나, 어떤 문학 텍스트도 논술 문제의 지문으로만 인식되는 풍조가 고쳐지지 않고서는 이 문제를 바로잡기란 좀처럼 어려운 일이 아닐까 생각한다. 그러나 그런 교육의 맹점은 민담 같은 옛 이야기로 들어가 보면 극명히 드러난다. 그 독법으로는, '어느 시대, 어느 곳'이라는 구체적인 시공간이 주어지지 않고 그저 "옛날 어느 마을에~"로 시작하는 이야기에서는 도무지 할말이 없기 때문이다.

더구나 한 걸음 나아가서 구체적인 시공간이 아님은 물론 아예 현실성을 잃어버린 것이라면 사태는 걷잡을 수 없다. 옛 이야기에 있는 황당하거나 괴상한 이야기들은 도무지 현실에서 일어날 것 같지 않은 사건들을 담고 있기 때문에, 그저 '재미있다' 거나 '착하게 살면 복을 받는다' 는 정도의 반응을 보이고 나면 그 다음은 속수무책이기 쉽다. 실제로, 필자는 교육대학원에서 「구비문학론」이라는 과목을 가르친 일이 있는데, 수강생인 현직 교사들조차도 그런 문제에 당혹스러워 하는 눈치가 역력했다. 여기에서 다루려고 하는 두 가지 이야기도 그 부류의 것으로 구체적인 현실비판도 통하지 않고 권선징악(勸善懲惡)의 잣대를 들이댈 수도 없는 작품이다.

그 하나는 이른바 '지하국 대적 제치 설화(地下國大賊除治說話)' 이고[1] 또 하나는 그 유명한 '온달' 이야기이다. 다 아는 대로 전자는 지하국에 있는 괴물을 물리치고 그 안에 있던 여자와 보물을 취하여 부귀영화를 누린다는 이야기이고, 후자는 어떤 여자가 바보를 가르쳐서 장수를 만든다는 이야기이다. 미천한 지위를 떨치고 일어나서 대단한 성과를 얻는다는 점이 공통점이라면 공통점이겠으나, 그 밖에 특별히 함께 묶을 만한 공통요소는 보이지 않는다. 그러나, 이 작품을 처음으로 접하는 나이가 대개 청소년기 이전인 점을 감안

1) '제치' 라는 어휘가 일반인에게 익숙지 않아서 쓰기 꺼려지지만, 손진태, 『한국민족설화의 연구』(을유문화사, 1947)에서 그렇게 명명된 이후 공식적인 명칭으로 굳어진 형편이라 그대로 따른다.

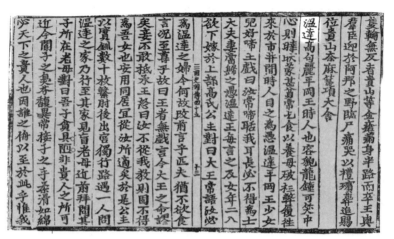

▲ 『삼국사기』 「열전」
중의 〈온달〉 부분

하면, 이야기 속에서 주인공이 거둔 성과를 인간의 '성장'으로 풀어내면 매우 효과적일 듯하다. 노인의 하루하루가 노쇠이듯이 청소년기의 하루하루는 성장이다. 그러니 그 세대에게 이 성장만큼 현실적인 문제는 사실 없기에 성장을 담은 이야기는 가장 구체적인 현실이 될 수 있다.

흔히 '현실' 하면 사회적 현실만 떠올리지만, 개인적 고민도 현실이고 특정 연령대의 공통과업 역시 현실이다. 양자간의 차이가 있다면 특정한 시공간에서만 발생하는 특수한 문제인가, 모름지기 인간이 사는 곳이라면 동서고금을 막론하고 두루두루 발생할 만한 보편적인 문제인가가 다를 뿐이다. 이 점에서 이런 설화 속에서 찾아낼 수 있는 현실은, 현실 이상의 그 무엇, 곧 '진실'이 아닐까 한다. 세상 어디에서도 일어날 것 같지 않은 황당한 일이 어째서 현실이고, 그 현실을 넘어 진실이 되는지 지금부터 함께 밝혀보도록 하자.

2. 마음 속의 악(惡) - 〈지하국 대적 제치 설화〉

호랑이를 잡으려면 어떻게 해야 할까? 당연히 호랑이 굴로 들어가야 한다. 그러나 삼척동자도 다 아는 이 격언이 그리 신통하게 먹히지 않는 이유는, 그 위험성 때문이다. 누구나 호랑이 굴로 들어갈 수는 있지만 그렇다고 누구나 다 호랑이를 잡을 수 있는 것은 아니다. 대개는 도리어 잡혀 먹히고, 더러는 다치고 말며, 그저 극소수의 사냥꾼만이 호랑이를 손에 넣을 뿐이다. 옛이야기 중에는 그런 호랑이보다 훨씬 더 엄청난 괴물을 잡으러 간 사람의 이야기가 있다.

'지하국 대적 제치 설화'라고 불리는 이야기가 바로 그것인데 줄거리는 대개 이렇다: '옛날에 어떤 청년이 있었다. 그는 특별히 하는 일 없이 오가다가 이상한 소문을 듣게 된다. 어딘가에 가면 정체를 알 수 없는 괴물이 살고 있다는 것이다. 그리고 그 괴물은 납치해간 처녀들을 거느리고 산다고 했다. 물론 여러 사람들이 그 괴물을 물리치는 어려운 일에 도전해보았지만 번번이 나자빠지고 말았다는 것이다. 주인공 청년은 땅속 깊이 있다는 그 괴물을 찾아 나선다. 이윽고 그 속에 들어가서 처녀를 만나고, 처녀의 도움으로 그 괴물이 가장 싫어하는 것이 무엇인지 알아내고 그것으로 괴물을 물리치게 된다. 마침내 이 용감한 청년은 처녀를 아내로 얻고, 괴물이 가지고 있던 엄청난 보물로 부귀영화를 누린다.'

이런 이야기에 대한 반응은 대략 두 가지일 것이다.

"세상에 그런 일이 어디 있담. 그저 이야기 속이니까 그렇지"라며 허황된 이야기로 일축해버리는 축과 "정말 그런 일이 있다면 얼마나 신나고 멋질까?"라며 동경의 눈길을 보내는 축 말이다. 단언컨대, 이 이야기는 후자의 사람들을 위한 것이며, 이 세상 역시 그런 이들을 위한 몫이다. 이 이야기는 글자 그대로 '지하국'에 살고 있는 '대적'을 '제치'하는, 곧, '땅 속에 있는 큰 도적을 물리쳐 없애는' 내용이다. 그리고 이런 내용이야말로 그 자체만으로도 사람들의 흥미를 끌기에 충분한 것이다.

생각해 보라. 땅 속 나라에 괴물이 살고 있고, 그 괴물을 평범한 인간이 들어가서 처치하다니, 얼마나 재미있고 통쾌한 일인가. 사실, 별스럽지 않은 3류 액션 영화를 보면서 즐거워 하는 것은 일차적으로 그런 통쾌함에 있기 쉽다. 어딘가 낯선 곳으로 가서 깨고 때려부수는데 어찌 즐겁지 않으랴. 거기에다 악을 응징하는 윤리적인 면까지 가세한다면 그야말로 금상첨화이다. 하지만 그뿐인가? 정말, 그뿐이라면, 이 이야기가 그렇게 하찮은 심심풀이에 그친다면, 『최고운전』이나 『김원전』, 『삼국유사』의 〈거타지〉 설화, 그리고 그리스 신화의 페르세우스 이야기를 모두 다 어

페르세우스 : 그리스 신화에 등장하는 영웅. 아르고스의 왕녀 다나에와 제우스의 아들로, 머리칼이 뱀인 괴녀 메두사를 죽이고 그 머리를 여신 아테네에게 바쳤다. 메두사는 얼굴을 보기만 해도 돌로 변하게 하기 때문에 페르세우스는 그녀를 직접 보지 않고 자신의 방패에 비친 모습을 보면서 찔러 죽였다.

떻게 설명할 것인가? 그런 숱한 이야기들이 모두 어딘가로 가서 괴적을 물리치고 돌아오는 이야기이다.

따라서, 그때마다 따라다니면서 토를 달기보다는 거기에 공통으로 담긴 본질을 찾아내는 편이 훨씬 더 좋겠다. 나라마다 따로 설명할 필요도 없고 시대마다 다르게 이해할 필요도 없이, 그것들을 모두 아우를 수 있는 해답을 찾을 수만 있다면, 이 옛날 이야기가 바로 '지금 여기'의 이야기가 될 수 있을 것이다. 그런데 그렇게 풀이하는 코드는 의외로 가까운 곳에 있다. '지하국의 대적'이 바로 그것이다. 먼저 '지하국'부터 살펴보자. 사람들이 사는 곳은 지상이다. 인간의 그런 존재 조건은 하늘을 꿈꾸고 땅밑을 회피하게 만들었다. '천국/지옥'의 대립을 상상해보면 쉽게 알 수 있듯이, 천상이 인간의 모든 속박을 풀어주는 이상적인 세계라면 지하는 인간을 옥죄는 음험한 세계인 것이다. 그런데 거기에 덧붙여 '대적(大賊)'이라 했으니 이는 바로 인간이 살아가면서 맞닥뜨려야 할 온갖 부정적인 존재[악, 악인]들을 상징한다고 할 수 있겠다.[2]

그리고 그런 악을 제어하는 문제야말로 지금껏 해결이 안 된, 모든 인간들이 함께 풀어야할 과제이므로, 이 이야기는 사실상 인류 공통의 관심사를 다루고 있다고 해도 과언이 아니다. 그리고 그보다 더 중요한 일은 그렇게 하는 것이 남을 위해 좋기에 앞서서 바로 자신의 성장 자체라는 점이다. 그렇다면 문제는 그런 성장을 가능하게 해주는 원동력이 어디서 오느냐일 것이다. 아무런 능력도 없이 이상세계만을 동경한다면 기껏해

『최고운전』: 작가, 연대 미상의, 최치원의 일생을 허구적으로 개작한 고소설. 최치원의 어머니가 임태한 상태에서 금돼지에게 납치당하여 돌아온 후 최치원을 낳아 금돼지의 자식으로 오인하여 내다 버렸으나 하늘의 도움으로 죽지 않는 등 신비한 줄거리를 담고 있다.

『김원전』: 작가, 연대 미상의 고소설. 주인공 김원은 산중으로 들어가서 무예를 공부하던 중 머리가 아홉이나 되는 괴수가 여자들을 잡아가는 일을 목격하고, 괴수를 잡는 일에 자원하여 성공한다.

〈거타지(居陀知)〉 설화: 『삼국유사』 권2〈거타지〉 조에 실린 설화. 거타지는 당나라로 가는 사신 일행을 호위하기 위해 선발된 명궁들 중 한 사람으로, 풍랑을 만나 어느 섬에 내려서 그 섬에 있던 괴물을 물리치고 예쁜 아내와 부귀를 얻는다.

2) 이런 해석은 이부영, 『한국민담의 심층분석』(집문당, 1995)을 읽은 뒤에야 가능해진 것이다. 보다 전문적인 내용이 필요한 사람은 일독을 권한다.

▲ 구활자본 『최고운
전』의 표지(소재영 외,
『한국의 딱지본』, 범우
사, 1996)

야 몽상 수준으로 떨어지기 마련이
다. 사실 해결능력도 없이 문제의식
만 키우느니 아예 모르는 게 약이라
는 심정으로 마음 편히 지내는 것이
나을 때가 많다.

따라서 이야기가 담고 있는 세부의
내밀한 내용을 검토하여 이 이야기
가 내놓고 있는 해결방법에 대해 생
각하지 않을 수 없다. 과연 무엇으로
주인공은 대적을 물리치는가? 무엇
이 그 승리의 원동력인가? 이런 관점
에서, 제일 먼저 주인공이 어떤 사람
인가부터 생각하는 것이 옳겠다. 주
인공은 많은 작품에서 '한량(閑良)'이라고 했다. 이 말
은 본디 아직 과거에 급제하지 못한 무반(武班)을 일컫
는 말로서, 요사이는 돈 잘 쓰고 잘 노는 사람들을 일컬
을 때 주로 사용된다. 최소한 호탕한 기질이 있어야 한
량이라고 하듯이, 실제 작품 속의 주인공 역시 담대한
사람이다. 그는 다른 사람들이 모두들 죽어 나자빠졌
다는 말을 듣고도 전혀 겁을 내지 않고 달려드는 용감
한 사람이다. 그러나 그런 용감함을 단순히 사람의 성
격 탓으로만 돌리는 사람이 있다면, 그 역시 덜 익은 인
생이다.

만일 그런 위험을 무릅쓰지 않아도 잘 살아갈 만한
사람이라면 굳이 그런 위험을 감수할 필요가 없으며,
그러다가 잘못되어 크게 손해볼 일이 있는 사람이라면

또 섣불리 그런 일에 나서질 않는 법이다. 많은 이야기에서, 주인공은 어차피 벼슬을 해서 떵떵거리고 살지 못할 테니까, 정말 이판사판의 심정으로 동굴 속으로 내려간다. 그렇다. 길이 끝난 곳에서 길이 시작된다. 길이 끝났으니 갈 곳이 없다고 믿는다면 영원한 패자가 될 수밖에 없다. '동굴'의 이미지는 바로 그런 특성을 잘 보여준다. 동굴은 언제나 한쪽으로만 구멍이 나 있는 어두운 곳이다. 들어가면 무슨 일이 닥칠지 예측하기 어려운 곳이다. 그러나 확실한 것은 어떤 동굴이든 입구가 있다는 점이다. 당연한 말이지만 입구가 없으면 동굴이 아니다.

막다른 길에 서서 어디를 보아도 신통치 않을 때, 과감하게 동굴로 들어서는 주인공의 모습이 눈에 밟힌다. 배짱 하나로 무장하고 담대하게 나서는 그에게 우리는 박수를 보내야 하지 않을까. 비록 무모해 보이더라도 돌진하는 그가 아름답다. 이는 어떤 성장에든 비약이 있음을 일깨워주는 것이 아닐까 한다. 경험해 본 사람은 알겠지만, 매일매일 꾸준히 노력해서 무언가를 성취하는 사람조차 자기도 놀랄 만큼 부쩍 크는 한순간이 있게 마련이다. 동굴에 들어서는 그 순간이 바로 기회의 순간인 것이다.

하지만 오해해서는 안 된다. 기회는 행운으로 가는 응모권일 뿐이며, 응모권이 곧 당첨을 보장하는 것은 아니다. 담대함만으로 어려운 일에 나섰다가 오히려 더 큰 곤경에 처하는 예를 우리는 허다히 보았다. 그런데 아무런 해결책을 준비하지 않고 불쑥 뛰어든 주인공이 어떻게 그 어려운 과업을 성취할까. 답은 간단하다. 모든 열쇠가 그 속에 있었던 것이다. 주인공은 여자를 구하러 도적의 소굴로 들어간다. 당연히 여자는 그에게 짐이 될 것이다. 그러나 소굴에 들어간 순간, 그 속에 갇혀있던 여자가 오히려 자신을 구해준다. 위험을 무릅쓰고 상대방 괴물의 약점을 알아냈던 것이다. 물론 여자가 자신의 목숨을 구하려는 의도라고는 해도, 주인공으로서는 뜻하지 않은 원조자를 만난 셈이다. 자신의 짐이 될 줄로만 알았던 여자가 도리어 자신의 힘이 되는 감격을 맛본다.

그리고 그 감격은 거기에서 그치지 않고 괴적의 실체를 적나라하게 드러내는 데에서 절정을 이룬다. 이 이야기 속의 괴물은 혹은 머리가 셋 달리고, 혹은 몇 백 년 묵은 짐승이지만 의외로 허술한 구석이 많아서 참으로 간단하게 처치된다. 알고 보니 석 달 열흘은 잠을 자야 한다거나, 별스럽지 않은 풀로 만든 약을 먹으면 맥을 못춘다거나, 양가죽을 제일 싫어한다는 따위이다. 그토록 무섭게만 느껴졌던 대상이 사실은 보잘것없는 존재였던 것이다. 여기에서 특히 재미있는 사실은 이렇게 그 괴수를 물리칠 수 있는 비법이 그 안에서 찾아진다는 점이다. 사실 동굴 밖에서는 아무런 준비도 못하고 들어갔지만, 마침 그가 자는 시간이라거나, 그를 죽일 풀이 그 안에 있다거나, 가지고 들어간 칼의 칼집이 양가죽이더라는 식이다.

현대소설에 익숙한 독자들에게 이런 사실들은 기껏해야 '우연의 남발'로 읽히기 쉽다. 필자만 해도 그런 우연의 남발이야말로 문학의 미숙성이라고 배웠으며 한동안 거기에서 자유롭지 못했다. 그러나 이 이야기에서 우연성보다 중요한 점은 바로 모든 해결책이 자기 내부에 있다는 사실 바로 그것이다. 이는 영웅담에 상투적으로 등장하는 공통사항이기도 할 뿐만 아니라 실제 삶에서도 아주 유용하게 쓰일 만한 지침이다. 우리는 모든 문제의 원인을 밖에서 찾고, 또 문제의 해결 방법 역시 밖에서 찾는 데 아주 익숙하다. 그러나 사실 곰곰이 생각해보면 대개의 문제의 원인이나 해결 방법 역시 안에 있는 것이 태반이다. 자신의 칼집이 양가죽이라는 것을 깨닫는 순간, 그는 세상에서 제일 무서운 괴수를 단번에 무기력하게 만들 수 있다.

아직도 이 이야기에 매료되지 못한 독자들은 잠시 주인공의 엄청난 행운에 대해서 생각해보기 바란다. 빈털터리 청년에게 기막히게 예쁜 색시가 생기고, 세상에서 보기 어려운 온갖 보물들이 굴러들어 왔다. 정말, 구미가 당기지 않는가? 그것을 남의 일이라고 이야기 속의 일이라고 그냥 보아 넘긴다면, 아마 평생 그런 행운이 오지 않을지도 모를 일이다. 앞에서 살핀 대로, 이 이야기는 무서운 대상을 피하지 않고 오히려 그와 담대하게 맞서면 그 안에서 길이 열린다는 사실을 일러준다.

그리고 정면으로 맞서서 상대의 실체를 제대로 파악하여 마침내 승리하고 나면 그 결과는 물어보나마나이다. 땅 위에서는 아무것도 없던 사람이 땅 속 세상을 겪고 나면 대단한 위인으로 탈바꿈하는 것, 그것이야말로 이 이야기의 가장 중요한 핵심이리라. 그리고 그 핵심 내용을 '나의 이야기'로 끌어들일 때, 이 이야기는 현실적인 힘을 갖게 된다. 누구에게나 견디기 힘든 곤경과 또 그만큼의 기회가 있다. 그러나 그때마다 상대는 상상도 못할 힘으로 자기를 압도할 것만 같다. 그리하여 서둘러 피하고 나면 이번에는 다른 골목에서 또 그보다 더 큰 상대를 만나게 된다. 참으로 난감한 일이다. 그러나 이 〈지하국 대적 제치 설화〉는 그런 멈칫댐이 잘못된 것임을 분명하게 일러준다. 막다른 골목에 이르렀을 때이든, 새로운 길을 발견했을 때이든 조금도 움츠려서는 안 된다. 맞서는 순간 우리를 억압하던 족쇄는 의외로 약해지고, 내 앞에 버티고 서 있는 적은 뜻밖에도 무력해진다. 그러면 괴물은 졸지에 복덩어리로 변한다.

그리고 무엇보다 중요한 사실은 그 대적은 우리 바깥에 있는 것이 아니라 우리 안에 있다는 점이다. 내가 동굴로 들어가지 못하게 발목을 잡는 것도 사실은 나 자신이고, 내가 들어가는 동굴 속 역시, 내가 감당하기 어려워 보이는 악한 상대이면서, 한편으로는 내 마음 속 깊은 곳의 악일 것이다. 언제까지나 모든 악은 세상 탓이요 세상의 악인 탓이고, 나는 선한데 세상의 악인에 의해 핍박받는다고만 생각할 것인가. 천상의 세상을 동경하는 그 마음으로, 지하의 그 처치 곤란한 악들도 잘 다스리고 용기 있게 맞선다면 우리의 삶도 한층 더 향상될 것이다. 땅속을 두려워 말라! 그러면 어느 순간, 부쩍 커 버린 자신을 발견할 것이다.

3. 좁은 울타리를 넘어서 - 〈온달〉

평원(강)왕 : 고구려의 제 25대 왕으로 재위는 559~590년. 담력이 있고 승마, 활쏘기에 능했으며, 북방의 여러 나라와의 외교관계에도 탁월한 능력을 발휘했고, 586년에는 수도를 장안성으로 옮겼다.

우리나라 바보의 대표는 물어보나마나 '온달'이다. 온달은 그냥 '온달'로 불리는 일이 없이 언제나 '바보 온달'로 불린다. 대체 얼마나 바보이기에 그러느냐고 묻는 사람이 있다면 『삼국사기』 열전(列傳)에 실린 〈온달〉을 읽을 것을 권하겠다. 〈온달〉은 사실 '온달 장군'의 전(傳)이다. 원문에 '우온달(愚溫達)'이라고 되어 있어서 '바보 온달'로 번역될 공산이 충분히 있지만, '어리석은 온달' 정도로만 옮겨놓고 보아도 그 느낌이 아주 다르다. 그렇다면, 그 짝으로 나오는 '평강 공주'는 어떤가? 흔히 평강을 사람 이름쯤으로 알고들 있지만, 평강공주는 '평강왕의 딸'이라는 말일 뿐이다. '바보 온달과 평강공주'라는 식으로 입에 붙어버린 말부터가 어쩌면 잘못된 고정관념의 산물일지도 모른다.

그리하여 이 이야기는 늘 '바보'가 '공주'를 만난, 이른바 '우부현처(愚夫賢妻)'의 이야기로 인식되어왔다. 즉, 못난 사내가 잘난 아내를 만나 행복해지는 이야기 말이다. 그래서 여자가 잘난 남자 만나 신분상승을 꿈꾸는 증세를 신데렐라 콤플렉스라고 하듯이, 반대로 남자가 잘난 여자를 만나 신분상승을 꿈꾸는 증세를 온달 콤플렉스라고 한다. 그러나, 겪어보면 알겠지만 결혼이라는 게 그렇게 어느 한 쪽의 일방적인 상승이나 하강을 가져오는 것만은 아니다. 그 둘의 결합이 온달에게는 득(得)이 되고 공주에게는 실(失)이 되는 듯이 설명하려 드는 한, 이 이야기의 진짜 의미는 영영 감추어질지도 모른다.

그렇다면, 그 숨은 의미를 찾아내기 위해 어떻게 해야 할까? 가장 먼저, '온달=바보'라는 등식부터 지워야만 한다. 만약 지울 수 없는 사람이 있다면, 최소한 어떤 의미에서든 '누구나 바보일 수도 있다'는 정도의 융통성이라도 가져야 한다. 사실 우리 나라의 바보 이야기에 등장하는 많은 바보들이 지능이 모자라기보다는 상황에 적응을 못해서 일시적으로 바보취급 당하는 경우가 많다.[3]

이 점을 감안한다면 우리는 온달의 다른 측면인 '장군'에 주목하게 된다. 이야기 전반부에 나오는 바보 같은 삶에서부터 이야기 후반부의 장군으로서의 삶에 눈길을 주게 될 때, 그 중간과정을 눈여겨보지 않을 수 없다.

〈온달〉은 온달이라는 평범한 사람이 장군이 되는 이야기이다. 물론 '바보'가 장군이 된다고 했을 때, 그 낙차가 훨씬 더 크게 느껴지며, 이 때문에 이 이야기를 흔히 민담의 전형으로 꼽지만, 작품을 꼼꼼하게 살펴보면 납득하기 곤란한 점이 많다. 가령, 공주가 울기를 잘해서 임금이 온달에게 시집을 보내겠다고 했다는 것부터가 그렇다. 워낙 유명한 바보여서 임금까지도 알 정도였다는 설명이 그럴 듯하게 들리지만, 세상에, 산 속에 숨어있다시피 한 사람에 대한 소문이 어떻게 궁궐에까지 난단 말인가? 게다가 실제 온달에 대한 서술을 보면, 뜻밖에도 '보통 사람 이상'인 구석이 발견된다.

3) 이에 대해서는 이강엽, 『바보 이야기, 그 웃음의 참뜻』(평민사, 1998) 참조.

온달은 고구려 평강왕 때의 사람으로 그 용모가 파리하여 우스웠지만 마음은 맑았다. 집이 몹시 가난하여 항상 밥을 빌어서 어머니를 봉양했으며 해진 옷과 낡은 신을 신고 저잣거리를 오가니 사람들이 그를 보고 '바보 온달(愚溫達)'이라고 했다.[4]

4) 『삼국사기』권 제45「열전」제5〈온달(溫達)〉.

'우온달'을 그냥 '우온달'로 둘 것인지, '어리석은 온달'로 새길 것인지, 이처럼 '바보 온달'로 풀 것인지는 그다지 중요하지 않다. 그 부분을 빼고 본다면, 온달이 바보라는 표지는 어디에도 없다. 용모가 파리하다[龍鐘: 허름하다, 꾀죄죄하다]는 것은 가난하여 잘 먹고 가꾸지 못하는 사람이라는 표시일 뿐이며, 그럼에도 불구하고 마음만은 맑다고 했으니 오히려 예사 사람이 아님을 뜻한다. 더욱이 자신은 헐벗고 고생을 하더라도 어머니에 대한 효성이 지극한 점이 강조되고 있다.

자, 생각해보자. 비록 잘살지 못해서 꾀죄죄하고 허름한 외모이지만 마음 속이 맑고 어머니께 효도를 다하는 사람이라면 평범한 사람인가 비범한 사람인가? 물론 평범한 사람이다. 좋은 사람이라면 으레 그렇기 때문이다. 그러나, 그런 정도의 기본을 갖춘 사람조차 흔치 않은 세상이라면 그는 비범한 사람임에 틀림없다. 사람들이 그를 바보로 지목한 것은 아마도 그런 사실과 연관이 클 것이다. 그의 그러한 잠재된 비범성은 공주를 만나면서 가히 폭발적인 힘을 발휘한다.

처음 말을 살 때에 공주는 온달에게 말하였다. "시장 사람들의 말은 사지 말고 꼭 국마(國馬)를 택하되, 병들

고 파리해서 내다 파는 것을 사오도록 하시오!" 온달이
그 말대로 하였는데, 공주가 매우 부지런히 먹여 말이
날마다 살찌고 건장해졌다.

고구려에서는 항상 봄철 3월 3일이면 낙랑(樂浪)의 언
덕에 모여 사냥을 하고, 그 날 잡은 산돼지·사슴으로
하늘과 산천의 신에게 제사를 지내는데, 그 날이 되면
왕이 나가 사냥하고, 여러 신하들과 오부(五部)의 병사
들이 모두 따라 나섰다. 이에 온달도 기른 말을 타고 따
라 갔는데, 그 달리는 품이 언제나 앞서고 잡는 짐승도
많아서, 다른 사람은 그를 따를 만한 사람이 없었다. 왕
이 불러 그 이름을 물어보고 놀라며 또 이상히 여겼다.[5]

5) 김부식, 같은 책,
같은 곳.

맨 처음 주목할 사실은 역시 말[馬]이다. 말은 예전의
남자들에게 몹시 중요한 의미를 지니는 것이다. 운송

수단이자 전투수단이며 부귀의 상징이기도 했다. 그래서 신화에서는 주인공이 중요한 과정을 거칠 때 — 어려운 말로 '입사식(入社式)'이라고 하는데 — 말이 자주 등장하곤 한다. 가령, 주몽 신화에서도 이 이야기와 같은 방식으로 말을 기르는 방법이 나오고 금와 신화에서도 말이 금와를 제일 먼저 찾아낸다. 그러므로, 이 부분에 중심을 둔다면 온달 이야기는 단순한 민담이라기보다는 신화적인 모습을 갖추고 있는 셈이다.

특히, 온달이 세상에 나가는 날을 삼짇날로 택했다는 것이야말로 그 결정적인 증거이다. 이 날은 '답청절(踏靑節)'이라고도 하는데 말 그대로 '새로 나온 푸른 풀을 밟는 명절'이라는 뜻으로 사람들은 들놀이를 나갔다. 또 이 날이 되면 강남 갔던 제비가 다시 돌아온다고 믿었다. 즉, 이 날은 1년의 시작, 1년의 새로운 순환을 일깨워주는 명절인 것이다. 작품에서 하늘에 제사를 지내고 사냥대회를 열었다는 것은 바로 그러한 새로운 시작의 의미를 담은 것이며, 그 뜻깊은 때에 '새로운 인재'를 뽑자는 뜻이다. 그러므로, 온달이 능력을 인정받고 장군이 된 것은 단순한 신분상승을 의미하는 것이 아니라 '신화적인 탄생'을 알리는 징표이다.[6]

온달은 비로소 산 속의 좁은 세상을 벗고, 국가라는 넓은 세상에서 중요한 일을 수행하는 영웅으로 다시 태어난 것이다.

그렇다면 공주는 어떠한가? 단순히 온달이 영웅이 되도록 돕는 보조자의 역할을 할 뿐인가? 물론, 신화에서 여성이 남성을 생산하는 역할을 맡는 것은 매우 흔

6) 〈온달〉을 신화로 파악하는 견해는 민긍기 교수의 견해에 힘입었다. 「온달설화의 생성적 의미에 관한 연구」(『열상고전연구』제6집, 열상고전연구회, 1993.4)

한 일이지만, 그렇다고 단순한 수단으로만 전락하지도 않는다. 단군신화의 웅녀가 그렇고, 주몽신화의 유화가 그렇다. 모두 '여성신'으로 불려도 좋을 만한 행적을 보여준다. 앞서 보인 대로, 공주가 말을 택하는 일 같은 경우도 그런 예이다. 그러나 그보다 중요한 행동은 궁궐을 벗어나는 행위이다. 궁궐은 누구나 동경하는 곳이다. 백설공주 같은 귀인도 궁궐을 벗어나면 고통의 연속이고, 신데렐라처럼 미천한 여자도 궁궐에 들어서면 모든 불행이 씻긴다. 그러니 궁궐을 벗어나면 고생할 것은 너무도 뻔한 일.

그러나, 공주가 궁궐을 벗어나는 과정을 눈여겨본다면 그 선택에 남다른 구석이 있음을 금세 알 수 있다.

평강왕의 어린 딸이 울기를 잘하여서 왕이 놀렸다. "네가 항상 울어서 내 귀를 시끄럽게 하니 커서 대장부의 아내가 될 수 없을 터, 바보 온달에게나 시집보내야겠다." 왕은 매번 그렇게 말하곤 했는데 딸의 나이 16세가 되어 상부(上部) 고씨(高氏)에게로 시집보내려 하니 공주가 대답하였다.

"대왕께서 항상 말씀하시기를 '너는 반드시 온달의 아내가 된다'고 하셨는데 지금 무슨 까닭으로 전의 말씀을 고치십니까? 필부도 식언(食言)을 하지 않으려 하거늘 하물며 지존하신 분께서야 더 말할 필요가 없습니다. 그러므로 '임금은 희언(戱言)이 없다'고 하는 것입니다. 지금 대왕의 명령은 잘못된 것이오니 소녀는 감히 받들지 못하겠습니다."[7]

7) 같은 책, 같은 곳.

일의 발단은 온달에게 시집보내겠다는 농담이다. 마치 우는 아이를 보고 침을 놓겠다고 하는 것처럼 왕으로서는 매우 위협적인 농담을 한 데 불과하지만, 공주에게는 그것이 위협으로만 다가오지 않았다. 공주는 표면상 임금으로서의 약속을 내세우기는 해도 사실은 궁궐을 벗어나는 일에 중심을 두고 있다 하겠다. 귀족 집에 시집보내려고 했을 때 결사적으로 반대했던 것으로 보면, 공주는 내심으로 궁궐을 떠나기로 이미 작정한 뒤가 아닐까 한다. 궁궐은 편한 곳이고 왕이 정해

▲ 영화 〈로마의 휴일〉 포스터. 앤 공주로 분한 오드리 헵번은 유럽순방길에 올랐다가 빡빡한 일정에서 탈출하여 미국인 기자를 만난다.

주는 혼처 역시 매우 안락한 곳이지만, 어쩐지 삶의 의미와 재미를 삭감하는 인상을 준다. 잘 이해가 안 되면 영화 〈로마의 휴일〉에 나오는 공주나 동화 〈왕자와 거지〉의 왕자를 생각해 보라. 정해진 규칙, 정해진 일정, 정해진 장소…… . 그런 것들 때문에 숨쉴 틈도 없는 곳이 바로 궁궐이다.

그러므로 이 이야기에서 공주가 궁궐을 벗어나는 것은 왕에 의한 추방이라기보다는 '자발적인 탈출'이다. 온달이 산 속을 벗어나 세상으로 나왔듯이, 공주 역시 갑갑한 궁궐을 벗어나서 '자기 세상'을 찾은 것이다. 궁궐은 안락하지만 온통 남들이 만들어놓은 것뿐이며, 궁궐 밖은 불편하지만 자신이 만들어갈 수 있는 곳이기 때문이다. 그러나, 공주는 자신이 취한 행동이 정당

함을 입증하기 위하여 궁궐 밖에서 성공해야만 하는 부담이 있다. 그래서 공주는 영웅을 만드는 일에 적극적으로 나서게 되는데 바로 이 과정에서 여성의 지혜가 두드러지게 나타난다. 이 작품에 등장하는 여성은 공주, 왕비, 온달의 어머니 등 셋이다. 그런데 이 셋은 모두 온달을 영웅으로 만드는 데 크게 기여한다는 공통점을 지닌다. 왕비는 온달이 가난을 청산하고 세상으로 나설 만한 부(富)의 원천인 보석팔찌를 주었고, 공주는 온달의 사람됨을 알아보고 장군이 되도록 후원했으며, 온달의 어머니는 제일 먼저 공주가 귀인임을 알아보았다.[8]

반대로, 이 작품에 등장하는 남성은 사실 어리숙하다. 왕은 온달의 사람됨을 모르고 딸을 내쫓고, 온달은 자신이 무엇을 해야하는지 그 내면을 읽어내지 못한다. 반면, 온달 어머니 같은 경우는 장님이지만 그 향내만 맡고도 사람을 제대로 알아보는 능력을 보여준다. 이는 온달이 사냥대회에서 두각을 나타낸 뒤에라야 비로소 그 사람됨을 알아보는 평강왕과 큰 대조를 이룬다. 무리를 무릅쓰고 이 부분을 과감하게 해석하자면, 이 여성들이야말로 표면에만 집착하여 이면을 읽어내지 못하는 남성의 어리석음과 횡포에 맞서 가려진 진실을 찾아내는 진취적 여성상의 표본이라 하겠다.

8) 『삼국사기』의 원문에는 공주가 떠날 때 그 재물을 누가 주었는지에 대해서는 언급이 없다. 그러나 앞뒤 정황에 비추어 왕비가 그랬을 것으로 짐작할 수 있으며, 실제로 구전되는 설화 가운데 그렇게 언급해 놓은 경우를 어렵지 않게 찾아볼 수 있다. 예를 들어, 전라남도 화순군에서 채록된 〈바보온달과 평강공주〉(『한국구비문학대계』 6-10, 한국정신문화연구원, 1987)에는 "즈그 어매가 금싸래기를 좀 줬어. "이것으로 팔아 먹고 살아라. 쫓겨 나가면 굶어 죽을 것 아니냐?"" (520쪽)라는 대목이 나온다.

4. 이야기 속에 내포된 현실

민담을 한 인간의 성장과 맞물려 설명하는 것은 확실히 매력적인 일이다. 한참 성장 과정 중에 있는 사람들에게 이런 이야기가 각성제가 될 수도 있겠고, 좌절에 빠진 사람에게는 무언지 모를 희망이 될 수도 있겠기 때문이다. 그러나 정말 그뿐이라고 한다면 이야기가 너무 싱겁지 않을까. 마치 어린아이들에게 읽히는 우화처럼 그 자체로는 별 의미가 없이 이야기 속에 담긴 속뜻이나 살피라고 한다면 맥빠지는 일일 테니까 말이다. 이야기에서 진짜 현실을, 생동하는 역사적 문맥과 사람과 사람 사이의 관련을 찾는 것은 여전히 중요한 일이다.

먼저, 〈지하국 대적 제치 설화〉의 일부를 읽어보자.

예제 아들을 하나 났는데 할머니가, 근데 아버지가 일찍 죽었어. 아들 낳구서. 그래 어머니가 해먹을 것 있어? 그래 광우리 장사 한다구, 그래 엿장술 하는 거여. 근데 아들이 어디가 ─, 두 살 나서두 갔다 오믄 엿이 없어지구 하거등. 저 선반에다 얹어 놓은 거를. 이상하다 이기여. 그래 이 어머니 ─, 이 할머니가 그걸 이구 나가서, '참 이상한 일이니 이걸 좀 알아보야것다' 하구 인제 나가는 척하구 돌아 들어와서 봔거야. 아 두 살 난 눔이 절리 기냥 기올라가는기야. 뛰어 올라가. 그래 엿을 다 먹능 거야. 응 엿을 다 먹어. 그러니까 엿이 없지. 그래서,
"너 어떻게 돼서 그렇게 하냐?"
그러니께,

"몰라요. 거기 먹을 게 있어서 내 올라갔어요. 올라가
서 먹을게 있어 내 다 먹었습니다."
"응 그래."
저 어머니가 말을 잘못했어요.
"너 도둑질밖에 해먹을 거 없구나."
이랬다는 기야.
"그래요. 네. 알겠어요."[9]

9) 〈지하국대적퇴
치 ─ 재털벙거지와
결의형제〉, 『한국구
비문학대계1-1』(한
국정신문화연구원,
1980), 505-506쪽.

　실제 구연을 채록한 것인데 그 중 서두 부분이다. 주
인공은 아버지도 없이 가난하게 자라는 꼬마 아이로
설정되어 있다. 그렇지만 그에게는 특별한 재주가 있
었다. 두 살짜리 아이가 선반에 올라가서 엿을 먹는 재
주가 있다니 현실에서는 찾아보기 힘든 능력이다. 그
런데 그 말을 들은 엄마의 반응은 무엇인가? "도둑질
밖에 해먹을 거 없구나"였다. 구연자는 엄마가 말을 잘
못 했다고 주를 달았지만 결코 말실수만으로 돌릴 수
는 없다. 빈천한 집에서 특별한 재주를 가지고 태어났
으니 무엇하겠느냐, 그런 재주가 있어 보았자 골치만
아프다, 도둑질말고는 할 게 없을 테니까, 하는 정도의
한탄이요 체념이기 때문이다.
　대개의 〈지하국 제적 퇴치 설화〉가 주인공을 한량
(閑良)으로 정한 것도 이 맥락에서 크게 벗어나지 않는
다. 앞서 언급했듯이 한량은 본래, 무반으로 아직 과거
에 급제하지 못한 사람을 일컫는 말이다. 그런데 그 한
량이 이야기의 후반부에서 보여주는 재주는 매우 뛰어
난 것이다. 그 담력에 그 지력이라면 못 되어도 소소한

장군감으로야 차고 넘친다 하겠다. 하지만 그런 그가 벼슬을 못하고 여기저기 떠도는 신세라면 무엇을 뜻할까. 마치 온달이 평민 출신으로 고난을 겪어야 했던 것처럼, 이 한량 역시 그런 고난이 계속됨을 암시하는 것은 아닐까. 후반부의 영광과 행운이 꿈이라면, 전반부의 그 처량한 떠돌이 신세는 보통사람들, 특히 재주는 있으되 능력을 발휘할 여건이 못되는 보통 사람들의 현실이 아닐까 생각해본다.

결국, 그런 현실을 직시했을 때 엄청난 용기가 생기고, 그 용기로 문제를 풀어나가게 된다. 고난과 역경이 인간을 키운 것임에는 틀림없지만, 그것을 극복해 가는 과정이나 그 이후의 부귀영화에 초점을 두기 이전에 그 앞에 펼쳐지는 주인공의 처지에 주목한다면 이 이야기 역시 일정한 현실성을 갖는 것이다. 지하국에 들어가서 괴적과 싸워야 한다는 설정 역시 뒤집어 보면, 자신의 처지는 정상적이며 평범한 방법으로는 도저히 극복할 수 없는, 어찌보면 운명적이기까지 한 것처럼 여겨지게 한다. 민담이라면 주인공이 일방적인 승리를 거두는 매우 가벼운, 그래서 허황된 이야기로 치부하기 쉽지만 실제로는 그 이면에 그런 비극적 현실이 도사리고 있다.

이런 식의 현실 찾기라면 〈온달〉의 경우가 훨씬 더 절실하게 다가온다. 그도 그럴 것이 이 이야기는 역사책에 기록된 만큼 어느 정도의 역사적 문맥을 갖고 있는 것이 당연하며, 맨 끝의 결말 역시 여느 민담처럼 완전한 행복으로 귀결되는 것이 아니기 때문이다. 온달

▲ **아차성** : 아차산(서울 광장동 소재)에 있는 삼국시대의 산성. 높이 200m 지점의 산꼭대기에서 시작하여 한강변쪽으로 경사진 산허리의 윗부분을 둘러쌓은 것으로 둘레가 약 1,000m쯤 되는 큰 성이다. 백제의 개로왕과 고구려의 온달이 여기서 전사하였다고 전해진다.

이든 공주든 좁은 울타리를 벗어나서 자신의 능력을 마음껏 펼쳤다고 본다면 이 이야기는 공동의 승리가 되어야 할 텐데, 다 아는 대로 온달은 비참한 최후를 맞는다. 그렇다면, 이 이야기는 '좁은 울타리를 벗어나서' 기껏 죽음으로 치닫는 이야기란 말인가?

영양왕(嬰陽王)이 즉위하자 온달이 아뢰었다. "신라가 우리 한강 이북의 땅을 빼앗아 군현(郡縣)을 삼았으니, 백성들이 심히 한탄하여 일찍이 부모의 나라를 잊은 적이 없습니다. 원컨대 대왕께서는 어리석은 이 신하를 불초하다 하지 마시고 군사를 주신다면 한번 가서 반드시 우리 땅을 도로 찾아오겠습니다." 왕이 허락했다. 떠날 때 맹세하기를 "계립현(鷄立峴)과 죽령(竹嶺) 이서(以西)의 땅을 우리에게 귀속시키지 않으면 돌아오지 않겠다!" 하고, 나가 신라 군사들과 아단성(阿旦城: 아차성)

아래에서 싸우다가 유시(流矢: 빗나간 화살)에 맞아 넘어져서 죽었다. 장사를 행하려 하였는데 상여가 움직이지 아니하므로 공주가 와서 관을 어루만지면서 말하기를 "죽고 사는 것이 이미 결정되었으니, 아아 돌아갑시다!" 하였다. 드디어 들어서 장사지냈는데, 대왕이 듣고 몹시 슬퍼하였다.[10]

10) 같은 책, 같은 곳.

다 아는 대로, 온달은 장군이 되어 적지 않은 무공을 세웠지만 끝내 조국의 땅을 되찾는 과업을 이루지 못하고 만다. 이 이야기에서는 그의 관이 움직이지 않는 것으로써 그것이 얼마나 원통한 일인지를 잘 보여준다. 바로 이 부분이, 〈온달〉을 여느 신화나 민담과 구별지어주는 요소이다. 신화에서는 신화 주인공이 자신의 꿈[이념, 이상]을 세상에 구현하여 보이는 것으로 이야기가 종결되며, 민담은 주인공이 너무도 간단하게 세상의 온갖 어려움을 물리쳐서 행복하게 되는 것으로 이야기가 종결된다. 그런데 이 이야기에서는 끝내 현실적 어려움을 이겨내지 못하고 쓰러지고 만다. 온달이 어쩌면 이야기 속의 가공의 인물이라고 해도, 바로 이런 대목은 이 이야기가 '역사'임을 일깨워주는 좋은 예이다.

신화가 아닌 다음에야 실제 역사에서는 제 아무리 위대한 영웅이라도 그 힘이 일정한 한계를 갖는다. 더구나 온달처럼 그 토대가 약한 평민 출신의 영웅이라면 그 한계는 더욱 분명하다. 여기서 잠깐 어느 역사학자의 말에 귀를 기울여보자.

온달은 물론 평민 신분이었다. 평민들은 고구려의 귀족사회에서 아무리 능력이 있어도 큰 출세를 할 수가 없었다. 고구려의 귀족들은 권력을 휘어잡고 기득권을 누리며 나태와 안일에 빠져 있었다. 귀족들의 행태에 염증을 낸 역대 왕들은 종종 귀족들의 숙청을 단행했다. 평민이나 하급 군졸, 벼슬아치들은 신분 제약에 따른 불만이 많았다. 당시 남북 양쪽의 적을 맞이하고 있던 고구려로서는 이런 불만을 해소할 필요가 있었다.

온달은 신흥 무사계급으로 평양계였다. 그는 능력이 탁월하였지만 하급 군졸에 머물 처지였다. 그래서 평원왕이 평강공주를 내세워 온달을 사위로 맞이하고 헛소문을 퍼뜨린 것이 아닐까? 그렇지 않다면, 왕은 농담이라도 지켜야 한다지만 호랑이가 득실거리는 험한 산골로 열여섯 살짜리 공주를 혼자 가게 버려둘 수 있었을까? 온달은 고구려에 활력을 불어넣는 구실을 하였고 신흥귀족이 되었다. 온달설화는 민중들이 희망과 동경으로 그려온 것이다. 어느 기록에도 온달이 바보라고 한 곳은 없으며 중심이 탁 트였다고 하였다. 그런데도 설화에는 온달이 바보였다가 평강공주의 도움을 받아 명장이 된 것으로 그려져 있다.[11]

11) 이이화, 『삼국의 세력다툼과 중국과의 전쟁(한국사 이야기3)』(한길사, 1998), 41쪽.

두 번째 단락은 역사학자의 입장에서 펼쳐보인 과감한 추측이라 하더라도, 온달 이야기가 당대의 신분제 사회를 기반으로 한 것임은 분명하다. 더욱이, 공주가 쫓겨나는 이유 역시 귀족과의 결혼을 거부하고 평민을 택함으로 해서 결과적으로 신분제 사회의 규칙을 어겼기 때문으로 이 이야기는 나름대로의 정합성을 갖는다. 어느 나라든 국가적 위난을 만나면 기존의 인재양

▲ 온달산성. 충북 단양
에 있는 길이 682m의
산성으로 온달장군이
신라군을 방어하기 위
해 쌓았다고 전해진
다.(http://ns.tanyang-
gun.chungbuk.kr)

성 방식만으로는 필요한 만큼의 인재를 수급할 수 없
는 법이다. 더구나 위의 인용에서 지적했듯이 귀족들
의 구태의연한 행태 때문에 국력이 쇠할 정도라면, 무
언가 특단의 조치가 필요했음이 분명하다.

　이 때문에 당대의 고구려 사회가 귀족사회라고 해도
온달 같은 평민출신의 인재를 받아들여야 했던 상황이
벌어졌을 것으로 보인다. 그러나, 그런 사회적 요구와
맞물려 어렵사리 귀족의 반열에 오른 온달조차도 끝내
비명횡사하고 마는 상황은 뼈아픈 현실이다. 이야기로
처리되어서 그저 슬픈 느낌을 주고 말 수도 있겠지만,
이는 실제 현실에서 자신의 굴레를 벗는 일이 얼마나
어려운지를 보여주는 한 사례라 하겠다. 〈온달〉을 민
담이라고 하면서도 그것을 읽고났을 때 여느 민담과

다르게 가슴이 찡한 이유는 바로 거기에 있다. 여느 전설보다 더한 비애가 묻어 나오고, 그것이 오랜 인류 역사가 되밟아온 진실이라면 너무 심한 해석일까.

이렇게 보면, 한량이나 온달이나 두 설화의 주인공은 너무 닮아있다. 둘 모두 미천한 처지에서 부귀영화를 획득하는 쪽으로 가닥을 잡아간다. 방법이 다르고 최종 결과가 다르지만, 자신의 현실상황을 벗어나는 과정만은 같은 길에서 만난다. 지하국에 뛰어들지 않고서는 자신의 진가를 발휘할 수 없고, 산에서 내려오지 않고서는 숨어 있는 역량을 알릴 재간이 없는 것이다. 이리하여 마치 입사식을 치르듯 지하국을 다녀오고 사냥대회를 거쳐서 그들 모두는 신분상승의 호기를 잡지만, 그 이후의 영광이 크면 클수록 그 이전의 현실적 고난 역시 더 크고 선명히 부각된다.

5. 청춘의 힘

고등학교 시절, 〈청춘 예찬〉이라는 수필을 감명 깊게 읽었던 기억이 난다. "청춘! 이는 듣기만 하여도 가슴이 설레는 말이다."로 힘차게 시작하는 그 글발을 보면서 무언가 가슴이 뭉클했던 듯하다. 그러나 곰곰 생각해보면 그 글에 더 깊은 감명을 받았던 사람은 수업을 듣는 우리들이 아니라 그 글을 가르치시던 선생님이 아니었던가 싶다. 하긴 청춘이라는 게 제 몸속에 살아 있는 사람이라면 거기에 그리 깊이 감격할 것이 없겠다. 적어도 청춘을 지내고 그 아쉬움이 있는 사람만이 거기에 크게 감격하지 않겠는가. 혹시 이렇게 말하면 필자의 나이가 몇 살인데 그러느냐며 눈 흘길 사람도 있겠으나, 민태원이 〈청춘예찬〉을 발표한 게 32세 때임을 상기한다면 그 정도는 충분히 말할 수 있지 않을까 한다.

나는 이 강의에서 저돌적으로 나아갈 것을 강조했다. 이야기를 그렇게 풀어놓는 것이 합리적인 처사인지에 대해서는 두고두고 따져볼 일이거니와, 적어도 지금까지 살아온 경험으로 본다면 그렇게 하는 편이 훨씬 더 '현실적'으로 여겨졌기 때문이다. 특히 여건이 좋지 않은 경우나, 큰 꿈을 가진 경우라면 더욱 그렇다. 세상에는 '그러므로족(族)'과 '그럼에도 불구하고족'이 있다는 것이 나의 평소 지론이다. '그러므로족'은 이성적이고 순차적으로 모든 문제를 해결하려 들고 '그럼에도 불구하고족'은 비합리적이고 좌충우돌식으로 문제를 푼다. 물론 여건이 완비된 상태라면 그러므로족이 훨씬 더 보기 좋을 뿐만 아니라 그렇게 하는 편이 더 쉽다. 그러나, 만에 하나 아무것도 갖추어지지 않은 상황이라면 "그럼에도 불구하고" 무언가를 하지 않을 수 없다.

한량은 넘치는 힘을 펼쳐보일 공간이 필요하고, 온달은 자신이 바보가 아니라 장군감임을 입증해 보여야만 했다. 그럼에도 불구하고 한량에게 '땅위의 세계'는 너무나 냉담했고, 온달에게 '산 속 세계'는 너무도 비좁은 곳이었다. 어쩌겠는가? 한량도 땅속으로 들어갔고, 온달도 산 아래로 내려갔는데, 어찌 그게 이야기 속에서만 통용되는 이야기일까. 반복하지만, 운명적으로 짐 지워진 현실을 직시하고 극복하는 것이 참된 성장의 길이다. 그렇다면, 만에 하나 그 좋은 진리를 왜 젊은이에게만 강조하느냐고 따지지 말기 바란다. 그렇게 말하는 것은 걷기도 힘든 노인에게 힘드실 텐데 뛰어가시라고 권하는 것과 매한가지이다.

굴속으로 들어가는 일은 목숨을 건 일이다. 들어가서는 죽을지 살지 모른다. 산속을 벗어나는 일 역시 그렇다. 산속에서도 바보 소릴 듣던 사람이 산을 내려가서 어떤 봉변을 당할지도 모르는 것이다. 그런데 이번에 실패하면 끝이라거나, 이번에 지게 되면 무언가를 크게 잃는다면 어떻겠는가? 감히 앞으로 나설 수가 없다. 이번에 실패하더라도 다음 번에 기회가 있다거나, 이번에 지더라도 별로 잃을 것이 없다고 생각될 때, 그럴 때라야 사람들은 과감하게 돌진할 수 있는 법이다. 그러나 나이가 들면 누구도 그러기가 어렵다. 아니 그럴 수가 없다. '실패해도 괜찮은 기회'가 점점 줄어들기 때문이다. 패배에 따른 부담이 점점 커지기 때문이다.

전자오락을 하다보면 '목숨(lives)'이라는 게 있는데 참 편리하다. 기본으로 한 세 개쯤을 주고 실패가 거듭되면 하나씩 죽어 없어지다가 맨 마지막 목숨까지 죽고 나면 'GAME OVER'가 찍힌다. 젊음은 말하자면 그 목숨이 여럿인 때이다. 한두 개가 없어진다고 죽지는 않는, 아주 부유한 때이다. 이를테면 청춘은 '실패허가증' 내지는 '패배권리증' 같은 것이어서 과감하게 돌진하다 죽어도 큰 부담이 없다. 부담은커녕 그 '죽었던 경험' 때문에 앞으로 더 오래살 수 있는 길이 열린다. 그것이 바로 청춘의 힘이다. 그러니, 이 글을 읽는 젊은이들은 더 늦기 전에 땅 밑을 파고, 한 살이라도 더 먹기 전에 산 아래로 내려가길 바란다. 아울러 궁궐에 갇힌 젊은이들도 편안한 유폐(幽閉) 생활을 떨쳐냈으면 한다.

아주 오랜 노래 세 편 —
〈황조가〉, 〈공무도하가〉, 〈구지가〉

1. 옛날 옛적 아주 먼 옛날

책 제목에 '고전여행'을 달고 나서도 '아주 오랜 노래'라는 제목을 다는 일이 어딘가 어색하다. 이 책에서 다루는 모든 작품이 옛 문학일 테니, 마치 '예쁜 미인'의 경우처럼 쓸데 없는 중복으로 느껴지니까 말이다. 그러나, 여기서 다루려는 노래만큼은 특별히 그럴 필요가 있는 것이다. 흔히 '상고시가(上古詩歌)', '고대시가(古代詩歌)', '원시가요(原始歌謠)' 등으로 불리는 노래가 바로 그것인데, 많지도 않고 꼭 세 편뿐이어서 거의 함께 붙어 다니는 형편이다. 그래서 문학사의 서술이 필요할 때면 으레 이들이 신화 다음쯤에 위치하는 것이 상례이며, 설혹 다음 부분에서 미약한 힘이 있더라도 이 부분만큼은 상당한 양을 할애해서 설명하곤 한다.

그러나, 어찌된 일인지 이 노래들에 대해서만큼은 일관된 설명이 거의 불가능하다. 이른바 정설(定說)이라고 할 만한 것이 별로 없이 이설(異說)로만 도배되는 것이다. 막상 강단에서 강의를 할 때도 도무지 확신을 가지고 말하기 어려운 작품이 바로 이 노래들이다. 하긴, 그 누구라서 〈황조가(黃鳥歌)〉, 〈공무도하가(公無渡河歌)〉, 〈구지가(龜旨歌)〉를 자신 있게 강의할 수 있을까. 강의를 하기보다는 앞뒤 문맥만 설명해주고 학생들의 의견을 구하는 편이 오히려 더 생산적일 경우가 많다. 하지만, 그렇다고 해서 노래만 덜렁 제시한 뒤 '무슨 노래'인 것 같은가하고 물어서는 안 되는 것이 또 이 노래들이기도 하다. 원래부터 '노래'가 주목적도 아니었을 뿐만 아니라 주변 정황을 참조하지 않고는 노래를 온당하게 해석해내기 어렵기 때문이다.

그럼에도 불구하고, 이 작품들은 여전히 '시가'의 이름으로 논의되기 일쑤이다. 이렇게 된 상당한 책임은 아마도 시가와 산문을 갈라서 전공을 정하고 공부하는 관례에 있다. 당연히 이런 노래는 '고전시가론' 쯤의 이름을 단 강좌에서 강의되고, 그래서 그 핵심은 불과 넉 줄 안쪽의 노랫말에만 집중되곤 했던 것이다. 그러나 이 세 노래는 어느 것이나 이야기 안에 들어있는 한 부분에 불과하다. 시가문학에 대한 자료가 너무 없다 보니 그 영역에서 과분한 대우를 받아서 그렇지, 본래의 전승 문맥을 따라가 보면 시가가 중심이 되기 어려운 것들이다.

이 점에서 중고등학교 참고서에서부터 익히 들어왔던 '배경설화'라는 말이 매우 황당하다 아니할 수 없다. 이 말은 시가가 주인공이고 설화는 그 주인공이 활동할 수 있는 배경이라는 의미일 것이다. 그러나 정말 그런가? 이 세 편의 시가, 사진에서 인물 뒤에 흐릿하게 붙어 있는 풍경 같은 것인가? 결코 그렇지 않다. 이왕 비유한 대로 사진으로 따지자면, 인물사진보다는 풍경사진에 가깝다. 풍경사진에도 왕왕 인물이 나오지만, 이때의 인물은 아주 자연스럽게 풍경의 일부가 된다. 이 세 작품 역시 설화의 선후 맥락을 따라 자연스럽게 흡입될 때 그 해석이 좀더 온당해지리라 믿는다.

여기에서는 그런 점을 십분 고려하기로 한다. 하지

만 그렇다고 해서 당대의 생성 맥락에만 힘을 기울이느라 있는 그대로의 시가로 보지 못하는 것도 경계해야 할 일이다. '옛날 옛적 아주 먼 옛날'의 일임에는 틀림없지만, 그 역시 사람의 일이기 때문이다. 사람이 제아무리 잘 변한다고는 해도 사람인 한, 사람으로서의 공통점은 있을 터 이 노래 역시 예외는 아니다. 만약 그 당시 사람들은 지금 사람 같은 감정이 없었다고 한다거나, 그때의 사회는 지금과는 달라서 이상적인 조화를 이루고 있었다고 상정한다면, 현대적인 해석이 틈입할 여지가 별로 없겠으나, 납득하기 어렵다.

노래는 노래이지만 앞뒤의 이야기와 잘 들어맞고, 또 아주 오래된 옛 노래이지만 지금 사람도 수긍할 법한 정서가 감지될 때, 이런 노래를 공부하는 맛이 한결 더해질 것이다.

2. 훨훨 나는 저 꾀꼬리

〈황조가(黃鳥歌)〉는 『삼국사기』에 전한다. 정통 역사서에 있다는 점에서 역사적 문맥을 많이 담고 있는 노래이다. 기록 역시 아주 정확하게 연도까지 들이대고 있을 정도이니 그 역사성을 감히 시비할 수 없겠다. 문제는 문면에 드러난 역사보다 훨씬 더 복잡한 현실적 내막을 아는 일인데, 우선 해당 기록을 꼼꼼하게 읽어 보자.[1]

1) 김부식, 『삼국사기』, 「고구려본기」 유리왕(琉璃王) 3년 조.

朴立
三年秋七月作離宮於鶻川冬十月王妃松氏
薨王更娶二女以繼室一曰禾姬鶻川人之女
也一曰雉姬漢人之女也二女爭寵不相和王
於涼谷造東西二宮各置之後王田於箕山七
日不返二女爭鬪禾姬罵雉姬曰汝漢家婢妾
何無禮之甚乎雉姬慙恨走歸王聞之策馬追
之雉姬怒不還王嘗息樹下見黃鳥飛集乃感
而歌曰翩翩黃鳥雌雄相依念我之獨誰其
輿歸
十一年夏四月王謂群臣曰鮮卑恃險不我和
親利則出抄不利則守爲國之患若有人能
折此者我將重賞之扶芬奴進曰鮮卑險固之
國人勇而愚難以力鬪易以謀屈王曰然則爲
之奈何荅曰宜使人反間入彼僞叛我國而
兵弱怯而難動則鮮卑必易我不爲之備臣以
其隙率精兵從間路依山林以望其城而遠
熱兵出其城南彼必空城而遠遁之臣以精兵

三國史記

▲ 『삼국사기』의 〈황조가〉 부분

　유리명왕(琉璃明王) 3년 7월, 골천(骨川)에 이궁(離宮)을 지었고, 10월에 왕비 송(宋)씨가 돌아가셨다. 왕은 다시 두 여자를 계실(繼室)로 얻으니 한 사람은 '화희(禾姬)'로 골천 사람의 딸이고 한 사람은 '치희(雉姬)'로 한인(漢人)의 딸이다. 두 여자는 사랑을 다투느라 서로 화목하지 못했기 때문에 왕은 양곡(涼谷)에 동(東)·서(西)두 궁을 짓고 따로 살게 했다. 나중에 왕이 기산(箕山)에 사냥을 가서 7일 동안을 돌아오지 않았다. 두 여자가 싸웠는데 화희가 치희를 꾸짖었다. "너는 한가(漢家)의 비첩(婢妾)으로 어찌 무례함이 심한가?" 치희는 부끄럽고 한스러워서 집으로 돌아가 버렸다. 왕은 이 말을 듣고 말을 채찍질하여 뒤따라갔으나 치희는 노하여 돌아오지 않았다.

　왕은 일찍이 나무 밑에서 쉬면서 꾀꼬리가 날아 모여드는 것을 보고 느끼는 바가 있어 노래하였다.

훨훨 나는 꾀꼬리는　　翩翩黃鳥
암수 서로 기대는데,　　雌雄相依

| 내 외로움 생각하면 | 念我之獨 |
| 뉘와 함께 돌아갈까. | 誰其與歸 |

　주인공 유리왕은 파란만장한 일생을 산 사람이다. 아버지는 고구려의 시조인 주몽이었으나 아비 없는 자식으로 자라다가 제 스스로 아버지를 찾아나선 인물이다. 주몽이 부여에서 도망치기 전에 결혼한 예씨와의 사이에서 생긴 자식이 바로 이 유리왕인데, 주몽은 떠나면서 조각난 칼을 숨겨두고는 아들이 자라면 그것을 가지고 찾아오라고 했다. 유리는 온갖 고난을 딛고 우여곡절 끝에 아버지를 찾아내는 데 성공하지만 고구려 역시 평탄하지만은 않았다. 고구려는 어차피 외부에서 이주해온 세력이었으니 그 토착세력과의 관계부터 어려웠을 것이다.

　주몽 신화를 자세히 기억하는 사람이라면 주몽이 나라를 세울 무렵의 쟁투를 떠올릴 것이다. 그는 이미 그곳을 다스리고 있던 비류국의 송양왕(宋讓王)에게 공연히 시비를 걸어 자신의 힘을 과시한다. 결국 활쏘기로써 주몽이 승리하여 송양왕이 다스리던 나라를 '다물도'로 이름을 바꾸어 고구려의 아래에 두게 된다. 이후 고구려는 북쪽으로는 중국쪽을 막으면서 남쪽으로는 작은 국가들을 복속시키는 일을 어렵게 수행해나가는데, 주몽은 나이 40에 죽고 만다. 당연히 남은 일들은 모두 그 아들 유리왕의 몫이었다. 이 이야기에 나오는 송씨의 딸이 바로 송양왕의 딸을 가리킨다. 유리왕은 여전히 그곳 토착세력과의 관계에 신경을 썼다는 이야기이다.

그러나 불행히도 송씨가 죽자 이런 일이 일어났던 것이다. 그런데 『삼국사기』에 따르면, 유리가 부여에서 어머니와 함께 도망한 것이 주몽이 즉위한 지 19년째 되던 해의 4월인데 주몽이 죽은 것이 그 해 9월이다. 유리가 고구려에 발을 들여놓은 지 채 반년이 못되어서 왕이 되었다는 이야기이다. 아무리 뛰어난 능력을 지닌 유리였다 할지라도 제대로 세력을 펴기 어려웠을 것은 자명한 이치이다. 게다가 송씨의 딸인 왕비가 죽었으니 유력한 토착세력인 송양왕 집안과의 연대에도 문제가 생겼을 것이며, 왕궁을 짓는 일에도 분주했을 것이다. 그리고 이 불화를 촉발시킨 7일간의 사냥만 해도 그렇다. 그 시절의 사냥이란 그냥 놀고 즐기는 유희가 아니라, 새로운 사람을 가려내고 여러 세력과 우의와 협력을 다지는 자리였을 것이 분명하다.[2]

이 일 저 일 하나도 만만한 것이 없는 상황이다.

그런데 가정까지 불화가 계속된다면, 그 속은 안 보아도 뻔하지 않은가. 〈황조가〉에서 '훨훨 나는' 새를 특히 강조한 것은 얼마간은 그 자유로움을 부러워한 것인지도 모른다. 짝지어 잘 지내는 모습은 말할 것도 없고, 저 하고픈 대로 마음대로 날아다니면서 사랑도 하고 지내는 그 새의 모습, 게다가 목소리까지 고운 꾀꼬리의 모습은 얼마나 큰 선망의 대상이었을 것인가. 자유와 사랑, 그리고 아름다움을 모두 갖춘 그 완전한 존재를 향한 몸부림이 엿보인다. 그러나, 유리왕은 그것들을 단번에 이룰 수가 없었다. 그는 신이 아니었던

2) 〈황조가〉 창작을 전후로 한 역사적 정황에 대해서는 이이화, 『고구려 백제 신라와 가야를 찾아서』 (한길사, 1998), 82-84쪽 참조.

것이다. 아버지 주몽처럼 변신을 할 수도, 속임수를 쓸 수도 없었다. 오죽하면 치희를 데리러 갔다가 성내는 모습만 보고 왔을 것인가.

아버지 때와 비교해보면 사실 모든 것이 바뀌었다. 신적인 능력이 있다면 모두 자신의 섭리대로 세상을 뒤바꾸어놓을 수 있지만, 인간은 그렇지 못하다. 그리고 그렇지 못한 인간이 등장하면서 이러한 괴로움과 외로움이 담뿍 스며들어 있는 시가 등장한다. 세상과 내가 화합할 수 없는 상황에서 화합을 갈망하는 시, 이른바 '서정시'가 등장하는 것이다. 물론 이 〈황조가〉를 두고도 여러 가지 이설이 분분하여, 역사적으로 서정시가 등장할 수 없는 시기이므로 집단 서사시라거나, 원시사회에서의 짝짓기 노래라거나, '화(禾)'와 '치(雉)'의 자의(字意)에 따라 벼로 상징되는 농경문화(농경종족)와 꿩으로 상징되는 수렵문화(수렵종족) 간의 대결로 풀어보자는 시도가 있기도 했지만, 앞에서 보인 대로 그 자체로 풀어볼 때에도 그 의미가 아주 줄어드는 것은 아니다.

유리왕이 겪었을 고뇌 속에는 이미 여러 세력간의 다툼과 알력, 가정의 불화에서 오는 번뇌, 사랑과 자유에 대한 희구 등이 모두 들어있는 것이다. "내가 저 새만 같다면" 이런 고통은 없었겠지, 라는 한 임금의 평범한 고민이 우리의 가슴을 서늘하게 적셔준다. '유리왕 같은 거인도 우리 같은 범인(凡人)처럼 그렇게 쓸쓸한 생각을 하는구나' 하는 생각이 힘들게 사는 우리 모두에게 작은 위안이 되기를 고대해 본다.

3. 님이여, 물을 건너지 마오!

님이여, 물을 건너지 마오.	公無渡河
님께선 그예 물을 건너네.	公竟渡河
물에 빠져 돌아가시니	墮河而死
이제 님을 어찌할거나.	當奈公何

참으로 간단하고 애절한 노래이다. 이 노래에 대한 논의 역시 매우 분분하지만, 복잡한 설명을 제하고도 그 자체만으로도 충분히 즐길 만한 노래라고 생각된다. 님과 나의 앞에 물이 가로놓여 있다. 이쪽에 있든 저쪽에 있든 둘이 함께 있는 것이 제일이다. 내 생각에는 님이 나와 함께 이쪽에 있는 편이 훨씬 더 즐겁고 행복한 일이다. 그러나 님은 늘 저쪽만을 생각한다. 원문

▼ 최표(崔豹), 『고금주(古今注)』 중의 〈공무도하가〉 부분.

서경별곡 : 『악장가사』, 『시용향악보』에 전하는 고려속요의 하나. 〈청산별곡〉과 더불어 고려속요의 대표적인 작품으로, 대동강을 사이에 두고 벌어지는 애절한 이별의 한을 노래하는 작품이다.

에서 '건너지 마오(無渡)'라고 한 것에서 '건너다'는 그런 의미이겠다. 이 점에서 이때의 물은 흔히 이 작품과 비교하여 논의되곤 하는 고려가요 〈서경별곡〉에 나오는 대동강과 크게 다른 것이 아니다. 물을 건너가고 나면 다시는 만날 수 없을 듯한 님인 것이다. 그런데도 끝내 님은 갔고 나는 어쩔 수 없다는 것이 이 노래의 골격이다.

그런데 문제는 님이 '갔다'가 아니라 '죽었다'는 데에 있다. 〈서경별곡〉이든 〈가시리〉든 요즈음의 유행가든 님은 대체로 나를 버리고 갈 뿐 죽지 않는다. 죽는다고 하는 편이 훨씬 더 애절할 듯하지만, 사실은 죽음 자체는 님의 잘못이 아니기 때문에 님을 원망할 필요도 없고 또 죽었다고 하면 쉽게 체념할 수 있으므로 의외로 덜 애절하다. 예를 들어, 한용운의 〈님의 침묵〉처럼 님은 갔지만 나는 님을 떠나보내지 않았다고 외칠 때, 그 역설에서 훨씬 더 큰 느낌을 받는 것이 사실이다. 그러나 〈공무도하가〉는 그냥 님이 죽었으니 어찌할까만 뇌고 있다.

이 점이 바로 여느 시가에서 느낄 수 있는 일반적인 정서와 크게 다른 점이다. 소중한 사람을 잃어본 경험이 있는 사람은 누구나 알 듯이, 그 사람이 세상을 떠난 바로 그 순간, 사실은 아무런 생각이 나지 않는다. 통곡조차도 정신을 차린 다음에 나는 것이 일반적이며 그저 멍하다가 울음이 터지게 된다. 거기에 무슨 이유를 달거나 한탄을 하거나 하는 것은 아무래도 그 다음 일이다. 그런데 이 작품은 아무리 보아도 그런 절박함을 담고 있지 않다. "이제 님을 어찌할 거나."라는 독백투의 한탄이 전부일 뿐이다. 나만 그렇게 느끼는지 모르겠지만 이부분은 참으로 비현실적이다. 더구나 이 노래에 붙어있는 설화를 본다면 더욱 그렇다.

공후 : 고대 동양의 여러 나라에서 쓰던 현악기. 수공후, 대공후, 소공후, 와공후 등 여러 종류가 있으나 대개 자루가 달린 활 모양이다. 우리 나라의 경우, 백제에서 이 악기를 썼다는 기록이 있다. 이 그림은 소공후이다.

　　〈공후인(箜篌引)〉은 조선(朝鮮) 진졸(津卒) 곽리자고(藿里子高)의 아내 여옥(麗玉)이 지은 것이다. 자고가 새벽에 일어나 배를 저어 가는데 한 백수광부(白首狂夫)가 머리를 풀어헤치고 술병을 든 채 강을 가로질러 건넜다. 그 아내가 따라가 부르며 말렸으나 미치지 못하고 드디어 빠져죽었다. 이에 공후(箜篌)를 끌어다 타며 '공무도하'의 노래를 지으니 그 소리가 심히 애처로웠다. 노래가 끝나자 스스로 물에 몸을 던져 죽었다.

　　자고가 돌아와 그 노래를 아내 여옥(麗玉)에게 들려주었다. 옥이 슬퍼하고 곧 공후를 끌어다가 그 소리를 본뜨니 듣는 자 중에 눈물을 흘리지 않는 사람이 없었다. 여옥이 그 소리를 이웃 여자 여용(麗容)에게 전하니 이름하여 '공후인'이라 한다.[3]

3) 김현룡 편, 『국문학을 위한 중국문헌자료집』(서광문화사, 1990, 영인본), 12쪽.

짧은 이야기에 등장인물이 너무 많아서 헷갈리는 면이 있지만 찬찬히 따져보면 왜 비현실적이라고 했는지 충분히 알 수 있다. 우선 '백수광부'의 정체부터 밝혀야 할 것이다. 말 그대로 머리가 허연 미친 사람일 테니, 문면대로라면 미치광이 하나가 물에 빠져들 태세를 취한 데에서부터 이 이야기가 시작된다. 한 미치광이가 물속으로 뛰어들고 두 사람이 그 광경을 목격하게 된다. 하나는 아내이고 하나는 진졸(津卒)이다. 아내는 남편을 따르며 소리치며 말렸다고 했으니 그나마 할 일을 다한 셈이지만, 진졸인 곽리자고의 역할은 상당히 아리송하다. 진졸이라면 나루를 지키고 관리하는 일이 주임무였을 텐데, 한 사람이 물에 빠지는 상황에서 아무 일도 안하고 있으니 이상하지 않은가. 이런 의문은 『삼국유사』 〈수로부인〉조에서 수로부인이 해룡에게 끌려가는데도 주위사람들이 별다른 대책을 세우지 않는 것과 흡사해서 현실적으로 이해가 되지 않는 부분이다.[4]

뿐만 아니라 남편이 물에 빠져 죽었는데 공후라는 악기를 끌어다가 근사하게 연주하면서 노래한다는 설정이 도대체 가능한 것인가. 노래는커녕 말도 안 나와야 정상인데 반주까지 해가면서 노래를 한다면 이게 어찌된 일인가. 이것을 정말 남편이 죽은 현장에서 즉시 벌어진 일로 생각할 수 있는가. 도저히 그렇게 보기 어렵다. 아무리 옛날과 지금이 다르다 해도 사람의 기본 정서까지야 다를 수는 없는 법이다. 알기 쉽게, 위의 설화에 드러난 내용을 지금 한강쯤에서 벌어진 일로 놓고 생각해보자. 머리 허연 미치광이 같은 사람이 술병을 옆에 끼고 강을 가로지르려 하고 그 아내가 그러지 말라고 부르짖으며 뒤따른다. 그리고 그 광경을, 그리 멀지 않은 곳에 있던 한강 안전요원이 요트 위에서 보고 있다. 그런데 남자가 물에 빠져 죽고, 아내

4) 이런 점에 주목한 연구는 민긍기, 〈원시가요연구(3)〉(『열상고전연구』제4집, 열상고전연구회, 1991), 35-38쪽에 보인다. 그는 여기에서 곽리자고가 취한 방관적 태도에 주목하면서 현실이 아닌 입사제의의 절차로 해석한다.

는 기타를 퉁기며 슬픈 노래를 하고 뒤이어 자기도 죽는다. 그리고 그 모든 광경을 안전요원은 그저 '관람'(?)을 한다.

그럴 수는 없겠다. 도저히 현실로 보기 어려운 국면인 것이다. 그래서 이 이야기를 하나의 신화로 파악하자는 제안이 설득력을 갖는다. 백수광부는 술병을 끼고 다니는 사람이니 주신(酒神)이요, 그 아내는 악기를 끼고 다니는 사람이니 악신(樂神) 정도로 보자는 것이다.[5] 지금은 드링크제 이름으로 널리 알려진 바쿠스(디오니소스)나 음악의 신인 뮤즈 정도의 역할을 그들이 맡은 것으로 보는 견해인데 일리가 있다.

그러나 그렇게 풀 경우 대체 무엇이 신(神)의 속성인지 갑갑한 문제가 생긴다. 머리를 풀어헤치고 술병을 옆에 끼었다거나 남편의 죽음 앞에 악기를 들고 노래한다는 것만으로 신의 반열에 올려놓을 수 있을까? 만일 올려놓는다 하더라도 이미 신의 본래적 능력은 상당히 잃어버린 반신반인(半神半人) 정도에 불과할 것으로 보인다. 신이라고 하면 모름지기 인간의 힘으로 할 수 없는 일을 헤쳐나가야 하는데, 남자든 여자든 실패로 끝나기 때문이다. 그런 식으로 푼다면 신화라기보다는 오히려 쓸쓸한 전설 같은 느낌을 주고 만다.

따라서, 이 이야기를 인간의 이야기도 신의 이야기도 아닌 하나의 제의(祭儀)로 풀자는 견해가 있을 수 있는데, 어떤 것보다도 그럴 법하게 들린다. 한마디로 무당의 굿으로 보자는 것이다.[6]

그렇게 본다면 물에 빠지는 행위가 실제적인 죽음이

바쿠스(Bacchus) : 로마 신화에 나오는 술의 신. 그리스 신화의 디오니소스(Dionysos)에 해당한다. 디오니소스는 포도주를 처음 만든 신이다.

뮤즈(Muse) : 그리스 신화에 나오는 학예(學藝)의 신. 예술을 창조하는 사람들에게 영감을 주는 여신들을 가르킨다.

5) 이런 견해는 정병욱, 앞의 책, 57-64쪽 참조.

6) 조동일, 『한국문학통사1』(지식산업사, 1982)

아니라 제의적인 죽음일 뿐이며, 여기에 보여지는 일련의 사건 역시 제의의 절차를 보인 것일 뿐이다. 그렇게 푸는 입장에서 이 이야기를 읽으면, 한참 신명이 오른 남자무당이 물에 빠지는 듯한 행위를 펼쳐보이고 여자무당은 슬픈 노래를 하는 광경이 연상된다. 그러나 그렇게 풀더라도 물에 빠지는 행위가 죽음의 모의(模擬)인 한, 무당의 권위가 추락했거나 신화적인 힘이 약화된 것으로 풀이할 수밖에 없다.

하지만 신화에서의 죽음은 곧 인간의 죽음과 같은 물리적인 죽음을 뜻하지는 않는다는 점을 염두에 둔다면 위와는 좀 다른 해석을 해볼 여지가 있다. 가령, 박혁거세의 죽음 대목을 보자.

> 나라를 다스린 지 61년, 왕은 하늘로 올랐다. 7일후 그 유해(遺骸)가 땅에 흩어져 떨어졌다. 그러더니 왕후(王后)도 죽었다 한다. 나랏사람들이 합쳐서 장사를 지내려 했으나 큰 뱀이 나타나 쫓아다니면서 방해했다. 오체(五體)를 각각 장사지내서 오릉(五陵)을 만들었으며, 능의 이름을 '사릉(蛇陵)'이라고도 한다.[7]

7) 일연, 『삼국유사』 권1 〈신라시조 혁거세왕〉조.

죽음은 물리적인 생명이 끝난다는 말이다. 당연히 보통 인간은 죽음으로써 모든 것이 종결된다. 그러나 박혁거세는 달랐다. 그가 죽자 그의 몸뚱이가 땅으로 떨어졌다고 했다. 그것도 정확하게 다섯 군데로 떨어졌다고 했으니, 다섯 군데란 오방(五方)을 이를 것이고, 이는 곧 온 대지를 표현한다. 이 속뜻을 정확하게

밝힐 수는 없겠으나, 아마도 그는 죽었지만 다시 대지
에 묻힘으로써 새롭게 태어난 것이나 아닐지 모르겠
다. 신화의 묘미는 사실 그 죽음과 삶이 순환하는, 끝
없는 재생에 있을 것이다. 그래서 여느 이야기에서라
면 슬픈 죽음 이야기가 신화에 오면 숭고하게 느껴지
곤 한다. 신이 죽음으로써 이 땅을 떠나기는커녕 도리
어 영원히 이 땅에 살아있게 된다고 믿는 것, 그것이 신
화이기 때문이다.

　다시 〈공무도하가〉로 돌아가보자. 백수광부가 죽었
다. 그런데 그 죽음이 현실에서가 아닌 제의적 죽음이
라면, 당연히 죽음이 죽음으로만 해석되어서는 곤란하
다. 백수광부가 물에 빠진 순간, 물은 새로운 생명력을
얻게 된다. 무질서한 대지가 신의 죽음에 힘입어 새롭
게 탄생되는 것이다. 따라서 아내가 따라죽었다는 것
을 동반자살의 비극으로 풀어서는 곤란할 것이다. 님

이 빠진 물에서 님이 다시 살아날 수는 없겠지만, 님이 대지와 합일되어 새로운 세상을 열었다고 믿는다면 나 역시 그 곳으로 들어가서 그 감격을 맛볼 수 있을 것이기 때문이다. 물론 현실이 아니라 제의에서 말이다.

그렇다면 맨 처음 이 시를 풀었을 때와 마찰이 생긴다. 앞에서는 님과 함께 있을 수 없는 현실을 비감하게 여긴다고 해놓고서는 여기서는 행복하게 여긴다고 하니 맞지 않는 듯하다. 그러나 사실 그 둘 사이의 간격은 그리 크지 않다. 님이 물을 건너지 않고서는 거듭날 수 없음을 헤아린다면 님이 건너는 것을 용납하는 것이 참된 사랑일 것이다. 그리고 님이 간 그 세상을 함께 경험한다면, 님이 대지와 하나가 되었듯이 나 역시 님과 하나가 된다. 이제 님과 대지와 나는 완전한 한몸이다. 〈공무도하가〉라는 시가는 님과 나 사이에 잠시의 틈이 생긴 순간에 치솟는 애절함을 읊었지만, 뒷부분까지 함께 본다면 마냥 슬픈 일이 아니다. 그 포커스를 전자에 맞추면 둘도 없는 비극이요, 후자에 맞추면 환희며 열락이겠다.

이 밖에도 이 작품을 둘러싸고 국적시비 등이 끊이지 않지만 부수적인 것으로 보인다. 사실 이야기 속의 '조선(朝鮮)'의 위치나, 백수광부의 아내가 처음 부르고 곽리자고와 여옥, 여용을 거치는 복잡다단한 과정을 추적하면서 대체 중국 노래인가 우리 노래인가를 따져볼 필요성은 충분히 있다. 그러나, 이 노래에서 우리 민족 특유의 정서가 느껴진다면, 아니 인간이라면 그럴 법한 무엇이 감지된다면 구구하게 따지는 게 도리어 특별한 소득이 없는 일이 아닌가 한다. 〈가시리〉와 〈서경별곡〉을 지나 〈진달래꽃〉까지 관통하는 그 이별의 정한(情恨)이 이 작품에서 느껴진다면, 그리고 그런 느낌이 특정 민족을 넘어 인간이라면 누구나 느낄 법한 것이라면 국적이 무슨 대수랴.

건너지 말라는 님은 언제고 물을 건너고, 나는 남아서 슬피 운다. 그렇게 떠난 님이 저 편 세상에 닿았는지 물에 빠져 죽었는지, 그래서 행복한지 불행한지는 제각각이겠지만, 중요한 것은 님이 떠나는 그 순간의 절망감이다. 시대가 변하여 이미 신화적인 재생이나 극복은 퇴색해버렸어도 그 느낌만큼은 영원하지 않을까 한다. 그리고 행여라도, 님과의 이별에서 새로운 사랑을 만들어내는 경우가 있다면 이야말로 〈공무도하가〉의 완전한 복원이다.

4. 거북아 거북아, 머리를 내놓아라

〈구지가〉는 매우 간단한 노래이다.

거북아, 거북아,　　　　龜何龜何
머리를 내놓아라.　　　　首其現也
만약 내놓지 않는다면　　若不現也
구워서 먹으리라.　　　　燔灼而喫也

너무도 간단해서 무엇을 덧보태 설명할 필요가 없을
정도이다. 보다시피 머리를 내놓지 않으면 구워먹겠다
고 협박을 하는 내용일 뿐이다. 그런데, 상식적으로 생
각할 때, 제일 이상한 점이 바로 그 협박에 있다. 상대
에게 무언가가 필요한 일이 있다면 처음부터 협박하는
일은 좀처럼 없기 때문이다. 일단은 좋은 말로 달라고
하고, 그리고 나서 안 되면 험한 말이 나오지 않던가.
그러나 이 작품에는 그런 상식이 통하지 않는다. 한마
디로 이 노래는 신화의 일부이기 때문이다.

천지가 개벽(開闢)한 후 여기에는 아직 나라 이름이
없었으며 군신(君臣)의 칭호도 없었다. 아도간, 여도간,
피도간, 오도간, 유수간, 유천간, 신천간, 오천간, 신귀
간 등의 아홉 간이 있어서 이들이 추장이 되어 백성들을
이끌었는데 무릇 100호에 7만 5천명이었다. 모두들 제
각각 산과 들에 모여 살면서 우물을 파서 마시고 밭을
갈아먹었다.
후한 세조 광무제 건무 18년 임인년(壬寅年: 서기 42년)
3월 계욕일(禊浴日: 물가에서 액막이를 위해 지내는 제사일)
에 북쪽 구지(龜旨: 이것은 산봉우리의 이름이니 거북이가
엎드린 형상과 같기 때문에 그렇게 부르는 것이다−원주)에
서 이상한 소리로 부르는 기척이 있었다. 2~3백명쯤의
무리가 여기에 모여 있었는데 사람의 음성 같은 소리가
나는데 그 형체는 숨기고 소리만 내서 말했다.
"여기에 사람이 있느냐?"
구간(九干) 등이 말했다.
"우리들이 있습니다."
또 말했다.

"내가 있는 곳이 어디냐?"

대답하여 말했다.

"구지입니다."

그러자 또 말했다.

"하느님께서 나에게 명한 것은 이곳에 나라를 새롭게 하고 임금이 되라는 것이며, 이 때문에 여기에 내려왔다. 너희들은 모름지기 봉우리 꼭대기를 파서 흙을 몇 줌씩 파고 노래를 부르되, '거북아, 거북아, / 머리를 내놓아라. / 만약 내놓지 않는다면 / 구워서 먹으리라.' 하면서 춤을 추면 대왕을 맞아 기쁘게 뛰놀게 될 것이다."

구간 등은 이 말을 따라 모두 기뻐하며 노래하고 춤을 추었다. 얼마 안 있어 우러러 보니 보랏빛 끈이 하늘로부터 땅으로 드리워져 닿아 있었으며 그 끈의 끝을 찾아 보니 붉은 보자기로 싼 금상자가 있었다. 그리고 그것을 열어보니 해처럼 둥근 황금 알이 여섯 개 있었다. 사람들은 놀랍고 기뻐서 모두 함께 백배(百拜)를 올렸다. 얼마 후 다시 그것을 싸안고 아도간의 집으로 돌아와서 탁자 위에 두고는 사람들은 흩어졌다.

그 후 열 두 시간이 지나 날이 샐 무렵에 사람들이 다시 함께 모여 그 상자를 열어보니 알 여섯 개가 어린 아이로 변하여 있는데 생김새가 매우 훤칠했다. 이들을 평상 위에 앉히고는 사람들이 축하의 절을 올리고 정성껏 공경하였다.

나날이 커서 10여일을 지났다. 키가 9척이니 은나라 천을 같고, 얼굴이 용 같으니 한나라 고조 같고, 눈썹이 여덟 색이니 당나라 요임금 같고, 눈동자가 겹이니 우나라 순임금과 같았다. 그 달 보름에 왕위에 오르니 처음으로 나타났다 하여 이름을 '수로(首露)'라 하고 혹은 '수릉(首陵)'이라 하고 나라를 '대가락(大駕洛)'이라 하

▲ 『삼국유사』의 〈가
라국기〉 부분. 밝게 처
리된 부분이 〈구지가〉
이다.

였으며, 혹은 '가야국(伽倻國)'이라고도 하였으니, 곧 여
섯 가야 중의 하나이다. 남은 다섯 사람은 제각기 돌아
가서 다섯 가야의 우두머리가 되었다. 나라의 경계는 동
으로 황산강, 서남쪽으로 바다, 서북쪽으로 지리산, 동
북쪽으로 가야산, 남쪽은 바다의 끝으로 했다. 왕이 임
시로 대궐을 짓게 하여 거기에 들어가 살았으나 다만 소
박함과 검소함만 바랄 뿐이어서 집 이엉도 자르지 않고
흙으로 쌓은 섬돌이 겨우 석 자밖에 안 되었다.[8]

8) 일연, 『삼국유사』
권1 〈가락국기〉

이 이야기의 맨 처음은 천지가 개벽한 후, 임금이 아
직 없는 상황에서부터 이야기를 풀어간다. 개벽(開闢)
의 사전적 정의는 천지(天地)가 처음 열리는 것을 뜻한
다. 천지 창조의 신화라면, 마땅히 이 부분이 가장 중
요하게 다루어지겠으나 여기에서는 그 부분을 건너뛰
고 시작한다. 암흑 같은 혼돈의 세계에서 땅과 하늘의

90 이강엽 | 강의실 밖 고전여행③

분리로 표상되는 질서의 세계, 곧 코스모스로의 이행이 이미 이루어진 것이다. 그렇다면 천지창조 이후의 코스모스는 평화로운 낙원이어야만 한다.

그러나 누구나 느끼는 대로 현실은 그렇지 못하다. 이 작품의 경우, 아홉 추장이 '제 각각' 산과 들에 모여 살 뿐이라고 했다. 일단 천지 창조를 통해 하늘과 땅이 갈리는 원초적인 질서는 부여되었지만, 사람들이 하나의 통합된 질서 아래 화합하는 이상적 세계가 건설되지 못했다는 뜻이다. 따라서 필연적으로, 그런 혼란을 깰 수 있는 구원의 인물이 요청되기 마련이다. 천지창조가 세상에 원천적인 질서를 부여하는 사건이라고 할 때, 이 구원의 인물은 그 세상에 거듭해서 질서를 부여하는 인물이다. 마치 타락한 세상을 구원하러 온 기독교의 메시아처럼 그 역시 혼돈의 세상에 질서를 부여해야만 하는 것이다.

따라서, 이 이야기에서 수로왕이 등장하는 과정은 바로 그 새로운 질서가 부여되는 과정이다. 작품에서, 하느님의 명이 나라를 '만드는' 것이 아니라 '새롭게[新]' 하는 것이라고 한 사실을 눈여겨 보아둘 필요가 있다. 그 성스러운 일이 일어난 날이 계욕일임을 생각할 때, 그 점은 더더욱 중요하다. 지금도 흔히 무언가 중요한 일을 할 때 '목욕재계'를 운운하며, 교회에서는 세례(洗禮)로서 참 신자가 되었음을 확신한다. 그런 것들은 모두 물을 통해 모든 것을 씻어버리고 거듭남을 추구하려는 의도일 것이다. 여기에서도 그런 점이 강조된다고 하겠으며, 〈구지가〉라는 노래가 불리는 전후의 이야기 역시 그런 맥락에서 이해되는 편이 좋지 않을까 한다. 이미 천지가 창조된 후, 낡은 질서를 새 질서로 업그레이드하기 위해 새로운 의식이 필요했고, 그 의식이 바로 독특한 행동을 수반한 〈구지가〉의 가창이다.

그렇다면 이쯤에서 다시 맨 앞에서 제기했던 의문을 되새겨보자. 왜 '협박'을 하는가? 물론, 표면상 하늘에서 시킨 대로 하는 것이므로, 거기에 어떤 자발적인 의도가 있다고 보는 것은 옳지 않겠다. 다만, 임금이 없는 상황을 인지하고 있던 여러 촌장들의 단합된 의지가 하늘의 입을 빌려 되돌아온 것 정도로 해석할 수 있을 뿐이다. 그럼에도 불구하고, 이렇게 을러댈 수 있는 이면에 깔린 독특한 의미를 찾아볼 소지는 얼마든지 있다. 상식적으로 누군가를 협박할 때는, 거기에서 무언가가 나올 수 있을 때뿐이다. 가령 천애고아로 무일푼인 사람을 협박하여 큰돈을 내놓으라고 할 수는 없는 일이지 않은가.

결국, 그런 문제를 해결하는 열쇠는 거북이라는 동물에 달려있지 않을까 한다. 거북이 족속은, 내가 아는 한, 유일하게 제 머리를 몸통 속으로 숨길 수 있는 동물이다. 집에서 기르는 청거북이만 보아도 조금만 수상쩍은 일이 있으면 머리를 쑥 집어넣고는 아예 나올 생각을 하지 않는다. 거북이를 처음 본 어린 꼬마애라면 머리가 없어졌다고 울상을 지을 테지만, 우리는 결코 없어진 것이 아님을 안다. 아니, 그 머리가 안 보이는 몸통을 보면서 곧 머리가 쑥 내밀어질 것을 강하게 믿는다. 이런 맥락에서, 노래에 나오는 머리[首]가 임금이며 신(神)을 상징한다고 한다면, 머리를 내놓으라는 말은 곧, 비록 감추어져 있지만 그 속에는 분명히 임금이며 신(神)인 어떤 존재가 있음을 강하게 확신하는 것이라 하겠다.

우리는 이 점에서, '구지'에 달아놓은 일연의 주석을 되새길 필요가 있다. 그 주석대로 거북이처럼 생긴 봉우리이기 때문에 '구지'라고 했다면, 마치 거북이가 그렇듯이 그 봉에 머리[우두머리, 君]가 내재하고 있음을 믿게 되는 것은 아닐까.[9] 곧, 이 이야기는 믿음과 앎이 만나서 새로운 세상을 창조해내는 과정을 그려낸다 하겠다. 실제로, 그런 확신이 서는 순간, 하늘로부터 땅으로 끈이 드리우고 그 끈 끝에 알이 있지 않은가. 거듭 강조하거니와 구지봉은 새로운 질서를 담은 산봉우리이다. 이미 세상을 새롭게 하려는 하늘의 질서를 담고 있는 봉우리이다. 그리고 그 봉우리의 참 의미를 체득하고 있는 사람만이 새로운 세상을 만드는 데 나설 수 있다. 이렇게 해석한다면 봉우리 꼭대기에서 흙을 파면서 노래한다는 것은, 결국 숨겨진 머리를 드러내도록 유도하는 모의(模擬)적 행위에 다름 아니다.

간단히 정리하면, 〈구지가〉는 천지창조 이후 낡게 된 질서를 새롭게 재창조하는 노래이다. 그러나 그 재창조는 하늘로부터 수동적으로 부여되는 것이 아니라, 거북이의 몸통 속에 숨겨진 머리를 확신하듯이 사람이 사는 땅 안에 내재되어 있음을 확신할 때, 하늘의 끈이 내려와서 새로운 질서를 승인하는 것이다. 물론, '거북

9) 실제의 구지봉은 거북이의 머리에 해당하는 부분이 옆에 붙어 있었으나 일제시대 때 도로를 내면서 고의적으로 끊어 놓았고, 지금은 도로 위로 터널을 만들어서 몸통과 머리부분을 이어놓은 상태이다.

10) "따라서 〈구지가〉의 성립은 신성한 건국신화의 형성 이전으로 올라가, 원시인들의 성욕에 대한 강렬하고도 소박한 표현에서 그 계기를 파악할 수 있으리라고 본다. 즉 여성이 남성을 유혹하는 하나의 수단으로 이 노래는 처음으로 불려졌던 것이, 차차 시대의 추이에 따라 일종의 주문(呪文)적인 기능을 갖게 되었고, 급기야는 건국신화에까지 끼여들었다고 보는 바이다." —정병욱, 『증보판 한국고전시가론』(신구문화사, 1984, 6판), 51쪽.

11) 김승찬, 『한국상고문학연구』(제일출판사, 1978), 〈구지가고(龜旨歌攷)〉 참조.

이' 의 의미를 따라 이 노래는 정말 여러 방면으로 해석될 여지가 있다. 가령, 거북이의 머리가 꼭 남성 성기와 생김이 비슷하다 하여 애초에는 여성이 남성을 유혹하는 수단으로 불려졌을 것이라고 한다든지,[10] 거북의 등껍질이 점을 치는 데 사용되었던 점에 착안하여 거북점을 치는 귀복의식(龜卜儀式)에서 불린 노래로[11] 보는 것 등이 그 예이다. 그러나 어떤 식으로 해석하든 거기에서 그치는 것이 아니라 신군(神君)을 맞이하는 의식으로 편입된 것을 부인할 수는 없다. 더욱이 성행위는 사실상 생산과 연관되며 귀복의식 역시 국가행사에서 벌어지는 것이라면, 국가의 대사를 묻는 신탁제의(神託祭儀)와 연관될 수밖에 없으므로 전혀 다른 노래로 읽히는 것은 아니다.

이야기가 여기까지 진행되면 셋째, 넷째 구에 있는 그 협박도 어느 정도 납득할 만하다. 초기 국문학자들을 가장 괴롭힌 문제도 이것이고, 이 항의 제일 처음부터 의아하게 문제를 제기한 것도 이것인데, 의외로 답은 간단한 데서 찾을 수 있다. 매우 이상한 의문일지 모르지만, 거북(몸체)과 머리를 모두 같은 차원의 신(神)으로 파악할 필요가 있을까? 필자의 생각으로는 아니라고 본다. 거북의 몸체 속에 거북의 머리가 들어가 있다고 해서 거북의 몸체가 곧 머리가 될 수 있는 것은 아니기 때문이다. 민속에서 거북이가 신령스러운 존재로 자주 등장하는 것은 사실이라 해도 그 자체가 신(神)이라기보다는 흔히 사자(使者) 정도로 등장한다는 사실에 주목해볼 필요가 있다.

가령, 주몽이 도망치다가 물을 만나자 '하백(河伯)의 외손임'을 천명하여 물고기와 자라가 다리를 만들어주었던 사건을 생각해보자. 이때의 자라는 신이 아니라 신이 보낸 심부름꾼 정도의 역할을 한

▲ 구지봉에 있는 인공 조형물. 현대에 만들어진 것으로 여섯 개의 알이 보인다.

동명왕편 : 이규보가 쓴 영웅 서사시. 동명왕의 계보에서부터 건국, 후계 등에 이르기까지의 일들을 적고 있다.

12) 이규보, 『동국이상국집(東國李相國集)』, 권3, 7면.

다. 사실은 주몽이 신이고, 물의 신인 하백의 피를 받은 그는 자라와 물고리를 '부려서' 위기를 탈출한다. 이규보가 쓴 〈동명왕편(東明王篇)〉에도 주몽이 흰 고라니를 거꾸로 매단 채 협박하여 고라니가 하늘에 고해서 비를 내리게 하는 대목이 있다.[12]

또, 『삼국유사』〈원성대왕〉조에 나오는 묘정은 우물에 사는 자라에게 먹다 남은 밥을 주어서 신비한 구슬을 얻는다. 뿐만 아니라 무가 〈바리데기〉에서도 거북이가 신령스러운 초월자의 사자(使者)로 등장하는 경우가 종종 있다. 오죽하면 큰자라(鼇)의 별칭이 '하백사자(河伯使者)'이겠는가. 〈구지가〉에 등장하는 거북이 역시 그 자체가 신(神)이 아니라 신을 담고 있는 대지, 혹은 신의 존재를 알고 있는 사자(使者)가 아닐까 한다.

그렇다면, 우리는 그 대지나 사자에게 대고 그런 정도의 위협을 충분히 할 수 있을 것이다. "네 속에 우리가 모셔야할 신이 있는 것을(혹은 우리가 모셔야할 신이

어떻게 하면 우리 곁에 올 수 있는지 네가 알고 있다는 사실을) 우리가 안다. 내놓을래, 내놓지 않을래. 안 내놓으면 재미 없어!"라는 협박 말이다. 너무 소설처럼 되어버렸지만, 이야기 속의 구지봉이, 여느 신화가 그렇듯이, 세상 질서를 내재한 대지의 역할을 한다는 점만 인정한다면 〈구지가〉의 위협은 그다지 심각한 모순과 당착을 야기하지는 않는다. 어릴 때 부르던 "잠자리 꽁꽁 이리 와서 붙어라. 멀리 가면 죽는다." 같은 노래도 비록 신성성과는 멀어진 것이지만 그 기본 구도는 비슷한 것이 아닐까 생각해본다.

5. 죽지 않은 노래

오래된 노래는 죽어버린다. 요즘에는 수업을 하면서 유행가라도 하나 예로 들라치면 "예전에 꽤 인기 있던

가수인데요~"로 양해를 구하고 눈치를 보아야 한다. 기껏해야 20년 전쯤의 가수인데도, 그리고 그때는 아침부터 저녁까지 그 노래만 들었어야 했는데도 지금 학생들은 통 모른다. 그런데 2천년전쯤에 불리던 노래를 지금 이해하라고 하니 잘 될 리가 없다. 그러니 전혀 이해가 안 되는 것만 아니라면 성공이다. 그것도 아주 큰 성공이다. 대체 2천년을 넘기면서 무언가 의미를 주는 노래가 얼마나 있을까. 만약 지금 노래를 부르는 가수가 서기 4000년에도 자기 노래가 누군가에 의해서 이러쿵저러쿵 논의될 것으로 기대할 수 있을까? 누구도 선뜻 대답을 못할 것이다. 이 점에서 이 강의에서 다룬 노래들은 모두 소중하다.

더구나 이 노래들은 가장 원초적인 고민들을 담아놓고 있는 것이어서 그 두께가 만만치 않다. 어찌 보면 모두 다 신화의 중간 혹은 끄트머리를 쥐고 있는 노래로 표면에 나타난 구절 이상의 의미를 지닌다. 〈구지가〉는 그대로 신화 속의 노래이고, 〈황조가〉나 〈공무도하가〉는 신화의 끄트머리 모습을 비쳐준다. 대체 밖으로 무언가를 절절이 구하는 것이 없다면 시가 이루어지는가? 아무리 서정시라고는 해도 저 혼자 속풀이할 양으로만 써대지는 않는 법이다. 일차적으로 그런 의도로 쓰더라도 언젠가는 제 속을 상대가 알아주기를 바라는 마음이 조금도 없다면 사실 말해서 입만 아프지 않겠는가. 이 세 노래는 그 상대가 임금이든, 님이든, 아내든 내게 절절하게 필요한 상대를 어떻게 내 속으로 끌어올 수 있을지 고민하는 데에서 시작된다.

〈구지가〉는 임금(신)이 분명 구지봉에 있음을 확신한다. 그래서 그 임금을 내놓지 않으면 죽이겠다는 위협을 가하면서 그 대상을 요구하는 강렬함이 생긴다. 그것도 한 사람이 하는 것이 아니라 여러 사람이 힘을 모아, 절제 있게 행동을 통일하면서 가능한 한 그 한 가지 일에만 초점을 둔다. 나와 구지봉, 구지봉과 임금, 나와 남들 사이에는 아무런 틈이 없다. 내가 부르는 노래를 우리 모두 부르고, 그 노래는 구지봉에 전달되며, 구지봉은 임금을 내놓는다. 그것도 하늘에서 내려온 끈에 의해서 임금을 내놓는다. 사람과 땅, 하늘의 세 가지가 하나로 온전히 어우러진 경이를 보이는 것이다. 지금은 도무지 그런 세상이 있으리라고 상상도 못하겠지만, 그 노래가 펼쳐지는 곳이 바로 신화의 재생이 살아있는 현장이다. 하긴 요사이도 연애에 푹 빠진 이거나 어떤 이념에 침윤된 상태라면 그런 일은 꽤 쉬워보인다. 연애가 비록 두 사람 사이의 통합이긴 하지만 그로 미루어 하늘과 땅이 만나는 그 황홀경을 얼마만큼은 경험할 수 있을 테니까 말이다.

그러나 〈황조가〉나 〈공무도하가〉는 〈구지가〉의 그 황홀경이 이미 깨어져가고 있는, 혹은 깨어져버린 상태의 아픔을 이야기한다. 〈황조가〉에는 자신의 뜻대로 이루어질 수 없는 남녀관계에서 오는 현실적인 비애가 담겨 있고 〈공무도하가〉에는 자신의 만류에도 불구하고 님이 목전에서 사라져버린 아픔이 짙게 배어 있다. 그렇지만 〈황조가〉가 그저 쓸쓸한 느낌을 주는 데 비해 〈공무도하가〉는 다소 몽환적인 느낌을 준다는 점에서 큰 차이가 있다. 〈공무도하가〉의 마지막 구에서 "어쩔거나!"의 한탄은 묘하게도 체념과 달관의 경지를 동시에 느끼게 한다. 건너지 마시라, 기어이 건너셨네, 빠져 죽으셨네로 이어지는 간단한 연결이 그것에 대한 안타까움 못지 않게 그것을 그것 나름의 순리로 받아넘기는 운명론적 체념으로 보인다. 그리고 그 체념이 승화하여 노래로 만들어지고, 님과의 재회라는 강한 확신으로 뒤따라 빠지는 것처럼 그려진다. 따라서 슬프기는 해도 마냥 슬프기만 한 것은 아니다. 이 점에서 신화적인 요소가 어느 정도 보인다 하겠다.

반면, 〈황조가〉는 노래 자체만을 놓고 볼 때, 그런 신화적인 측면으로 설명할 만한 부분은 거의 보이지 않는다. 앞뒤 문맥을 분석하여 신화적 요소를 대입하는 경우가 아니라면, 거기에는 그저 삶에 지친 한 인간의 일상이 담담하게 드러날 뿐이다. 사랑싸움에 지치고, 집안 일에 지치고, 나랏일에 지친 인간 유리왕의 모습이 그대로 숨어있다. 이 점에서 〈황조가〉는 가장 현실적이다. 새처럼 날 수도 없고, 새처럼 한 쌍이 의좋게 지낼 수도 없고, 새처럼 예쁜 소리로 세상을 즐길 수도 없는 극히 인간적인 한계를 그린 것이다. 거기에는 〈구지가〉 같은 신비함도 〈공무도하가〉 같은 몽롱함도 없다. 내가 신을 부르고, 신이 거기에 응하는 기적도 없고, 죽어서 다시 살고 헤어져서 다시 만날 수 있다는 역설도 없다. 오로지 삶을 견뎌야 하는 약한 인간의 모습만이 보일 뿐이다.

우리가 무언가를 간절히 원할 때, 이 세 가지 반응 외에 또 무엇이 있을까? 이 세 가지 결과 외에 또 무엇이 있을까? 2천년 전이므로 시대가 어떻고 문학갈래가 어떻고를 따지기에 앞서서, 그 시절을 살았던 인간도 지금 인간처럼 그런저런 고민을 하면서, 여러 가지 해답을 구했다고 생각한다면 작품을 이해하는 데도 좋겠고, 삶을 추스리는 데도 도움이 되지 않을까 한다. 내놓으라 위협을 할 것인지, 이미 없어진 걸 어쩌겠느냐며 다음을 기약할 것인지, 갑갑한 상황을 넋두리로 늘어놓을 것인지는 경우에 따라 다르겠지만, 힘들 때마다 이런 시를 읊조려보는 것도 꽤 좋은 처방이겠다.

『장화홍련전』으로 읽는
원(怨)과 한(恨)

1. 처녀, 귀신, 그리고 환생

'처녀'처럼 사람 마음을 설레게 하는 말이 또 얼마나 있을까? 처녀라는 말에는 어딘가 신비한 느낌이 있다. 처녀작이니 처녀림이니 하는 말들이 많이 쓰이는 것도 그런 신비감을 높이려는 의도로 보아야 할 것이다. 그러나 이 말이 '귀신'과 결합하면 엄청난 파괴력을 지닌다. 핑계 없는 무덤이 어디 있겠으며 원한 없는 귀신이 어디 있을까만, '처녀귀신'은 특히 커다란 공포심을 불러일으키는 것이다. 흔히 총각귀신으로 알려지는 몽달귀신도 거기에 비한다면 몇 수 아래이지 않은가 말이다. 힘으로 따진다면 처녀보다 총각이 훨씬 더 셀 것인데 왜 처녀귀신이 더 무섭게 각인되어 있을까? 그것은 아마도 처녀에게 더 쌓인 것이 많아서 그것을 분출한다고 믿기 때문이리라.

『장화홍련전』에는 그런 처녀귀신이 등장한다. 그러나 여느 괴기담처럼 '귀신'에만 스포트라이트를 비추는 것이 아니라 처녀와 귀신이 제법 대등하게 등장한다는 점에 유념할 필요가 있다. 특이하게도 처녀로 있으면서의 일과, 죽어서 귀신이 되어서의 일이 그런대로 어깨를 나란히 하고 드러나는 것이다. 어디 그뿐인가. 죽은 뒤에 다시 세상에 태어나서의 일이 뒤이어 등장하기까지 한다. 물론, 『장화홍련전』의 모든 이본들이 그 세 단계를 다 보여주는 것은 아니라 하더라도, 특히 맨 마지막 단계에 드러나는 '환생'은 눈여겨볼 필요가 있다. 대체 한 번 태어났다가, 죽어서 다시 귀신으로 모습을 드러내고, 그리고 나서 또 다시 태어난다는 설정이 무엇을 의미하는가? 죽었어도 아주 죽지 못하여 원귀(冤鬼)가 되고, 끝내 다른 사람의 몸을 빌려서 세상을 보아야 한다는 설정에는 무언가 중요한 의미가 있음직하다.[1]

이번 강의에서는 그 의미를 '원(怨)'과 '한(恨)'으로 풀어보고자 한다. 원과 한은 흔히 써오는 말이지만 실제로는 그 뜻이 제대로 정립되지 못하고 있는 것이기도 하다. 특히 '원한(怨恨)'처럼 합성어로 쓰일 경우 더욱 그래서 원과 한이 엇비슷한 뜻이 아닐까 생각하기도 한다. 그렇다고 이런 말에 맞대응할 만한 외국어라도 있으면 비교를 통해서 그 의미를 짐작이라도 하겠지만 사정은 그렇지 못하다. 한영사전에서 이 단어에 대응한다고 밝혀놓은 grudge, resentment, spite, hatred, regret…… 어느 것 하나 우리가 느끼는 한(恨)과 꼭 맞지 않는다. 심지어는 한자(漢字) 문화권 국가들에서 두루 쓰는 '恨'이라는 공동어휘조차, 우리말에서 독특한 의미를 형성하고 있기에 좀더 세심히 살펴야만 하는 것이다.

좀더 간단하게 정리해보자. 이 작품에는 두 명의 처녀 주인공이 나온다. 그리고 그들은 억울하게 죽는다. 그래서 귀신이 되고, 귀신이 되어서 그들의 억울함을 풀어본다. 그러나 귀신이 그 억울함을 풀고나면 저 세상으로 떠나가는 관례(?)를 무시하고 다시 이 세상 사람으로 태어난다. 인간에서 귀신으로, 다시 귀신에 인간으로 전환하는 복잡한 단계를 거친다는 말이다. 이

1) 이 이하의 내용은 이강엽, 「『장화홍련전』 재생담의 의미와 기능」(『열상고전연구』 13집, 열상고전연구회, 2000) 참조.

는, 필자가 과문한 탓인지는 몰라도, 다른 작품에서는 좀처럼 볼 수 없는 일이다. 그렇다면, 왜 그런가? 그리고 그것이 과연 원이니 한이니 하는 것들과 관련이 있는 것일까?

지금부터 그 문제에 대해 함께 생각해보기로 한다. 만일 이 문제가 제대로 풀리기만 한다면 우리는 그로써 원과 한을 설명할 수 있는 좋은 잣대를 갖게 될 것이다.

2. 원(怨)·한(恨)의 의미와 『장화홍련전』

『장화홍련전』을 '한(恨)'이라는 측면에서 논의한 연구는 많이 있다. 사실 '한' 하면 가장 먼저 떠올리게 되는 작품이 이 작품일 정도로 『장화홍련전』은 한의 전례를 보여주는 전형적인 사례이다. 그러나 이미 언급했듯이, '한'이라는 말이 종종 '원한(怨恨)'으로 통용되면서 '원(怨)'과 '한(恨)', '탄식(歎息)'이 모호하게 뒤섞인 느낌을 준다. 실제로 국어사전에서도 '원한', '한탄'의 준말이라고 풀이되기도 한다. 물론 실제적으로 그렇게 사용된다면 그것을 굳이 나누는 일은 매우 무의미할 것이다. 그러나 원(怨)과 한(恨)이 본질적으로, 어떤 의미에서는, 서로 대립하는 개념이기도 하다면 그 둘을 구분하는 일은 매우 중요해질 것이다. 가령, 다음 인용문을 보자.

사서에 씌어진 자해를 보면 원은 '원망할 원'으로 주로 남에게 대한 것, 또는 자기 밖에 있는 대상물과 그에 대한 감정을 일컫는다. 그러나 한은 '뉘우칠 한'이라고도 되어 있듯이 오히려 자기 자신에게 향한 마음이며, 자기 내부에 쌓여가는 정감을 나타낸다. 남에게서 피해를 본 것만으로도 원의 감정은 생겨나지만 한은 자기 마음속에 무엇인가를 희구하고 성취하려는 욕망 없이는 절대 이루어질 수가 없다. 절망이나 단순한 복수심으로 전락되고 만다.[2)]

이런 설명이 보편성을 갖는 것인지에 대해서는 좀더 따져보아야 할 일이지만, '원(怨)은 갚고, 한(恨)은 푼다'는 대비가 실제로 통용되는 것만은 분명하다. 당연히 원은 갚아야 할 대상이 자기 바깥에 있고, 한은 자신의 속에 있게 되는 것이다. 이런 대비를 염두에 두고 『장화홍련전』의 줄거리를 따라가 보자:

평안도 철산군에 배무용이라는 좌수(座首)가 살았다. 결혼한 지 오래도록 자식이 없다가 부인 강씨가 꿈에 선관(仙官)으로부터 꽃송이를 받고 잉태를 한다. 강씨는 곧 장화 · 홍련 두 딸을 차례로 얻는다. 그러나 강씨는 두 딸이 다 크는 것을 보지 못하고 잘 길러달라는 말을 남기고 죽는다. 배좌수는 허씨와 재혼하고, 허씨는 곧 세 아들을 낳는다. 허씨는 장화와 홍련을 구박하지만 배좌수는 더욱 더 두 딸을 사랑한다.

허씨는 흉계를 꾸미며 전실 자식을 없앨 궁리를 한 끝에 아들 장쇠를 시켜 쥐를 죽여서 낙태한 것처럼 꾸미도록 한다. 허씨는 장화가 자는 이불 밑에 그 흉측한 물건을

좌수(座首) : 조선 시대 지방 자치기구인 향청(鄕廳)의 가장 높은 직임(職任)으로 대체로 연로하고 덕망 있는 사람으로 뽑았다.

2) 이어령, 「춘향전과 추우신구라(忠臣藏)를 통해서 본 한일 문화의 비교」, 최정호 외, 『일본문화의 뿌리와 한국』(문학과 지성사, 1992), 153쪽.

▲ 구활자본 『장화홍련
전』 표지. 장화가 물에
몸을 던지고 장쇠가 호
랑이에게 변을 당하는
장면이다. (소재영 외,
『한국의 딱지본』, 범우
사, 1996)

놓게 한 후, 외출 후 돌아온 배좌수에게
이 사실을 알린다. 배좌수는 그 모든 것
을 사실로 믿고 장화를 없애는 데 동의
한다. 허씨는 한밤중에 장화더러 외삼
촌 댁을 다녀오라고 한 후 장쇠를 딸려
보낸다. 장쇠는 허씨가 시킨 대로 장화
를 뒷못에 빠뜨려 죽이려 한다. 장화는
스스로 그 물에 뛰어들어 죽고, 그러자
어디선가 큰 호랑이가 나타나서 장화를
꾸짖고 장쇠의 한 팔과 한 다리, 두 귀를
먹는다. 한편, 홍련은 꿈에 장화가 나타
나 불길한 느낌이 들자 장쇠를 다그쳐서
일의 전말을 소상히 알게 된다. 홍련은
유서를 남기고 청조(靑鳥)의 인도로 뒷
못에 가서 물에 빠져 자살한다.

　이 일이 있은 후로 철산에는 새로 부임하는 사또마다
기절하여 죽는 괴변이 생긴다. 장화·홍련 자매의 원귀
(冤鬼)가 자신들의 억울함을 풀기 위해 나타나기 때문이
었다. 이러자 아무도 그 고을로 부임하려 하지 않았지
만, 전동호라는 사람이 자원하여 철산부사로 부임한다.
전동호가 부임하던 날 밤, 홍련의 원귀는 자초지종을 세
세히 설명한다. 다음날, 전동호는 배좌수와 허씨를 불러
조사했지만 허씨의 거짓에 속아넘어간다. 그러자, 홍련
형제의 원귀가 다시 나타나 낙태한 것이라고 내놓은 증
거물의 배를 갈라보라고 일러준다. 그 말대로 배를 갈라
보니 쥐똥이 나오는 바람에 허씨의 흉계가 탄로난다. 이
리하여 허씨를 능지처참하고 장쇠를 교살한다. 조정에
서는 장화·홍련의 무고함을 밝히는 불망비(不忘碑)를
세워준다.

정상이 참작되어 풀려난 배좌수는 윤씨를 얻어 또 다시 재혼한다. 윤씨의 꿈에 선녀가 내려와서 연꽃 두 송이를 준다. 윤씨는 딸 쌍둥이를 낳아 '장화'·'홍련'이라고 이름짓는다. 딸이 성장하자 평양 부호의 쌍둥이인 윤필·윤석에게 시집을 보낸다. 장화와 홍련은 자식을 낳고 부귀영화를 누리며 행복하게 지낸다.[3]

이 이야기 중에서 원(怨) 또는 한(恨)을 불러일으킬 만한 것 중 두드러진 것을 꼽자면 강씨부인의 죽음, 후처의 박대, 장화의 죽음, 홍련의 죽음 등 넷이다. 앞의 둘은 '친모/계모'의 짝이고, 뒤의 둘은 '언니/동생'의 짝이어서, 그 짝별로 깊은 연관이 있을 듯하다. 그런데 앞서 보인 원/한을 구분하는 잣대를 들이대보면 사실은 그 연결이 아주 다르다.

먼저 친모 강씨의 죽음부터 보자. 그녀가 죽은 이유는 특별하지 않다. 작품에서도 "시운이 불행하여 강씨 홀연히 병을 얻어 증세 위중하여 날로 더하"여[4] 죽었다고 했으니 강씨의 죽음에 대고 마땅히 원망할 대상이 있을 리 없다. 굳이 원망하려 든다면 명(命)을 주관한다고 믿어지는 하늘이라 할 수 있겠으므로 앞의 구분에 따른다면 원(怨)이 아니라 한(恨)이다. 실제 작품에서도 강씨가 죽기 전에 한 유언에서 "유아 형제를 부탁할 곳이 없으매 지하에 가도 눈을 감지 못하리니 슬픈 유한(遺恨)을 머금고 돌아"간다고 하여 그것이 풀지 못하고 남긴 한, 즉 '유한'임을 명확히 하고 있다. 반면, 후처의 박대는 장화홍련의 입장에서는 "팔자가

3) 모든 『장화홍련전』의 이본이 다 이런 줄거리를 갖는 것은 아니다. 이 줄거리는 목판본으로 출간된 자암신간본(紫岩新刊本) 『장화홍련전』(김동욱 편, 『고소설판각본전집(古小說板刻本全集)』(二), 연세대 인문과학연구소, 1973)에 따른 것이다.

4) 『쟝화홍년전』1b, 김동욱 편, 앞의 책, 579쪽. 이 이하는 '1b, 579쪽' 같은 방식으로 표기하며, a, b는 장(張)의 전·후면(前·後面)을 가리키는 약호이다. 이 이하 인용문은 꼭 필요한 경우를 제외하고는 현대어 표기법에 따른다.

5) 2b, 580쪽.

기구하여 허씨 같은 계모를 만나"⁵⁾ 생긴 일이며, 따라서 원망할 대상은 구체적인 인물인 허씨이고, 당연히 원(怨)이라 하겠다.

다음으로 장화의 죽음이나 홍련의 죽음 역시 모두 억울하고 비통한 죽음임에는 틀림없겠으나 이 역시 양자간의 차이가 상당히 선명하게 갈린다. 먼저, 장화의 죽음은 계모 허씨의 흉계와, 그 사주를 받은 장쇠의 실행에 의해 이루어진 죽음이다. 날이 새거든 가겠다고 애걸하는 장화를 허씨는 매몰차게 내쳤으며, 못 앞에서 백방으로 빌어보는 장화에게 장쇠는 잔인하게도 죽음을 재촉한다. 죽음에 명확한 원망 대상을 갖게 되었다는 점에서 원(怨)이라 하겠다. 반면, 홍련의 죽음은 그런 절박한 상황에서의 죽음이 아니다. 장화가 죽은 것을 알게 된 홍련이, 장화와 함께 할 수 없음을 서러워하면서 스스로 택한 죽음이다. 따라서 원이라기보다는 한에 가깝다.

이 원과 한을 갚고 푸는 방법 역시 작품에 그대로 제시되어 있다.

우선 장쇠가 호환(虎患)을 당하고, 계모와 장쇠가 나중에 징벌을 받는다. 이 점은 원 갚기이다. 억울하게 죽은 장화, 부당하게 박대를 받은 장화 자매의 원을 갚는 것이다. 또 나중에 장화홍련에게 제사를 올려서 누명을 벗겨주고 불망비를 만들어주는 것은 한(恨)을 풀어주는 것이다. 그것은 누구에 대한 앙갚음이 아니라 죽은 이들 스스로를 위로하는 장치이기 때문이다. 이렇게 보면 사실 여기까지만으로 원과 한이 모두 해결된 것처럼 보인다. 하지만 실제 작품에서는 배좌수가 윤씨와 결혼하고 장화와 홍련이 윤씨 소생의 쌍둥이로 다시 태어나며, 같은 아버지 자식으로 잘 자라서 평양 부호의 쌍둥이 아들에게 동시에 결혼하여 행복하게 살 도록 한다. 이는 요사이의 결혼 풍속으로도 이해가 되지 않고, 실제 없어도 될 듯한 느낌을 많이 주는 부분이라 어찌 보면 사족이 아닐지 의심을 받기도 하는 대목이다. 하지만 다음과 같은 대목을 읽어보면 그 의미가 어느 정도 잘 드러나지 않을까 한다.

인하여 지필(紙筆)을 내와 유서를 쓰니 대개 왈, '슬프다! 모친을 일찍 이별하고 형제 상의(相依)하여 세월을 보내더니 형이 무죄히 악명을 실어 마침내 이 지경에 이르오니 어찌 슬프며 원통치 아니리오. 전일 형제 일시도 슬하를 떠남이 없사와 장근(將近) 이십년의 한결같이 지내옵다가 금일 이 지경에 이를 줄은 꿈에도 뜻한 바가 아니라, 자금(自今) 이후로 다시 부친의 용모를 뵈옵지 못하오며 성음(聲音)을 들을 길 없사오니 어찌 통한치 아니하리이까. 불초녀 홍련은 지원(至冤)한 애사(哀詞)를 아뢰오매 눈물이 앞을 가리와 흉격(胸膈)이 억색(臆塞: 원통하여 가슴이 답답함)하옵는지라. 바라건대 부모는 불초녀(不肖女)를 사렴(思念)치 말으시고 만수무강하소서.' 하였더라.[6]

6) 9b, 583쪽.

모든 일의 발단은 계모 허씨와 그 아들 장쇠에게 있다 할지라도 홍련의 유서 내용은 이상하게도 '모친을 일찍 이별하고', '형제 상의하여 세월을 보'낼 수 없으며, '부친의 용모를 뵈옵지 못하' 는 데 집중된다. 이는 장화가 죽음에 임박하여 "궁흉극악한 계모의 독수(毒手)를 벗어나지 못하여 오늘날 이 물에 빠져 죽사오니 이 장화의 천만 애매함을 천지일월은 질정(叱正)하소서." [7] 라고 천명한 것과는 좋은 대조를 이룬다. 즉, 장화는 자신에게 억울한 누명을 씌운 사람들을 원망하며 그것을 바로잡아줄 것에 초점을 두는 데 비해, 홍련은 어머니가 일찍 죽고 언니와 헤어지며 아버지와 함께 살 수 없는, 한마디로 한 가족이 단란하게 살 수 없는 한(恨)에 초점을 두고 있는 것이다.

7) 6b, 582쪽.

이 점에서 그 이하의 줄거리를 다시 살펴볼 필요가 있다. 상식적으로 생각할 때, 한 차례의 재혼에서 쓰린 시련을 맞은 배좌수가 다시 결혼을 결심하게 된다면 거기에는 무언가 그럴 법한 이유를 마련해주어야 하는데 작품에서 제시된 이유는 매우 놀라운 것이다. 허씨와의 결혼 명분을 '후사를 잇는 것' 에 두었던 데 비한다면 참으로 특이한 이유가 제시되고 있기 때문이다. 거의 미칠 듯하여 "다만 차세에 다시 부녀지의(父女之義)를 맺음을 십이시(十二時)로 축원하는 중 가내에 주장할 이 없으매 그 지향할 곳이 더욱 없어 부득이 후처를 구"했다고[8] 했다. 딸의 억울한 죽음을 애통해하고 다만 죽은 딸들과 다시 부녀관계를 맺고 싶어하던 중 지향할 바를 몰라 결혼한 것이다. 결혼의 기본은 부부지의(夫婦之義)인데 부녀지의를 내세우는 것은 왜인가?

8) 16b, 587쪽.

악인이 제거되고 자신의 누명이 벗겨졌지만 이들이

다시 태어나야 하는 이유는 바로 그 물음에서 찾아질 것이다. 원(怨)을 갚고 나도 여전히 남는 한(恨), 그것은 사람의 내부에 있는 못 다한 욕망의 다른 이름일 터, 이 작품에서도 그런 면이 유감 없이 발휘된다. 배좌수가, 국가의 처분으로 허씨를 능지처참하여 "양녀(兩女)의 원혼을 위로하나 오히려 쾌(快)한 것이 없으매 오직 여아가 애매히 죽음을 주야 슬퍼"[9]했다고 서술된 부분이야말로, 원 갚기만으로는 한 풀이가 안 되는 상황을 적시한 예이다. 부당한 박해와 누명을 풀어준 것이 마음의 위로가 되기는 하더라도, 그것만

봉황(鳳凰) : 전설상의 새. 기린, 거북, 용과 함께 신령스러운 동물로 여겨졌으며, 봉은 수컷, 황은 암컷을 가리킨다. 대나무 열매를 먹으며 태평스러운 시절에만 모습을 나타낸다고 한다. 위의 그림은 민화 중의 '봉황도' 이다. (윤열수, 『민화이야기』, 디자인하우스, 1995)

으로 장화와 홍련이 평소 마음 속에 품어두었던 소박한 소원을 풀어줄 수 있는 것은 아니다. 욕망을 충족하기 위한 장애요인을 제거하는 것만으로 욕망이 달성되는 것은 아니기 때문이다. 그러므로 그 욕망을 현실화하기 위한 새로운 삶이 필요했다 하겠다.

이제 하필이면 왜 쌍둥이로 태어나서 쌍둥이 형제에게 결혼을 하는가 하는 문제만 남는데, 이는 친모 강씨의 유언에서부터 비롯된 일로 보인다. "두 날 유아를 어여삐 여겨 거두어 길러 같은 가문에 혼인하여 봉황(鳳凰)의 쌍이 놀게 하시면 첩이 명명지중(冥冥之中)이라도 낭군의 은택(恩澤)을 감축하여 풀을 맺어 갚으리이다."[10] 고 하여 한 집안에 함께 출가시킬 것을 희구한

9) 16b, 587쪽.

10) 2a, 579쪽.

것이다. 결국, 배좌수가 세 번째 결혼을 하고, 장화 자매가 다시 태어나서 행복한 가정에서 잘 자라서 부잣집으로 동시에 시집간다는 설정은, 배좌수·강씨·장화·홍련 등 가족 구성원 모두의 한을 풀어주기 위한 장치이다. 미진한 부녀의 의를 맺어주고, 서로 의지하여 살게 하며, 한 집안에 출가하기를 소망하는, 이 네 인물들의 소망이 총체적으로 표출된 것이다. 요컨대, 보원(報怨)이 충분히 이루어진 뒤에도 여전히 미진한 채로 있는 한(恨)을 풀어주는 해한(解恨)이 재생담의 형식으로 형상화된 것이다.

3. '어머니 떠나기'의 속뜻

『장화홍련전』은 흔히 계모형 고소설로 분류될 뿐만 아니라 그 대표격으로 꼽히는 작품이다. 그만큼 '계모'라는 모티프가 중요하다는 말이다. 그런데 이 계모 모티프는 사실 우리 문학의 영역을 뛰어넘어 전세계에 널리 퍼져 있는 이야기임에 유념할 필요가 있다. 신데렐라든 백설공주든 묘하게도 선량한 주인공이 계모에게 핍박받는 이야기가 아주 흔한 것이다. 이런 이야기는 외견상 '선한 딸─악한 계모'의 이원적 대립처럼 보이지만 사실은 '아버지─계모─딸'의 삼각관계로 이루어져 있음을 조금만 눈여겨보면 충분히 알 수 있다.[11] 즉, 계모가 전실소생의 딸을 박해하는 것만으로는 계

11) 실제로 〈신데렐라〉 같은 경우, 초기에 만들어진 이야기에서는 "아버지가 딸에게 성적 욕망을 가지고 있어서 아버지로부터 도망치는 딸, 딸이 자신을 충분히 사랑하지 않는다고 딸을 내쫓는 아버지, 남편이 자기보다 딸을 더 사랑하기 때문에 딸을 구박하는 어머니, 그리고 드물게는 새엄마를 자기가 선택한 여성으로 바꾸는 딸 등이 나온다"(브루노 베텔하임, 『옛이야기의 매력』2, 김옥순·주옥 옮김, 시공주니어, 1998, 397쪽)고 한다.

모형 이야기의 충분조건이 성립하지 않는 것이다. 이런 이야기들의 고정적인 패턴은 딸은 아버지를 사랑하고, 아버지 역시 딸을 사랑한다, 그런데 그 사이에 계모가 끼여들면서 부녀간에 금이 가기 시작하고, 그것을 주요 갈등으로 하여 이야기가 전개되는 것이다.

이런 이야기라면 계모가 아닌 친모여도 그렇게 전개될 개연성은 충분히 인정된다. 또 실제로 외국에서 보고된 사례들에 의하면 '아버지-친모-딸'에서도 그런 이야기가 성립됨을 알 수 있다. 그럼에도 불구하고 '계모'가 선호되는 이유는 계모로 했을 때, 쉽게 그 개연성을 부여하고 적대적인 관계로 설정할 수 있기 때문이다. 혈연으로 이어진 사이에서 맞경쟁을 한다는 것은 여간 부담스러운 일이 아니지만, 아무런 혈연관계가 없는 계모로 바꾸어놓는다면 훨씬 더 부담 없이 그런 이야기를 펼쳐나갈 수 있게 된다. 더욱이, 이런 계모 이야기가 대개 동화에서 많이 나온다는 점에서 성장기의 어린이 심리와 잘 맞아떨어지는 면이 있다.

어린이와 어머니는 너무도 가까이 밀착된 관계여서, 어린이의 입장에서는 도저히 어머니를 떠나서는 살 수 없을 것만 같은 법이다. 그러나 그런 아이들도 언젠가는 어머니 곁을 떠나야만 하는데 그것은 매우 두려운 일이다. 이때, 아이들이 그 어머니를 떠나서도 잘 살 수 있다는 것을 입증하기만 한다면 그때부터 이미 아동이 아니고 성인이 되는 것이므로, 이 계모 이야기는 사실상 성인식의 동화적 표현에 접근한다. 이 때문에 이런 이야기들에서는 항상 '약한 아버지'가 나타나는

12) '악한 계모 / 약한 아버지'의 대립쌍에 대해서는 브루노 베텔하임, 같은 책, '27. 〈백설공주〉'를 참조

13) 2a, 579쪽~2b, 580쪽.

14) 3b, 580쪽.

15) 이 점에서 『장화홍련전』에 나타난 가정비극의 원인으로 '배좌수의 우둔과 무능'을 꼽은 김일렬의 소론은 음미해 볼 가치가 있다. 그는 표면상에 나타난 선악(善惡) 대결 이면에 그런 심층적 의미가 있음을 피력한 바 있다. 자세한 내용은 김일렬, 「장화홍련전에 나타난 두 의미층」, 『조선조 소설의 구조와 의미』(형설출판사, 1984) 참조.

것이 공통적이다.[12] 아버지는 아이들의 편인 듯하지만 별 도움을 줄 수 없고 계모는 악할 때, 문제가 훨씬 더 증폭되기 때문이다. 『장화홍련전』에 드러나는 배좌수의 이미지야말로 이 계모형 이야기에 등장하는 아버지의 전형이다.

(ㄱ) 매양 여아로 더불어 강부인을 생각하며 일시라도 여아를 못 보면 삼추(三秋)같이 여겨 나갔다가 들어오면 먼저 양아(兩兒)의 방에 들어가 손을 잡고 눈물을 흘려 왈 "너희 심규(深閨: 깊은 규방)에 있어 어미 그리워함을 노부(老父)가 매양 슬퍼하노라." 하며……[13]

(ㄴ) 흉녀가 왈, "장화를 불러 거짓말로 저의 외삼촌 집에 다녀오라 하고 장쇠를 명하여 가라 하여 뒷못에 밀처 죽이라 하면 상책일까 하나이다." 좌수가 옳게 여겨 장쇠를 불러 계교(計巧)를 이르고 장화를 부르니……[14]

(ㄱ)의 아버지는 딸을 극진히 사랑하는 아버지이다. 새로 결혼을 하였음에도 불구하고 여전히 전실 딸에게만 애정을 주는, 언제나 딸의 편이 되어 주는 아버지이다. 그러나 (ㄴ)에 이르면, 비록 후처의 계교에 속았다고는 해도 아주 쉽게 딸을 처치할 궁리를 하는, 적대적인 아버지이다. 물론 거기에 대해 약간의 반발을 해보기도 하지만, 자살하겠다고 죽는시늉을 하며 집안이 망했다고 발악을 하는 후처 앞에서 맥없이 무릎을 꿇고 마는 약한 아버지인 것이다.[15] 또, 계모 허씨의 입장에서 본다면 (ㄱ)에서는 딸들과의 밀담을 즐기면서 자

신을 따돌리는 대립적 인물이지만, (ㄴ)에서는 자신의 계략에 순순히 응하여 딸의 죽음에 흔쾌히 응하는 동조적 인물이다.

장화홍련이 왜 아버지를 사이에 두고 계모와 사랑다툼을 해야 하고, 왜 계모와 극심한 갈등을 벌여야만 하는가가 이제 분명해진 셈이다. 장화홍련은 여전히 죽은 어머니를 잊지 못하면서 아버지와는 평상의 부녀관계 이상으로 밀착되어 있기 때문에, 작품에 서술되어 있다시피 허씨의 '시기지심(猜忌之心)'을 촉발시

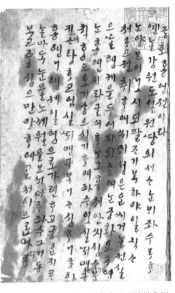

▲ 필사본 『장화홍련전』의 일부(연세대학교 중앙도서관 소장)

켰던 것이다. 계모 허씨 역시 실제로 장화홍련에게 처음부터 그런 악감이 있었던 것이 아님은, 나중에 철산부사 앞에서 자신의 죄를 고백할 때 잘 드러난다. 그녀는 "전실(前室)의 양녀(兩女) 있사오되, 그 행동거지 심히 아름다옵기에 친자식같이 양육하여, 이십에 이르러는 저의 행사가 점점 불측하여 백 말에 한 말도 듣지 아니하고 성실치 못할 일이 많사와 원망이 비경(非輕)하옵기로 때때 저희를 경계하고 개유하여 아모쪼록 사람이 되고저 하옵더니 일일은 저희 형제의 비밀한 말을 우연히 엿듯사온즉 그 흉해하온 말이 측량치 못할"[16] 정도라고 했다.

16) 15a, 586쪽.

물론, 이 발언이 얼마간은 자신의 죄를 덮기 위한 기만책이라고는 해도 상당부분 일리가 있어 보인다. 특히 배좌수가 딸들을 위무하기 위하여 앞으로도 계모의

박대가 있게 되면 '처치' 하겠다는 극언을 서슴지 않았으니 그 사실을 알게 된 허씨로서는 일정 부분의 자기방어가 필요했을 법하다. 그런데 바로 이런 상황에서 벌어진 계모의 극악무도한 행위는, 통상적인 계모 이야기라면 ― 백설공주가 그랬고, 신데렐라가 그랬듯이 ― 어린 딸이 가정에서 떠나는 계기가 되고, 그것이 더 큰 성공의 문을 들어서는 열쇠가 되어야 마땅하다. 그러나 『장화홍련전』에서는 우리가 아는 대로 참혹한 죽음이 있을 뿐이다. 계모 이야기가 줄 수 있는 최대의 미덕인 '어머니 떠나기' 와 '자기실현' 이 순차적으로 이루어지지 못하고 마는 것이다.

그렇다면, 장화홍련이 자기실현을 이루는 방법은 무엇인가? 당연히 어머니를 떠나서도 독립된 성인으로 잘 살아가는 것이다. 그러나 생명이 멎은 인간이 자기실현을 이룰 수 없기에 문제가 복잡해진다. 현대소설처럼 자기실현이 불가능함을 보여줌으로써 역설적으로 그 어려움을 인지시키는 방법도 있겠지만, 고소설에서는 통상적으로 작품 중간에 불거진 문제들이 작품 안에서 다 해결되는 방식을 택하기 때문에 그러기는 어렵다. 이 문제는 아마도 '어머니' 에서부터 해결의 단서를 찾아야 할 것 같다. 일반적으로 아동기의 성장을 담당하는 역할은 어머니가 맡고 그 어머니를 떠나는 것으로 1차적 성장이 이루어지기 때문인데, 작품 속에서 재생이 일어나기 전까지 등장하는 어머니는 강씨와 허씨 둘이다.

그런데, 묘하게도 강씨는 '자신을 사랑하지만 함께

할 수 없는 어머니'이고 허씨는 '함께하지만 사랑하지 않는 어머니'로 정반대의 짝을 이룬다. 그러나 그 둘이 그렇게 상반되는 인물이면서도 실제로는 장화와 홍련에게 견디기 힘든 고통을 준다는 점에서는 크게 다를 게 없다. 친모 강씨는 내내 그리움의 대상이 될 만큼 사랑이 깊은 어머니이지만 부재하기 때문에 고통스럽고, 계모 허씨는 존재하는 어머니이지만 자신들을 증오하는 어머니이다. 이 문제를 해결하는 길은 사실상 한 가지이다. 어릴 적에 '함께하면서 사랑해주는 어머니'를 맞이하는 것뿐이다. 그리고 그 역할을 바로 윤씨가 맡는다.

윤씨는 '완벽한' 어머니이다. 함께하면서 사랑하는 어머니인 것이다. 그리고 이 '함께하면서 사랑하는 어머니'는 정상적인 가족관계로의 복원을 상징하기도 한다. 앞서 살핀 대로 『장화홍련전』에는 부녀간에 서로 의지하는 정도가 비정상적으로 보일 법한 부분이 도처에 즐비해서 한편으로 죽은 아내나 어머니에 지나치게 집착하여 가족관계의 파탄을 몰고 온 혐의가 짙다. 배좌수 부녀와 허씨 모자가 일종의 편가르기식 감정싸움을 펼치게 되면서, 장화와 홍련은 어머니를 떠날 나이에 더욱 심하게 집착하게 된 것이다. 만일 그런 집착만 보이지 않았더라면, 장화와 홍련이 가정을 떠나 새로운 가정을 꾸리고 그것으로 고통스러운 성인식을 마치는 셈이 되었을 텐데, 실제 작품에서는 그럴 가능성이 희박해졌기 때문에 전혀 다른 방식을 택하지 않았나 생각된다.

그 다른 방식이란 이상적인 어머니를 새로 만나, 행복한 가정을 맛보고, 아주 자연스럽게 출가하는 것이며, 『장화홍련전』의 재생담은 바로 그런 기능을 맡은 것으로 여겨진다. 이는 사실 일종의 퇴행(退行)인데, 일반적으로 퇴행이 심각한 부정적인 기능을 수행함에도 불구하고, 이 작품에서처럼 자기에게 요구되는 역할이나 성격에 지나치게 적응하려다 그 어긋남을 이기지 못하고 퇴행하는 경우라면 그로 인해 새로운 균형을 얻을 수 있으며 작품 속의 장화홍련 역시 그렇다고 할 수 있다. 이 작품의 경우, 아이러니컬하게도 '참어머니'를 찾아야만 비로소 '어머니 떠나기'가 제대로 실현되는 것이다. 그로써 한(恨)을 풀면서, 비로소 완전한 성장을 이루어낸다.

4. 〈아랑전설〉에서 『장화홍련전』까지

17) 김태준, 『조선소설사(朝鮮小說史)』(학예사, 1939), 181쪽.

18) 이 용어는 손진태, 「조선민간설화의 연구」(『신민(新民)』 31-41호, 1928.9-)에서 처음으로 쓰였으며, 그 뒤 『한국민족설화의 연구』(을유문화사, 1946)에 그대로 재수록되어 있다.

『장화홍련전』은 흔히 실제 역사를 바탕으로 한 작품으로 평가된다. 초기 연구에서 "『장화홍련전(薔花紅蓮傳)』은 한문본(漢文本) 원본은 전동흘(全東屹)의 저(著) 『가재집(嘉齋集)』 속에 있다."[17]는 언급이 있은 이래로 사실상 공공연히 인정되는 바이다. 게다가 이런 한문작품 이전에 이미 '아랑형전설(阿娘型傳說)'로[18] 존재하던 설화군(說話群)이 있고 보면, 결국 이 이야기는 '설화 → 실제역사 → 소설'의 변모과정을 거친 것으

로 파악된다. 그러나 이 실제역사의 대
목은 어딘가 석연치 않은 구석이 있다.
한문본 『장화홍련전』이 수록된 『가재
공실록(嘉齋公實錄)』이 '실록(實錄)'
을 표방한 책이라는 점에서 얼마간 실
제역사라고 하는 데 이견을 달기는 어
렵다 해도, 상식적인 선에서 거기에 실
린 내용이 실제 역사적으로 있었던 일
이라고 믿을 수 없기 때문이다. 원귀(冤
鬼)에 관련된 이야기들은 현재까지도
그 힘을 잃지 않고 전해오는 바여서 그

▲ 『가재공실록』 중에
실린 〈장화홍련전〉(연
세대학교 중앙도서관
소장)

런 데 대한 속신(俗信)까지 없었던 것으로 치부할 수는
없겠지만, 정말 원혼이 출현하여, 그의 이야기를 듣고,
그의 말대로 해결하는 과정을 거쳤다는 내용까지를 액
면 그대로 사실로 수용할 수는 없겠다.

결국, 『장화홍련전』의 형성과정에서 특기사항으로
거론되던 전동흘의 실화는, 사실상 실화라기보다는 실
화처럼 꾸며진, 혹은 실화로 인식된 설화에 다름 아니
다. 따라서 이 작품의 형성과정 '설화→실제역사→
소설'은 곧 '이야기1→이야기2→이야기3'이며, 그
이야기를 즐기는 계층별 인식이 담겨있다고 보는 편이
훨씬 더 합리적이다. 이제 이들 셋에서 이야기의 무게
중심이 어떻게 변하는가를 추적하여 이야기3에 내재
한 재생담의 의미를 파헤쳐 보도록 한다.

이야기1은 이른바 '아랑형 전설'이 그 근간이다. 물
론 이야기2 이하의 작품에서는 태몽설화나 청조(靑鳥)

의 길 안내 설화 등 여러 가지 이야기들이 거론될 수 있
겠으나, 적어도 소설화가 이루어지는 전(前) 단계의 모
습으로 서사구조상 가장 유사한 설화는 '아랑형 전설'
임을 부인할 수 없다. 이 이야기는 대체로, '어떤 고을
에 부임하는 사또마다 죽어나가는 괴변이 생기고, 한
사람이 자원하여 나섰다. 알고보니 전 사또의 딸이 통
인(通引: 지방의 관장 밑에서 심부름하는 사람)에게 억울
하게 욕을 당하고 죽어서 그것을 호소하러 온 원혼 때
문이었다. 그래서 그 사또는 못된 통인을 응징하고 시
신을 수습하여 원혼을 풀어주었다'는 이야기이다. 그
리고 이때에 억울하게 죽었다는 사실 못지않게 중요한
요소는 아마도 많은 원님들이 죽어나갔다는 사실과,
문제를 해결한 신관 사또는 매우 담대한 사람이었다는
사실일 것이다.

　그렇다면, 이미 지적된 대로 "권력이 당당한 그의 친
부(親父)에게 호소"하거나 신임 사또를 번번이 죽게 할

만한 힘으로 못된 통인을 "직접 공격하여도 될 것"[19] 이
므로, 어딘가 결함이 있는 것이나 아닌지 의심하게 한
다. 원귀가 나타나서 복수극을 펼치는 대신 해결자를
구한 데에는 그럴 법한 이유가 따라야하겠기 때문이
다. 이에 대해서 '여성의 좌절' 임에 착안하여 자신이
풀 수 있음에도 불구하고 신임사또를 죽게 만들어서
"온 고을과, 나라 전체에까지 사건화시킨 것처럼, 아랑
혼자만의 한풀이가 아니라 사회적 차원으로서의 해소
가 있어야 한다는 확신"[20] 이라는 해석이 그럴듯하게
다가온다. 하지만, 역시 곤경에 처한 여성을 구해내는
설화인 〈지하국대적제치설화(地下國大賊除治說話)〉
를 생각해볼 때, 이야기의 핵심은 여러 명이 죽어나가
게 하는 데 있기보다는 '담대한 사람' 을 구하는 데 있
을 듯하다. 잘 알지 못하는 악을 두려워하는 사람은 악
에 패퇴하지만, 그에 맞서서 담대하게 싸우는 사람은
승리를 거둔다는 메시지로 풀이할 수 있기 때문이다.[21]

그런데 이야기2에 오면 그런 성격에 상당한 변화가
이루어진다. 한문본으로 일컬어지는 『가재공실록』 소
재 작품은 소설적인 수식이 없는 대신, 상대적으로, 전
동흘의 영웅적인 면모를 부각시키는 쪽으로 방향이 선
회하고 있다.[22]

또 재생담이 없는 대부분의 한글본에서 장쇠의 호변
(虎變), 청조(靑鳥)의 길 안내 등이 덧붙여진다. 곧 악
인에게는 가혹한 벌을 선인에게는 하늘의 도움을 내리
는 쪽으로 강화되어 가는 것이다. 한마디로 권선징악
적 구도에 충실한 경우라 하겠는데, 어떤 이본에서는

19) 손진태, 같은 책,
43쪽.

20) 강은해,「전설의
삶과 죽음 이후의 세
변용」, 김열규 편,
『한국문학의 두 문제
– 원한과 가계–』(학
연사, 1985), 106쪽.

21) 〈아랑설화〉와〈지
하국대적제치설화〉
를 이런 식으로 해명
한 예는 이부영, 『한
국민담의 심층분석』
(집문당, 1995).

22) 실제 『가재공실
록』에 실린 〈장화홍
련전〉은 총 다섯 페
이지 가량의 단형인
데, 전동흘이 등장하
는 지점은 셋째 페이
지 2/3 쯤 되는 곳이
어서 사실상 작품의
절반가량이 전동흘
의 공적과 연관되도
록 할애되어 있다.
자세한 내용은 연세
대 귀중본 열람실에
소장되어 있는 전용
갑 편, 『가재공실록
(嘉齋公實錄)』(1968)
참조.

▲ 아랑 영정. 1972년 김은호 화백이 그렸으며 밀양각에 있다. (손종흠 교수 제공)

서두에서부터 선악의 대립을 암시하는 사전정보를 제시하는가 하면, 어떤 이본에서는 계모 모자를 톱으로 켜서 처벌한 후 염라대왕의 지시로 온갖 지옥을 순례하도록 조처하여 잔혹한 보원(報怨)을 맛보게 하기까지 한다.

이런 이본들에서는 선인과 악인의 극명한 대립이 돋보인다. 그러나 악인에 대한 섬세한 관찰을 행하지 않고는 그 안에 담긴 필연성을 그려내기는 어렵다. 그리고 그 필연성을 그려내지 못할 때, 작품 속의 악인은 박제화된 악의 화신으로 기능할 뿐이다. 이렇게 되면 계모형 소설의 경우, 전실 딸은 마냥 선하고 계모는 마냥 악하다는 구도로 내달아 악에 대한 강한 응징만이 선을 보상하는 쪽으로 흐를 공산이 크며, 결국 본래 선인이 추구하던 선의 지향점조차 잃기 십상이다. 그럼에도 불구하고 이런 문제를 조선조 가부장제의 잘못된 가족제도에서 비롯된 구조적인 악이라고 여기면서도, 한편으로는 이 작품의 의미를 권선징악의 범주에서 악인에 대한 경계로 결론짓게 만들곤 했다. 그러나 실제 현실에서는 그와 역전되는, 오히려 전실 자식에게 박대를 받는 일도 있었을 것인데, 그런 문제가 드러나는 소설이 없다는 것은 여전히 가족제도를 둘러싼 현실문제만으로 파악하기 어려운 측면이 있음을 암시한다.

◀ 아랑의 한. 아랑각에 있는 벽화로 아랑의 원혼이 원님 앞에서 원통함을 하소연하는 모습을 담고 있다. (손종흠 교수 제공)

이처럼 이야기2가 어떤 실존인물의 영웅적 면모를 부각시키면서 권선징악의 범주 안에서 선과 악의 강한 대립구도로 몰고 갔다면, 이야기3은 그와는 다른 면을 보여준다. 가장 눈에 띄는 점은, 물론 계모 허씨와 장쇠를 처벌하기는 하지만, 그들의 악행에 내적인 이유를 부여하는 것이다. 질투심으로 전실 자식을 박해했다는 것이 아니라 어째서 질투심이 일어났는지를 먼저 설명하고, 계모는 본래 악인이라고 설명하고만 넘어가는 것이 아니라 그의 간단치 않은 가족사를 보여주는 것이다. 아울러 선인으로 등장하는 인물군 역시 심리적 억압 혹은 과잉 상태를 노출시켜서 인간적인 결함을 엿보이게 하고, 아버지 배좌수를 중심 없이 흔들리는 나약한 인간으로 만들어놓고 있다.

이런 변화를 단순히 그 이전의 국문소설이 갖던 관습을 따르기 위한 장치로 설명하고 넘어가기는 어렵겠다. 악인의 악행을 섬세하게 살필 때 거기에 일말의 동정심을 갖게 되며, 그에 대한 응징만으로 모든 문제가 해결되지 않음을 깨닫게 될 것이다. 그리고 그런 불만을 느낀 수용자층이 생긴다면, 그에 대한 해결책이 제시되어야 하는데 그것이 바로 특이한 재생담으로 실현된 것이 아닐까 한다. 즉, 선악의 단순대립 구도만으로는 해결되지 않는 복잡한 문제를 디테일을 통해 우선 펼쳐 보이고, 그 해결 불가능해 보이는 난제를 단숨에 뛰어넘는 방식으로 재생담이 채택된 셈이다. 따라서, 이 재생담을 통한 문제해결은, 역으로, 쉽게 풀리지 않는 인간 내면의 복잡다단한 문제가 현실적으로 해결되기 어려움을 간접적으로나마 제시하는 것이라고도 할 수 있다.

이는 적층문학의 대표적 사례라 할 수 있는 판소리계 소설군에서 흔히 볼 수 있는 '전반부의 현실적 문제제기와 후반부의 비현실적 문제해결'이라는 틀과 유사한 것으로, 『장화홍련전』에서 장화와 홍련이 다시 태어나는 것은 마치 『춘향전』의 어사출도, 『흥부전』의 박, 『심청전』의 환생 등과 그리 멀지 않음을 쉽게 짐작할 수 있다. 특히 『심청전』과는 환생이라는 점에서 충분한 비교 거리가 된다. 둘 다 재생이라는 점말고도, 심봉사나 배좌수가 모두 우유부단하고 나약한 인물이라는 점, 그리고 그들이 모두 세 아내를 차례로 맞는다는 점이 그렇다. 심봉사의 경우, 곽씨 → 뺑덕어미 → 안맹인을 거쳐 온전한 가정을 이룰 수 있게 되는 것은 배좌수가 강씨 → 허씨 → 윤씨를 거쳐 그렇게 되는 것

과 흡사하며 그 온전함은 딸의 재생과 맞물린다는 점
역시 견줄 만하다.

요컨대, 이런 장치들은 오랫동안 여러 계층의 참여
로 이루어진 적층문학에서, 서로 이질적인 요구를 하
는 여러 계층의 욕구를 동시에 수용하는 한 처방임을
확인하게 해준다.

5. 한풀이의 중요성

〈흥보가〉를 듣다보면 재미있는 대목이 나온다. 지지
리도 못살던 흥보가 박을 타서 부자가 되었을 때의 바
로 그 이야기이다. 정말 대박이 터진 것인데 바로 이때
부터 웃지도 울지도 못할 일이 연출된다. 흥보는 자식
수대로 쌀 한 가마씩 밥을 지을 것을 명한다. 말이 한
가마지 쌀 한 가마를 한 사람이 어떻게 먹는담, 하고 의
아해 하는 사람은 어쩌면 한국사람이 아니다. 이 정도
의 과장은 우리 옛문학에서 눈감고도 찾을 만큼 흔하
다. 그런데, 문제는 그 대목이 과장법을 사용한 사실이
아니라 왜 그 정도의 과장이 필요했느냐이다. 이유는
한 가지이다. 하도 굶어서 밥에 맺힌 한이 있으니까 그
한을 풀어보자는 것이다.

사실, 놀보가 쫄딱 망한 게 아니라 아주 죽었다 해도
흥보의 속은 풀릴 수 없다. 아니, 만약 그렇게 되었다
면 흥보에게는 더 깊은 한이 쌓였을지 모르는 일이다.

『장화홍련전』식으로 이야기한다면 홍보의 한은 대략 두 가지가 되겠다. 하나는 좀 부자로 여유 있게 살아보는 것이고, 또 하나는 형제가 우애 있게 잘 살아보는 것이다. 따라서 놀보에 대한 응징을 심하게 하느라 그런 기회를 놓쳐서는 안 된다. 생각건대, 형제가 함께 잘살아보지 못한 한을 풀지 않고서는 어딘가 미흡한 구석이 있다고 생각하는 것은 아닐까. 더구나 놀보를 죽이거나 한다면, 형제간의 우애를 다질 수 있는 기회는 영원히 사라지고 만다.

이렇게 생각해보면 『장화홍련전』이든 〈홍보가〉든 한풀이라는 측면에서 통하는 점이 많다. 한은 무엇보다도 미진한 욕망의 응어리이다. 체념하는 것도, 적극적으로 달려드는 것도 아니지만, 못다 한 욕망이 마음 속 한곳에 맺힌 상태, 그것이 바로 한이다. 그런데 우리 문학에서는 원(怨)을 갚아도 여전히 남아있는 한에 대해서 유달리 많은 관심을 보이고 있다. 특히 판소리계 소설 같은 경우가 그렇다 하겠는데,[24] 빈천함과 아버지의 안맹(眼盲) 때문에 아버지를 떠나야 했던 심청이는 황후가 되어 눈뜬 아버지와 해후해야 하고, 미천한 신분 때문에 괴로워했던 춘향이는 정렬부인으로 우뚝서도록 꾸며진다. 장화홍련이 다시 아버지 자식으로 태어나 양친 슬하에서 잘 큰 후 쌍둥이 형제를 만나 결혼하는 설정 역시 그와 다를 게 없다.

그런데 문제는 그 한풀이가 정말 현실성이 있는 것인가 하는 점이다. 홍보처럼 박씨를 심어서 부자가 될 수 있을까? 심청이처럼 물에 빠졌다가 옥황상제의 도

24) 이 점에 대해서는 『강의실 밖 고전여행』 1권의 「제6강 다시 생각하는 '권선징악'」을 참조해 주기 바란다. 거기에서 '문제해소형'으로 명명한 소설이 여기에 해당한다.

▲ 영화 〈장화홍련전〉
(1928)의 한 장면.

움으로 환생하여 황후가 될 수 있을까? 춘향이처럼 절
개를 지키면 정든 님이 암행어사가 되어서 나타날 수
있을까? 장화홍련처럼 죽은 뒤에 다시 태어나는 기적
이 있을 수 있을까? 어느 것 하나 선뜻 대답할 만한 것
이 없다. 정말 제대로 말하자면, '기적'이라는 말은 만
에 하나 혹간 있을 수도 있는 일을 지칭하는 것이라 한
다면, 그보다는 아예 불가능이라는 표현이 옳을 정도
이다.

　그렇다면 그렇게 뻔한 불가능을 문학에서 즐겨 다룬
이유는 무엇일까? 내 생각에는 아마도 거기에 한풀이
의 중요성이 있지 않을까 한다. 현실의 굴레에서는 도
저히 풀 수 없는 욕망의 응어리를 문학에서나마 풀게
해주고, 그것으로 대리만족을 구하는 것이다. 그리고
그보다 훨씬 더 중요한 일은 대리만족에 그치지 않고,
그렇게 절규하듯 한풀이 과정을 그려냄으로 해서 그
욕망의 좌절이 얼마나 심각한 문제인가를 역설적으로
강조한다는 사실이다. 예를 들어, 꿈에 님을 보았다는

것은, 대개의 경우, 현실에서는 님을 볼 수 없는 상황이고, 그럼에도 불구하고 꿈에서라도 보아야 할 만큼 절박함을 나타내지 않던가. 원망의 대상이 확실한 억울함을 푸는 일은 너무도 쉽다. 그 상대를 제압하면 모든 것이 끝나기 때문이다. 그러나 이처럼 속으로 응어리진 한스러움이라면, 그 출구는 자신의 내적 욕망을 충족시켜주는 데 있다.

이런 맥락에서 만일 지금껏 한의 문학이 살아있다면 그 문학의 향수자들에게 미진한 욕망이 무엇인지를 헤아려주는 일이 제일 시급한 일일 것이다. 홍보나 춘향, 심청, 장화홍련이 겪었던 한은 더 이상 생산되기 어렵겠지만, 자연스러운 소통이 막힌 사회라면 문학을 통한 한풀이 과정은 계속되리라 본다. 멀리는 정신대에 끌려갔던 위안부 출신 할머니에서부터, 6·25 이산가족, 고도 성장기에 소외된 사람, 군부독재의 억압이 아직도 망령처럼 따라다니는 사람들까지, 이유는 달라도 한풀이의 중요성은 결코 깎이지 않는다. 이런 경우에 있어서 가장 쉬운 방법은 누군가 그 일이 있게 한 당사자를 붙잡아다 응징하는 일이겠으나, 그것은 원(怨)갚기일 뿐 한풀이가 아니라는 점을 염두에 두면 좋겠다. 어차피 한이 없는 세상이 올 수 없다면, 직접적이든 간접적이든 한풀이를 마음껏 하는 세상이 오기를 기대해 본다.

제 5 강

놀이로서의 탈춤

1. 탈과 놀이

어린 시절, 가면을 쓰고 놀았던 기억이 난다. 대개는 로보트나 동물 모양의 가면으로 기억되는데, 그런 것을 쓰고 있으면 왠지 모르게 평소와는 다른 사람이 되는 듯했다. 가령, 〈타이거마스크〉라는 프로레슬링 만화가 유행할 때는 호랑이 가면을 쓰고 제가 무슨 레슬러가 된 듯한 기분에 빠지곤 했었다. 그런 어릴 적 일들을 까맣게 잊고 지내다가, 영화 같은 데에서 외국의 축제에서 벌어지는 가면무도회를 보면 참으로 희한한 느낌을 받는다. 멀쩡한 사람들이 가면을 하나씩 쓰고, 또 그 가면에 맞는 의상을 걸치고 나와서는 신나는 놀이를 하는 것이다.

이때, 가면의 묘미는 뭐니뭐니 해도 그 감추기에 있지 않을까 한다. 내가 아닌 나를 살아본다는 것, 아니 내 속 깊숙이 숨은 또 다른 나를 꺼내본다는 매력 말이다. 가면을 써보지 않아서 모르겠다는 사람이 있으면 당장 컴퓨터를 켜고 어느 채팅방으로 들어가 보기를 바란다. 거기에는 장동건, 김희선 같은 유명 여배우는 물론 섹시녀, 온달, 시비맨, 참이슬 등의 갖가지 애칭이 등장한다. 사람 얼굴도 나이도 성격도 가려진 상태에서 그 이름만이 자신의 모든 것을 대표하며 나서니 그만한 가면이 또 어디 있을까. 물론 김희선을 걸고 대화를 시도해오는 여성 네티즌이 김희선만큼 예쁘다고 생각할 사람은 아무도 없지만, 김희선의 미모를 선망하면서 잠시나마 남의 이름을 빌려보자는 그 마음을 모

▲ 김준근 작, 〈판탈판〉.
『기산풍속도첩(箕山風
俗圖帖)』 중에서.

를 것도 아니다.

　채팅에서 닉네임으로 자신을 감추다 보면 헛소리가 많아지는 법이지만, 그래도 간혹 그 덕분에 감추어둔 속 이야기를 하게 되기도 한다. 이런 점은 술을 마실 때도 드러난다. 곤드레만드레 취할 무렵, 한 인간의 진면목을 발견하지 않던가. 채팅이든 술자리이든 우리는 그 가면의 힘을 빌려서 자유롭고 유쾌해진다. 가면을 쓰고 그 가면이 허용하는 놀이판에 끼여든 순간, 우리는 모두 일상의 우리가 아니며 그런 일탈이 우리를 즐겁게 하는 것이다. 탈춤, 혹은 가면극이라고 하는 우리의 전통 연희예술 역시 마찬가지인데, 이를 이해하기 위해서는 무엇보다도 놀이의 속성을 제대로 알아야 하지 않을까 한다.

놀이에는 놀이의 규칙이 있는 법이다. 그리고 이 놀이의 규칙은 일상에서 출발한 것이기는 해도 종종 일상과는 아주 다른 기준을 가지고 있다. 그러니 놀이에 충실하려면 일단 놀이의 법칙을 준수하며 놀이에 흠뻑 빠지는 수밖에 없다. 이는 마치 '장동건'이라는 애칭으로 채팅에 참여한 사람더러 장동건만큼 잘생기지 못했으면 그만 물러가라고 하는 사람과는 더 이상 채팅을 계속할 수 없는 것과 마찬가지이다. 물론, 탈춤을 그런 놀이가 아닌 현실로 인식하고 거기에서 출발하는 방법 역시 얼마든지 있다. 그리고 실제로 지금까지의 탈춤에 대한 교육은 얼마간 그런 식으로 이루어져왔다고 해도 과언이 아니다. 단적인 예로, 탈춤에 등장하는 양반과 하인을 보면, 하인이 채찍을 휘두르고 양반은 하인에게 쩔쩔맨다. 이것을 양반에 짓눌린 하인들의 항거로 본다면, 그것은 탈춤의 판을 그대로 현실의 판으로 인식하려는 데 가깝다. 그러나, 시각을 바꾸어서 그 판을 현실의 판과는 구별되는 놀이의 판이라 여긴다면 그에 대한 해석은 완전히 바뀌게 된다.

이제, 이상의 관점에서 이 탈춤이 갖는 놀이적인 속성에 따라, 탈춤의 일반적인 특성을 짚어내 보기로 한다. 번거로움을 피하기 위하여 〈봉산탈춤〉과 〈송파산대놀이〉 등을 중심으로 하여 집중해보자. 물론 탈춤은 한마디로 규정짓기 어려운 만큼 다양다기해서 두어 작품만을 가지고 탈춤의 속성을 운위하기 어려운 면이 있겠으나, 이 정도의 작품만을 가지고 탈춤에 대해서 흥미를 갖는 독자가 있다면, 이 글의 소임은 어느 정도 해낸 것이라 생각한다. 그렇게만 된다면 근처 어디에선가 탈춤을 접할 기회가 생길 때 최소한 피하지 않고 구경하려 들 것이니 그만해도 참으로 다행스러운 일이다.

2. 일상공간과 놀이공간

정말 일상과 놀이는 그렇게 다른 것인가? 궁금한 사람은 우선 연극을 한 편 관람하는 것이 좋겠다. 극장에 불이 꺼지고 나면 이제 무대에만 조명이 들어오기 시작하고 배우들이 나와서 연기를 한다. 그리고 연극이 다 끝나면 퇴장했던 배우들이 다시 다 나와서 인사를 하고 관객들은 박수를 친다. 불이 꺼지면 우리는 이미 '연극'이라는 놀이 공간으로 들어가고, 불이 켜지면 지금껏 보았던 것이 현실이 아니라 연극임을 알아차리고 극장을 벗어나서 다시 일상의 공간으로 돌아온다.

〈봉산탈춤〉의 경우, 실제 공연은 제1과장부터 시작하는 것이 아니라 '길놀이'에서부터 시작된다. 길놀이는 한마디로 사람들을 모으는 절차이다. 악사를 필두로 사자, 말뚝이, 취발이, 포도부장, 소무, 양반 등등의 등장인물들이 쭉 줄을 서서 앞으로 나가는 것이다. 그리고 그들을 구경왔던 사람들까지 한바탕 춤을 추고 나면 본격적인 공연준비가 끝난다. 물론, 요사이는 아예 정해진 공연장에 사람들이 모여있는 터라 그런 길

▶ 길놀이. 사진은 〈동래야류〉의 길놀이로 가운데 있는 큰 탈이 말뚝이다.

놀이 기능은 많이 줄어들었다. 길놀이가 끝나면 그 다음부터, 제1과장 4상좌춤을 시작으로, 제2과장 팔목중춤, 제3과장 사당춤, 제4과장 노장춤, 제5과장 사자춤, 제6과장 양반춤, 제7과장 미얄춤의 순서로 탈놀이가 이어진다. 그리고 탈놀이가 끝나면 원래는 탈들을 모두 태우는 소제(燒祭)를 통해 마을의 평안과 풍년을 빌었다고 한다. 결국, 탈놀이의 앞에 있는 길놀이가 현실공간에서 놀이공간으로 인도하는 구실을 한다면, 뒤에 있는 소제는 거꾸로 놀이공간에서 현실공간으로 빠져나오는 구실을 한다. 길놀이에서 본 놀이로 본 놀이에서 소제를 거치면서, 일상공간에서 놀이공간으로 다시 놀이공간에서 일상공간으로 옮겨가는 셈이다.

〈송파산대놀이〉 역시 마찬가지이다. 총 12과장으로

구성된 이 탈춤은 먼저 '길굿'부터 시작한다. 이는 모든 연희자들이 동네를 돌아 공연장으로 들어오는 행사인데, 이제 일상에서 놀이공간으로 들어간다는 표지이다. 그리고는 간단한 고사를 지낸 후, 12과장이 시작된다. 이 12과장은 제1과장 상좌춤, 제2과장 옴중·먹중, 제3과장 연닢·눈끔재기, 제4과장 애사당의 북놀이, 제5과장 팔먹중의 곤장놀이, 제6과장 신주부의 침놀이, 제7과장 노장, 제8과장 신장수, 제9과장 취발이, 제10과장 샌님·말뚝이, 제11과장 샌님·미얄·포도부장, 제12과장 신할애비·신할미의 순서로 이어진다. 그리고 이들이 모두 끝나면 모든 연희자들이 등장하여 신나게 춤을 추고 탈을 벗고 인사한 후 퇴장한다. 역시 현실공간에서 놀이공간으로 놀이공간에서 다시 현실공간으로 옮겨가는 절차를 밟는 것이다.

이렇게 본다면 이 '현실공간→놀이공간→현실공간'의 순환은 탈춤 공연의 통상적인 틀이다. 그리고 이 틀은 사실 요즈음의 연극이나 영화, 여러 공연예술과 크게 다를 것 같지 않다. 하지만 '놀이공간'의 측면에서 탈춤은 요즈음의 연극이나 영화와는 구별되는 특성을 보인다. 탈춤 각과장의 제목만 보아도 금세 눈치챌 수 있듯이 각 과장들이 그리 밀접하게 연관되는 것은 아니다. 제1과장인 4상좌춤은 특별한 대사 한마디 없이 상좌 네 명이 나와서 음악에 맞춰 춤을 추는 것으로 끝이다. 그리고 나면 제2과장에서 팔목중이 차례로 나와서 춤을 추고 놀다 간다. 하는 짓이 모두 파계승의 풍류 일색이다. 이어서 제3과장에서는 사당과 여러 명의 거사들이 나와서 멋들어진 노랫가락을 선보인다. 한 과장 한 과장은 독립적인 기능을 수행하면 될 뿐, 각 과장이 연극의 막처럼 유기적인 짜임을 갖지 않는 것이다. 이 점은 〈송파산대놀이〉 역시 마찬가지이며, 정도의 차이는 있을지라도 탈춤은 일반적으로 그렇다.

그러니 우리 탈춤에서 서구의 근대극과 같은 구성을 바라는 것은 애초부터 무리이다. 대체로 과장이 바뀌면 등장인물이 바뀌고, 그 등장인물은 제 나름대로 '놀고 간다.' 따라서, 우리가 연극이나 영화에서 터득한 놀이 개념과도 상당한 차이를 두게 된다. 연극이나 영화에서는 비록 그것이 현실은 아니더라도 현실처럼 꾸며져 있고, 그래서 다 보고 나면 이야기 줄거리가 생각나고 그 줄거리를 반추하면서 현실 문제를 다시 생각하는 피드백(feedback) 과정이 있다. 가령, 〈쉬리〉라는 영화를 보았다면 그 영화에서처럼 실제로 남북의 특수부대원들이 잠실 경기장에서 대결을 벌이는 것은 아니지만, 적어도 우리가 잊고 있는 우리의 현실이 그 정도의 긴장감을 가지고 살아야 하는 위험한 공간임을 자각하게 해준다.

그러나 다음은 어떤가?

(먹중 8인이 한참 춤추다가 퇴장하면, 호래비거사 등장한다.)
호래비거사 : (시래기 짐을 졌다.) (타령곡에 맞추어 되지도 않은 뭉둥춤을 되는 대로 함부로 춘다.) (이때에 거사 6인이 사당을 가마에 태워 등장한다.)

사당 : (화관(花冠) 몽두리(족두리)로 화려하게 치장했다. 사
　　　당을 태운 가마는 거사 4인이 떠멘다. 가마 앞에 거사
　　　둘이 등롱을 들고 앞서 가고, 가마를 멘 뒤의 거사 하
　　　나는 일산(日傘)을 받치고 사당을 차일(遮日)한다.)

호래비거사 : (사당과 거사들이 등장하는 것을 보자, 어찌
　　　할 줄 몰라 장내를 이리 왔다 저리 갔다 하며 당황히
　　　군다.) (타령곡이 끝나자, 사당이 탄 가마는 장내 중
　　　앙쯤 와서 내려놓는다.)

거사 I : 술넝수우.

거사 일동: (5인 일제히) 예에잇.

거사 I : 호래비거사 잡어 들여라.

거사 일동 : 예에잇. (거사들은 각기 북 · 장고 · 징 · 꽹과
　　　리 · 소고 등을 들고 치며 엉덩이춤을 추면서 호래비
　　　거사 잡으러 쫓아간다. 호래비거사는 잡히지 않으려
　　　고 피해 다니다가, 내종에는 장외(場外)로 도망가 버
　　　린다.)

사당 : (가마에서 나와서 거사 6인과 같이 어울려서 만장단
　　　조에 맞추어 놀량가를 같이 합창한다. 그리고 군물
　　　(軍物)을 치며 난무한다.)[1]

1) 임석재 채록. 〈봉
산탈춤〉, 전경욱 역
주, 『민속극』(고려대
학교 민족문화연구
소, 1993), 128-129
쪽.

　〈봉산탈춤〉의 제3과장인 「사당춤」 대목이다. 사당,
호래비거사, 거사 6인이 함께 나와서 한바탕 놀고
가는 대목이다. 아무리 보아도 특별한 줄거리를 잡을
수 없다. 이 점은 뒤에 나오는 「노장춤」, 「양반춤」, 「미
얄춤」 과장 등과 크게 구분되는 부분이다. 호래비거사
가 등장하고, 누군가가 호래비거사를 잡아들이라고 하
고, 우르르 몰려가서 호래비거사를 잡으러 쫓는 정도
의 간단한 내용에서 무슨 특별한 갈등을 찾기도 어렵

▲ 〈봉산탈춤〉 제3과
장 「사당춤」. (http://
www.ocp.go.kr)

고 따로 의미를 부여할 만한 상징이 발견되는 것도 아
니다. 실제 공연에서 관심을 둘 만한 곳이라면 맨 마지
막에 사당과 거사패가 어울려서 〈놀량가〉를 부르며 한
바탕 질펀하게 노는 부분일 것이다.

정말 그렇다. 놀다가는 것말고 또 무슨 의미를 부여
할 수 있을 것인가. 하지만 〈놀량가〉를 부를 때 등장인
물들이 가면을 벗어서 머리 위로 제쳐두는 부분을 그
냥 넘어갈 수 없다. 위의 사진을 자세히 보면 그 분위
기를 알 수 있을 것이다. 탈춤에서 탈을 벗는 것은 무
슨 뜻인가? 마치 영화나 연극에서 배우로 분한 역할을
버리고 배우라는 일반인으로 서는 것은 아닐까. 탈을

벗어제치고 〈놀량가〉를 흥겹게 부를 때, 사실은 관중 역시 그 놀이판에 깊숙이 끼여든 셈이다. 탈을 쓴 배우와 그 배우를 보는 관중의 거리가 없어지기 때문이다. 어느 연극에서는 거기에 몰입하게 되면 자기도 모르는 사이에 그것을 진짜 현실처럼 여기게 되는데 이것을 좀 어려운 말로 '환영(幻影 illusion)'이라고 한다. 그런데 여기에서는 그런 환영이 생성될 여지가 없다.

　더욱이 탈춤에서는 놀이공간이 마련되더라도 그 놀이공간은 그대로 현실공간이기도 하다. 봉산탈춤 같은 경우라면, 대개 단오날 저녁에 공연되던 것으로 그 공연장이 낮에는 씨름과 그네뛰기 행사장이었으니 그런 구분이 그리 명확하기가 어렵다. 관중들의 입장에서라면 낮에 한바탕 놀던 공간에서 계속 이어진다는 느낌이 강하게 들 수밖에 없다. 관객이 연극 공연장에 입장하는 순간부터 무언가 현실공간과 다른 느낌을 받는 것과 비교해보면 그 차이를 이해할 수 있으리라 생각한다. 일정하게 짜여진 극적 갈등을 따라가면서 거기에 몰입하고 그러면서 그 극중의 현실을 실제 현실처럼 착각하게 되는 연극과는 달리, 탈춤은 배우와 관객이 현실공간과 놀이공간의 구분 없이 한바탕 놀다가는 특이한 연극이다.

3. 거꾸로 보는 재미

그렇다. 정말 탈춤에서 벌어지는 행위, 사건, 이야기는 일상생활에서의 그것과는 아주 다르다. 문득 군대 시절 땅에 머리를 박고 한 삼십 분 가량 기합 받던 생각이 난다. 지금 생각하면 아무 이유 없이 받던 기합이었지만, 그때는 억울하다는 생각보다 왠지 아름답다는 생각이 들었다. 마침 정월 대보름날이었는데 낙동강 어귀 어디에선가 도하훈련을 받던 중이었다. 가랑이 사이로 연신 비행기가 뜨고 물오리가 날고 멀리 고속도로로는 서울로 가는 듯한 버스들이 쌩쌩 달렸다. 눈으로 보기에는 비행기가 배를 하늘을 향하게 해서 뒤집혀 나는 듯이 보였던 것인데, 군대 밖에서 보던 데 비해 너무도 색다른 풍경이었다. 신분과 처지가 달라진 탓이 컸겠으나, 아마도 8할 이상은 그 거꾸로 본 탓이 아닐까 한다. 물론 탈춤 역시 그래서 아름답다는 식으로 강변하려는 것은 아니다.

다만, 탈춤의 세상은 완전히 뒤집혀 있다는 점을 먼저 말하려는 것이다. 세상이 어떻게 뒤집혀 있는지 다음을 살펴보자.

팔먹 병 : 얘, 얘들아! 춤을 추다 말고 자지러지게 놀라 달아나다니 대체 웬일들이냐?
팔먹 을 : 말도 마라. 무시무시하고 굉장하더라. (호들갑을 떨면서)
팔먹 병 : 대체 뭘 보고 너희들이 자지러지게 놀라는지, 내

◀ 〈송파산대놀이〉 제
3과장(연닢과 눈끔재
기.)

불림 : 탈춤에서 춤을
추기 전에 어깻짓을 하
면서 하는 말. 〈봉산탈
춤〉 제2과장 팔먹중춤
같은 데에서 차례로 등
장하는 먹중들이 다음
춤으로 들어가기 전에
"낙양동천 이화정……"
같은 대목을 소리 높여
외치는 것을 말한다.

　　가 한 번 들어가 봐야겠다. (불림으로) 산중괴물이
　　웬 말이냐? (화장무·여다지로 들어가 연닢 앞에서
　　한 팔을 어깨로 넘기고 고개를 내밀고 살펴보니, 연닢
　　이 부채를 내리고 얼굴을 내밀자 얼굴을 서로 맞대고
　　비벼댄다. 그리고 눈끔재기한테 가서도 비벼대고 춤
　　을 추며 주위를 한 바퀴 돌아와서) 쉬―이! 아하, 이제
　　알았다. 아닌게 아니라 너희들이 놀랄 만도 하다.
　　제들 명색이 양반인 연닢과 눈끔재기인데 얼굴에
　　흠이 있어 과거를 못보고, 노류장화(路柳墻花)로 사
　　도팔방을 돌아다니며 허송세월을 하다가, 산대판을
　　구경하더니만 우리더러 친구가 한 번 놀아 보잔다.
팔먹 갑을 : 그래 한 번 놀아 보자. (불림으로) 달아 달아
　　밝은 달아, 이태백이 놀던 달아……(팔먹과 함께 짝
　　을 지어 대무로 깨끼리·건드렁·고개끄덕이를 하고
　　멍석말이로 돌아 퇴장한다.)[2]

　〈송파산대놀이〉 제3과장(연닢과 눈끔재기) 중의 일

2) 이병옥 채록, 〈송
파산대놀이〉, 전경
욱 역주, 앞의 책, 77-
78쪽.

카니발(Carnival) : 카톨 릭교 국가에서 사순재 (四旬齋) 직전의 며칠간 행해지는 축제. 사순절 기간 동안에는 육식이 금지되었기 때문에 그 전에 술과 고기를 먹으 며 가면을 쓰고 즐겼다.

부이다. 여기에 나오는 연닢과 눈끔재기는 모두 고승 으로, 그들의 눈살을 맞으면 목숨을 잃을 정도라고 한 다. 그래서 이 둘이 등장할 때는 얼굴로 부채를 가리고 나타난다. 그런데 여기의 팔먹중들은 부채를 내리고 얼굴을 슬쩍 본 후 짐짓 놀라는 체하더니 위와 같은 수 작으로 일관한다. 그 위엄에 놀라기는커녕 만만한 조 롱거리를 발견한 듯 숫제 가지고 논다. 명색이 연닢과 눈끔재기 과장이면서도 이들의 대사가 전혀 없는 것도 신기한 일이다. 팔먹중들이 아무리 조롱을 해도 변변 한 항변 한 번 못해보겠다는 뜻인지, 급기야 팔먹중들 이 나서서 '얼굴에 흠이 있어서 과거를 못보고~' 정도 로 비하한다.

눈만 한 번 끔적하면 그 눈살을 맞고 다 쓰러진다는 고승들이 왜 그런 모욕을 당해야 할까? 그 눈을 보고 목숨을 잃기는커녕 도리어 희희낙락 떠들어대는 데에 는 다 그만한 이유가 있지 않을까. 물론 권위적인 고승 에 대한 풍자와 야유라고 볼 수도 있지만, 그렇게 보기 에는 놀이적 성격이 너무 짙을 뿐만 아니라 연닢과 눈 끔재기의 비리(?)라고 할 만한 것도 나온 바가 없어서 납득하기 곤란하다. 그러므로 이왕 '고승'으로 상정한 바에야, 그 고승의 고승됨을 뒤틀어버린 것으로 보는 편이 좀더 타당하지 않을까 한다. 현실공간에서라면 눈살만 맞아도 죽어나자빠진다는 고승 앞에서 오금이 나 펴지겠는가. 너무 멀리 갈 것 없이 근자의 성철 스 님 같은 경우만 하더라도 어떤 권력자도 그 앞에서 함 부로 할 수 없는 위엄이 있었고, 그것이 현실 공간에서의 일이다.

그러나 이 탈춤에서는 그런 현실을 완전히 뒤엎어버린다. 권위 있는 것, 높은 것, 고귀한 것에 대한 반격이며 반란인 것이다. 이 점에서 탈춤에서의 반란을 서구의 카니발에서 볼 수 있는 '제의적 반란'으로 접근한 연구성과는 눈여겨볼 만하다.[3]

이 반란은 실제 사회에서의 존비(尊卑), 귀천(貴賤), 상하(上下)의 틀을 깨서 숨통을 틔워주는 역할을 한다. 실제로는 전혀 그럴 수 없더라도 그런 상상만으로도 즐거운 법인데, 그것을 극으로 보여준다면 엄청난 카타르시스를 불러 일으킬 것이야 너무도 당연하지 않은가. 말하기 좋아하는 사람들 사이에서 절간의 기율이 엄할까 군대의 기율이 엄할까를 놓고 논쟁이 붙을 정도인 것을 보면, 절간의 상하 관계가 얼마나 엄격한 것인지 충분히 알 수 있는 바, 이런 식의 반란이 생긴 내력도 미루어 짐작할 수 있겠다.

이런 설정은 양반과 하인의 관계에서 더욱 극명해진다. 노승과 상좌, 고승과 일반승들 사이의 상하관계야 일반인이 알기 어렵지만 양반과 하인의 문제는 흔히 접하는 주종(主從) 관계여서 누구나 납득할 만하기 때문이다. 이와 연관하여 가장 유명한 대목을 하나 들어본다.

3) 이에 대해서는 김욱동, 『탈춤의 미학』(현암사, 1994) '제4장 제의적 반란으로서의 탈춤'(207-246쪽) 참조.

생　원 : 이놈 말뚝아. (음악과 춤 그친다)
말뚝이 : 예에. 아 이 제미를 붙을 양반인지 좃반인지 허리 꺾어 절반인지 개다리 소반인지 꾸렘이전에 백반인

지 말뚝아, 꼴뚝아, 밭 가운데 최뚝아, 오뉴월 밀뚝
아, 잔대둑에 메뚝아, 부러진 다리 절뚝아, 호도엿
장사 오는데 하내비 찾듯 왜 이리 찾소.

생　　원 : 네 이놈 양반을 모시고 다니면 새처[下處]를 정하
는 것이 아니고 어디로 다니느냐.

말뚝이 : (채찍으로 둥그렇게 공중에 금을 그면서) 이마만
큼 터를 잡아 참나무 울장을 두문두문 꽂고 깃을 푸
군푸군이 두고 문을 하늘로 낸 집으로 잡아 놓았습
니다.[4]

4) 임석재 채록, 〈봉
산탈춤〉, 전경욱 역
주, 앞의 책, 159쪽.
이하 이 대본의 인용
에서 원문에는 '말
뚝이'로 되어 있으
나 다른 대본 등과의
혼선을 피하기 위해
'말뚝이'로 통일하
여 표기한다.

〈봉산탈춤〉의 제6과장인 양반과장이다. 고등학교
문학 교과서에 〈봉산탈춤〉이 나왔다 하면 대개 이 과
장이어서 너무도 익숙한 대목이다. 말뚝이는 이름부터
마부임을 나타내는, 양반의 말고삐를 쥐고 다니는 하
인임이 분명한데 어찌된 일인지 말하는 게 영 이상하
다. 양반의 말을 잘 안 듣는 것은 물론 양반은 인간도
아닌 듯이 비유하는 일이 너무도 잦고 온갖 말장난으
로 양반의 권위를 추락시키는 데 골몰한다. 이 인용 뒷
부분으로 가면 양반이 묵을 곳이라고 정한 것이 바로
돼지우리이다. 하인이 양반 앞에서 채찍을 들고 휘두
르는 것이나, 상전이 묵을 거처로 돼지우리를 정하는
것이나 당대의 현실에서는 모두 있을 수 없는 일이다.
당대는 고사하고 민주화가 되었다는 지금도, 비록 신
분차별이 없다고는 해도 위아래가 분명한 이상 상급자
에게 그런 식으로 대들 수는 없는 일이다.

이런 부분을 톡 떼어내서 '특권층에 대한 항거'로 볼
것인지에 대해서는 좀더 생각해볼 일이다. 양반을 조

롱하고 멸시한 것은 사실이지만, 이 대목을 유심히 음미해보면 어차피 사실과는 한참 어긋나 있어서 그것을 통해 현실의 모순을 인식하기는 여간 어렵지 않게 되어 있기 때문이다. 진지한 항거라기보다는 농담이나 재담 수준에서의 조롱으로 인식되기 쉬운 것이다. 그렇기 때문에 이 대목에서 실제로 양반이 그렇게 무능하고 어리석을까를 되묻는 것은 현명하지 못한 처사가 아닐까 한다. 그저 잠시나마 뒤집힌 세상을 마음껏 즐기려는 성향이 더 짙다 하겠다. 이해가 어려우면, 수학여행에 가서 선생님과 학생들이 역할을 바꾸어서 노는 광경을 상상해보자.

▲ 〈봉산탈춤〉의 말뚝이탈

아주 잠시동안이지만, 학생은 선생님이 되고, 선생님은 학생이 되어 한바탕 흥겹게 논다. 학생은 때를 만난 듯이 선생님에게 반말도 하고, 손으로 툭툭 치기도 하면서 놀아보는 것이다. 그러나, 그것은 어디까지나 그 놀이에서만 그런 것이고, 놀이가 끝나면 모두 다 제자리로 돌아온다. 놀이판에서는 실제 세상과는 전혀 다른 경험을 하면서 실제 생활의 피곤함을 달래게 되지 않던가. 혹시라도 수학여행에서 돌아와서 교실에서도 그렇게 반말을 해대는 학생이 있다면, 정말 끔찍하다!

탈춤에서는 그렇게 모든 것이 뒤바뀐다. 노승과 상좌, 양반과 하인, 남성과 여성의 고정적인 상하관계가 뒤집힌다. 그리고 그 뒤집힌 세계의 경험이 큰 재미이다. 흔히들 양반과장에서 '양반에 대한 항거'를 염두에 두고 말뚝이가 양반 셋을 조롱하는 대목만을 떠올리지만 잘 보면 또다른 뒤집힌 세상이 있다.

▲ 〈동래야류〉의 말뚝
이탈

5) 임석재 채록, 〈봉
산탈춤〉, 전경욱 역
주, 같은 책, 159-160
쪽.

말뚝이 : 아 이 양반 어찌 듣소. 자좌오향에
터를 잡고 낭간 팔자로 오련각과 입구자로
집을 짓되, 호박주초에 산호기둥에 비취연
목 금파도리를 걸어 입구자로 풀어 짓고, 체
다보니 천판자요 내려다보니 장판방이라. 화
문석 첫다펴고 부벽서를 바라다보니, 동편에
붙은 것이 담방정녕 네 글자가 분명하고, 서편을
바라보니 백인당중유태화가 완연히 붙어 있고, 남
편을 바라보니 인의예지가 분명하고, 북편을 바라
보니 효자충신이 분명하니…(이하생략)…[5]

　대체 무슨 말인지 종잡을 수 없을 정도이다. 한자어
를 일일이 표기해주고 본문만큼의 풀이를 달아주어야
알 만큼 어려운 말투성이이다. 고등학교 참고서를 슬
쩍 훔쳐보면, "말뚝이는 상민이면서도 어휘 사용, 한문
실력, 배경 지식 등에서 양반을 능가하여, 상대적으로
양반 계급의 무식과 허위를 부각시켜준다."는 식의 서
술이 있다. 틀린 말은 아닐 것이다. 그러나 현실적으로
하인이 한문을 공부하여 양반을 능가할 수 있는 일인
가에 대해 생각이 미치면 그런 식의 해석에 고개를 갸
우뚱하지 않을 수 없다. 물론 머리가 아주 나쁘고 공부
도 안 하는 양반이야 얼마든지 있을 수 있지만, 어려운
한문을 스스로 터득하여 양반을 능가하는 하인을 상상
해내기는 거의 불가능하다. 한문은 혼자서 터득할 수
없는 글이기 때문이요, 고사를 늘어놓기는 더더욱 어
렵기 때문이다. 시험삼아 〈봉산탈춤〉 제2과장의 먹중

들이 읊는 대사를 들어보라. 무슨 옛날 책을 통째로 들어먹고 외워대는 말 같을 정도이다.

이는 간단하게 생각하면, 양반과 하인을 완전히 뒤집어놓은 것이다. 양반이 도리어 하인에게 조롱을 받는 것처럼, 양반은 무식하고 하인은 유식한 쪽으로 뒤집는 재미를 즐기는 것이다. 평소에 뒤집어보고 싶었던 것을 이 놀이공간에서 마음껏 뒤집어보고 그것을 즐긴다. 거기에 의미를 부여하는 것은 그 다음 일이다. 실제 탈춤의 판으로 들어가 보면, 말뚝이가 휘두르는 채찍도 채찍임이 분명하지만 그 채찍질에는 어딘가 어색한 구석이 발견된다. 증오에 가득 차서 양반을 내리치는 것이 아니라 재미 삼아 장난삼아 휘두르는 것 같다는 말이다. 그렇게 보면 탈춤의 판에서 벌어지는 일 가운데 이상스러운 것이 한둘이 아니다. 예를 들어, 〈동래야류〉에서 비단옷을 입고 거드름을 피우는 하인의 복장을 보면서 현실감을 느끼기란 참으로 어렵다. 더구나 이 말뚝이 탈의 크기는 아마도 탈춤의 탈 중 가장 크다 할 만큼 크다. 가히 모든 양반탈을 압도할 만한 크기이다.

놀이에서 현실을 뒤집고, 그 일탈의 세계에서 활력을 찾는다면 그것이 바로 참된 '리크리에이션(recreation)'일 것이다. 탈춤에서 높이 살 것은 이처럼 놀면서 다시 힘을 얻고, 그것으로 다음을 준비하는 건강성이 아닐까 한다. 다시 말하면, 적대시하고 공격하면서 상대의 힘을 무력화시키는 데 특장이 있는 것이 아니라 현실과 반대로 설정된 놀이판을 통해서 즐겁게 놀면서 쌓인 울분도 털어내어 자기 힘을 비축하는 데 그 특장이 있는 것이다.

4. 말장난과 속어(俗語), 비어(卑語)

탈춤에서는 유난히도 말장난이 심하다. 이것은 아마도 구비문학의 일반적인 속성일 것이다. 예를 들어, 판소리 〈춘향가〉에 보면 이도령이 그네뛰는 춘향이를 발견하고 방자에게 저게 무엇이냐고 묻는다. 방자는 일부러 딴청을 부리고, 다급해진 이도령은 부채를 들어서 '부채발'로 가리키는 데를 보라고 일러주지만 여전히 그짝이다. "부채는 말고요, 미륵님발로 보아도 안 보입니다."로[6] 응수했던 것. '부채발'이 '부처발'로 둔갑하는 말장난을 구사했던 것인데 이것을 문자로 볼 때는 참 난감하다. '부채/부처'는 너무도 분명하게 구분되는 말이기 때문이다. 그러나 실제 판소리 공연 현장에서 음성으로 들을 때는 아주 다르다. 'ㅐ'와 'ㅓ'는 사실 입을 조금 덜 벌리느냐 더 벌리느냐의 차이이지 그렇게 문자로 구분되듯 명확한 경계선이 없지 않은가. 구비성을 강하게 담고 있는 문학일수록 그런 말장난이 튀어나올 가능성은 매우 높다.

탈춤도 마찬가지이다. 말장난은 그 자체만으로도 훌륭한 놀이이다. 요사이야 아이들도 바쁘고 오락거리도 많아져서 별 느낌이 없겠지만 내가 어릴 때만 해도 언

6) 조상현 창, 〈춘향가〉, 뿌리깊은나무 편, 『판소리 다섯마당』(한국브리태니커, 1982), 34쪽.

어유희류의 놀이들이 제법 있었다. 각설하고, 탈춤의 현장으로 가보자.

> 먹중 : 쉬―이! (하면서 쫓아 나가면 옴중은 놀라 물러선다.)
> 옴중 : 아니 웬 녀석이 어른 노시는데 쉬―하느냐? 쉬―이
>   라니? 왕파리 똥구멍에서 나온 쉬―이란 말이냐?
> 먹중 : 왕파리건 쉬파리건 너 이리 좀 오너라.[7]

7) 이병옥 채록, 〈송파산대놀이〉, 전경욱 역주, 앞의 책, 72쪽.

조용히 하라는 뜻의 '쉬'가 파리의 알인 '쉬'로 바뀌고 있다. 동음이의어를 활용한 것이다. 말장난이 그 자체로 재미있는 데다가, 여기에서는 고의적으로 비속한 쪽의 동음이의어로 내몰고가면서 특별한 재미를 더해 준다. 통상 '쉬이―'라는 말은 좌중이 소란스러워서 무언가에 집중할 수 없을 때 주의를 집중하여 어떤 일을 진지하게 하고자 쓰는 것인데, 여기에서는 동음이의어인 파리알 '쉬'를 끌어들여 그 진지함에 치명타를 가한다. 쉬를 제대로 보지 못한 사람이라면 그게 무슨 말이냐고 할 수도 있겠지만 '쉬'를 떠올리는 순간, 생선이나 똥쯤에 붙어 있는 그 지저분하고 기분 나쁜 모습이 머릿속에 그려지는 이라면 그 뜻을 충분히 알 것이다. 단순한 말장난이 아니라 역시 뒤집기요 거꾸로 본 세상인 것이다. 하나만 더 보자.

> 먹중 갑 : 쉬―이! 애애, 니가 벗고 친다고 해서 홀렁 벗고
>   치는 줄 알았더니, 그래 이게 벗고 치는 거냐? (하며
>   북채로 애사당 치마 밑을 들추려 하자, 주춤 물러나며
>   손으로 치마폭을 쓸어내린다.) 치마 · 단속곳 · 속

곳·몽주리 꺼입고 치는 게 벗고 치는 것이냐? 자 내가 벗고 칠 테니 봐라. (채로 장단을 불러 먹중 갑과 애사당, 먹중 을과 왜장녀가 어울려 춤을 추다 퇴장한다.)[8]

8) 이병옥 채록, 〈송파산대놀이〉, 전경욱 역주, 같은 책, 80쪽.

'법고(法鼓) 친다'를 '벗고 친다'로 받고 있다. 문자로 놓고 볼 때 전혀 비슷할 것 같지 않지만 입으로 소리를 내보면 그 소리가 그 소리이다. 법고는 부처님 앞에서 치는 작은 북이다. 이 대목이 승려들간의 대화이고 보면 '법고 친다'가 단순한 유희일 수 없음은 말할 것도 없겠다. 그런데 그 신성한 법고가 말장난 한 번으로 외설스러운 몸짓으로 바뀌어버렸다. 겉으로는 상대방의 말을 잘 알아듣지 못하는 양 꾸미면서 사실상 상대를 욕보이는 데 주력하는 것이다. 이 책이 '강의'를 표방하면서 욕설의 긍정적 기능을 이야기하는 것은 참으로 못할 일이지만, 경험한 사람은 다 아는 대로 그래도 욕이라도 실컷 하고 나면 정신 건강에 다소 도움이 되는 경우가 아주 없는 것은 아니다. 평소에 억눌렸던 사람일수록 더욱 그런 법이어서, 소심한 사람이 술 몇 잔을 먹고 나서 입이 거칠어지는 것도 같은 맥락에서 이해할 수 있다. 이런 말장난의 효과는 한마디로 스트레스 해소이다.

그런데 자신의 스트레스 해소 차원을 넘어서, 이 말장난을 평소에 함부로 할 수 없던 상대에게 신랄한 공격을 하는 기회로 삼을 수도 있다.

말뚝이 : (중앙쯤 나와서) 쉬― (음악과 춤 그친다.) (큰 소리로) 양반 나오신다아, 양반이라거니 노론 소론 이조 호조 옥당을 다 지내고, 삼정승 육판서 다 지낸 퇴로재상으로 계신 양반인 줄 아지 마시요. 개잘양이라는 '양' 자(字)에 개다리소반이라는 '반' 자 쓰는 양반이 나오신단 말이요.

양반들 : 야 이놈 뭐야아.

말뚝이 : 아아 이 양반 어찌 듣는지 모르겠오. 노론 소론 이조 호조 옥당을 다 지내고 삼정승 육판서를 다 지내고, 퇴로재상으로 계시는 이생원네 삼형제분이 나오신다고 그리 했오.[9]

9) 임석재 채록, 〈봉산탈춤〉, 전경욱 역주, 앞의 책, 156쪽.

워낙 유명한 대목이어서 따로 설명할 것이 없겠다. '양반' 의 두 글자를 나누어서 말장난을 하고 있는데 중요한 것은 어느 것이나 개와 연결시키고 있다는 점이다. 우리말에서 '개' 가 갖는 어감은 매우 독특해서, 서양처럼 인간의 친구로 있는 것이 아니다. 목초지가 넓어서 가축들을 야수로부터 지키는 일을 해야 하고, 땅에 비해 사람이 적어서 친구 같은 짐승이 필요하지 않은 바에야 개와 그렇게 친하게 지낼 리가 별로 없다.[10]

10) 마빈 해리스, 『음식문화의 수수께끼』 (서진영 옮김, 한길사, 1992), 207~221쪽 참조.

그래서 '개-' 라는 접두어는 모두 상스럽고 저급한 것, 무엇보다 진짜가 아닌 가짜임을 뜻할 때 쓰는 법이다. 개살구, 개떡, 개죽음, 개꿈 등이 다 그렇지 않던가. 따라서 여기에서는 '양' 과 '반' 을 들먹이며 그것을 교묘하게 '개' 로 몰아가서, 결국은 그 허위성을 폭로하겠다는 심사이다. 실제 양반이 그런가 그렇지 않은가는 중요하지 않다. 그렇게 말로 풀어서 즐기고, 그러면서 은근히 속내를 슬쩍 내보이면 그뿐이다. 물론 이럴 때마다 양반의 항의를 받고 바로 제가 한 말을 정정하지만, 그러면서 더욱더 양반을 '완벽하게' 속일 뿐이다.

말장난뿐이 아니라 속어, 은어, 비어의 속출 역시 탈춤 언어의 중요한 특성이다. 말장난을 통해서 통념을 뒤엎는 일은 이미 앞에서 설명했듯이 기존가치를 전도시켜서 숨통을 틔우자는 의도이다. 그런데 말장난을 넘어 사회에서 금기시하는 말을 쓰게 되면 훨씬 더 강력한 효과를 내게 된다. 지금도 인터넷 사이트 중에는 일반방송이나 여느 대중매체로는 표현하기 힘든 노랫말을 담은 노래를 들려주는 곳이 있다. 사람들이 그 곳을 찾는 이유 역시 모르긴 해도 금기시된 사회에 타격을 가하는 기쁨을 맛보려는 것이 아닐까 한다. 탈춤에서는 특히 성(性)에 관련된 것이 그 중 많은 편이다. '개자식' 정도는 애교에 속하고, '제미럴', '×지', '안갑(근친상간)', '비역(남성끼리 성행위처럼 하는 짓)' 같은 말들이 거침없이 나온다.

> 말뚝이 : 사람이 백차일 치듯 모였는데 이왕 나왔으니 물건이나 한번 외어 볼까. …(중략)… 요녀석아 네미를 붙는 데도 조렇게 두르느냐? 얘 그건 다 희언이다. 물건을 가지고 나왔다가 웬 못된 직장님을 만나서 물건값은 받을 수가 없는데, 그놈의 집 후정을 본즉 처첩인 듯싶더라. 그 중에 얌전한 걸로 하나를 빼오면 너도 홀애비요, 나도 홀애비인데, 밥도 하여 먹고 옷도 하여 먹으면서, 네 동생도 하루 저녁에

▲ 〈봉산탈춤〉의 세 양
반. 왼쪽으로부터 도령
님, 샌님, 서방님.

여남은씩 날 테니 가서 한 년만 빼오너라. 쳐라.(타
령장단을 친다. 원숭이 소무 앞으로 곱사위로 들어가
서, 소무 앞에서 좌우 손으로 소무의 어깨를 짚고 아
래를 대고 돌아온다. 다시 멍석말이로 말뚝이 앞에
와서 말뚝이 얼굴을 친다.) 오 너 잘 다녀왔느냐? 간
일은 어떻게 되었단 말이냐? (원숭이 좌수(左手) 이
지(二指)로 환(環)을 만들고 우수(右手) 일지(一指)를
그 속에 넣어 성교(性交)를 의미.) 요런 안깝을 할 녀
석 봤을까? 요 체면에 무슨 생각이 있어서 요 녀석
아 숫국을 걸르고 와? 솔개미 꾸미 가게 보낸 모양
이지, 나는 어떻게 하란 말이냐? 네 비역이라도 할
수밖에 없다. 요 녀석 들어가자. 쳐라. (타령장단,
말뚝이가 깨끼리춤을 추고 퇴장)[11]

11) 경성제국대학 조
선어문연구실, 〈산
대도감극 각본〉, 전
경욱, 앞의 책, 45-47
쪽.

　일일이 설명을 하기도 어렵다. 그저 보고 느끼는 수
밖에 없다. 쓰는 어휘나 배우의 행동이 모두 상스럽다
고 여길 만한 것 투성이다. 이는 평소에 억눌려 있던
것이 터져나온 것으로 보면 좋겠다. 일상생활에서의

일탈은 대개 부정적인 의미로 쓰이지만 ― 사실은 일상에서 가끔씩 경험하는 일탈 역시 건강성을 높이는 데 적잖이 기여하기도 한다 ― 놀이판에서의 일탈은 매우 긍정적이다. 그래서 놀이판에서 얌전하게 있는 사람에게는 '점잖다' 고 하지 않고 '꿔다놓은 보리자루 같다' 고 하지 않는가. 속어와 욕설이 곧바로 고상한 문학이 될 수 있는 것은 아니지만, 이처럼 놀이로서의 기능을 일정부분 수행하는 것만은 확실하다. 사회에서 금기시하는 것들에 도전하고, 그 금제를 조롱하는 일, 그것이 비록 제한된 놀이판에서의 일이라고는 해도 그것 나름의 가치를 인정하는 일에 인색해서는 안 될 줄 안다.

5. 놀이판에 숨은 사회적 의미

이렇게 이야기하다 보면 탈춤이란 것이 그저 놀자판이기만 한 것이냐고 묻는 사람이 있을 것이다. 그러나 사실은 그렇지 않다. 가령, 〈송파산대놀이〉로 예를 들어 설명해보자. 이 탈춤은 지금의 서울 송파구 석촌호수 근처에서 행해지던 탈춤이다. 송파는 송파시장이라는 대규모의 장이 설 정도의 장소였던 만큼 유동인구도 많고 자본력도 풍부했을 것이다. 그러나 〈송파산대놀이〉처럼 도시에서 행해지던 탈춤이든, 〈하회별신굿〉처럼 농촌에서 행해지던 탈춤이든 일반 민중들만

의 힘으로 놀이를 할 수 있었던 것은 아니다. 탈을 만
들고 공연을 하고 하는 데 드는 비용을 일정하게 후원
해주는 사람들이 필요했고, 따라서 탈춤 역시 판소리
와 마찬가지로 양반이나 아전들이 개입되지 않을 수
없었다.

그렇다면, 양반이나 아전들이 개입해서, 때로는 물질
적 후원을 해주기까지 하면서 어떻게 그렇게 양반에
대한 신랄한 비판을 용인했었는가 하는 점을 해명하여
야 한다. 신분제 사회에서는 신분제 자체를 거부하는
행위가 사회를 유지하는 데 있어 가장 큰 위해요인이
다. 따라서 불만이 있을 경우 적절하게 그 불만을 털어
버리게 하는 것이 중요하다. 피지배층은 피지배층대로
자신들의 답답한 심정을 털어놓아야 하고, 지배층은

지배층대로 피지배층들의 불만이 쌓여서 폭발하는 불상사를 막아야한다. 이런 가운데 가면을 쓴 연희자들이 가면의 힘을 빌려, 탈춤판의 범위내에서나마, 자신들의 울화를 달래고 하고싶은 소리를 마음껏 하게 된 것이 바로 이 탈춤이다.

그리고 그런 놀이판에서 자연스럽게 지배계층에 대한 불만의 목소리를 높이고 그 불만은 비판적인 시각을 담았으며, 또 그런 가운데 자연히 탈춤에 참여한 사람들끼리의 결속력을 높여주는 계기가 마련되었다. 이상한 일이지만 못된 상관이 있는 부서의 부하직원들끼리는 단합이 잘된다. 담임선생님이 무서운 학급의 분위기 역시 그렇다. 서로 나누는 공동의 무언가가 있다면 그 구성원들 사이의 화합이 훨씬 더 잘 될 것은 물으나마나이다. 물론 공동의 적이 있다고 다 잘 뭉치는 것은 아니고 최소한 그런 상황을 터놓고 이야기할 만한 구석이 있어야만한다. 비록 살벌한 감옥이나, 전쟁 중의 군대라 하더라도 죄수나 사병들끼리 속닥이기도 하고 상관이 없는 데에서 욕이라도 한 번 시원하게 할 때 숨통이 트이는 법이다.

자, 그렇다면 탈춤이 놀이를 중심으로 하지만 간간이 비판적인 기능을 한다는 정도로 설명을 멈추어도 좋은 것인가? 절대로 그렇지 않다. 이제 이 강의의 맨 처음에 예로 들었던 어린 시절 이야기를 생각해보자. 그때 우리가 쓰고 놀았던 그 가면과 탈춤의 가면이 정말 같은 것인가? 여기에서 누누이 강조한 '거꾸로 보는 세상'이나, 욕설, 속어, 비어 등은 사실 그들 사이의 유사성을 드러내기 어렵지 않다. 그러나, 탈춤의 가면은 그 시원(始原)이 매우 오래다는 점을 고려하지 않으면 중대한 실수에 빠지게 된다. 우리나라의 경우만 하더라도 신석기 시대의 유물에서 이미 가면 유물이 나왔고, 최치원의 시에도 가면놀이가 기록되어 있으며, 고려의 〈처용가〉는 처용 가면을 걸어두고 귀신을 쫓던 의식을 기록해두고 있다.

이것으로 가면의 본래적 기능 중 가장 중요한 것은 변장(變裝)이나 은신(隱身) 이전에 주술(呪術)임을 알 수 있다. 가면을 통해 자신을 잠시 숨겨보는 것은 매우 소극적인 기능이지만, 가면을 쓰고 무언가 나쁜 액(厄) 내지는 사악한 귀신을 물리치는 것은 매우 적극적인 기능이다. 이런 것을 '벽사(辟邪)'라고 하는데, 지금 남아있는 탈춤에서도 그 흔적을 찾아볼 수 있다. 맨 마

◀ 『악학궤범』에 있는 처용가면.

▲ (좌) 먹중(목중) 탈.
(우) 노장탈

지막에 탈을 태우면서 제사를 지내는 행위는 모든 액운을 물리쳐보려는 주술적 의식이다. 탈춤의 경우, 놀이가 놀이로 끝나는 게 아니라 한 구성원 모두가 모여서 한 마음으로 무언가를 간절히 소망하는 염원제(念願祭)였던 것이다. 그래서 탈춤에 쓰이는 탈들을 유심히 보면 알게 모르게 그런 기원들이 들어있다.

　예를 들어, 봉산탈춤의 먹중(목중)탈을 보자. 다른 탈도 그렇지만 특히 이 탈의 생김새는 매우 기괴하다. 무슨 혹 같은 것을 잔뜩 달고 눈자위도 보통 큰 것이 아니다. 처음 보는 사람더러 이게 무엇 같으냐고 묻는다면 십중팔구 '귀신'이라고 답할 만하다. 귀신얼굴, 곧 귀면(鬼面)을 걸어두어서 귀신을 쫓던 풍속이 황해도 지방에 있었다고 전해지는 것을 보면 이 역시 그런 의식의 영향이 아닐까 한다. 또 노장탈은 검은(검푸른)색이고 그에 맞서는 취발이는 붉은색인 것도 예사로 볼 일은 아니다. 상식적으로 생각할 때 검은색의 이미지가 죽음이라면 붉은색의 그것이 혈기 넘치는 생동감임

은 말할 것도 없겠으며, 붉은 색은 본래 사악한 기운을 물리치는 데 널리 쓰이던 색이기도 하다. 따라서 검은 색과 붉은 색으로 곧 늙음과 젊음, 죽음과 삶을 나타내고, 검은 색 탈을 쓴 노장의 패배를 그림으로써 실제로도 그런 일이 있기를 바라는 강한 주술을 거는 셈이다.

그리고 탈춤은 아무때나 하던 것이 아니라는 점에서도 사회적 의미가 강하다. 흔히 탈춤의 비교대상이 되는 판소리가 아무 때나 아무 장소에서든 쉽게 판이 벌어지는 데 비한다면 탈춤은 대체로 1년 중 특별한 때에 특별한 장소에서만 행해진다. 물론 놀이적 기능이 강화되어 특별한 잔치에서 벌어지기도 하지만, 본디 특별한 날 특별한 곳에서 온 구성원들이 모여서 함께 놀면서 우의를 다지던 것이었다. 실제 벽사진경(辟邪進慶)의 기능이 있었는지는 따질 필요도 없이 그런 행사만으로 결속을 다지고 희망을 쌓는 데 큰 도움이 되었을 것이다.

　세월이 흐르고 사회가 변해 탈춤 같은 전통축제는 어차피 제 기능을 잃었다지만, 다른 방식으로라도 새로운 축제와 놀이가 생겨나서 그 정신만이라도 이을 수는 없을지, 하다 못해 대학 축제 같은 행사만이라도 그런 생산력을 높이는 방안은 없을지 되묻게 된다.

수필을 넘어서 -『용재총화』

성현(1439~1504) : 조
선 성종 때의 문신, 학
자. 대사간, 공조판서,
대제학 등의 벼슬을 지
냈으며 특히 예악(禮樂)
에 밝고 문장이 뛰어났
다.

1. 모으면 다 쓸 데가 있다?

"『용재총화』는 용재(慵齋) 성현(成俔)이 쓴 수필집
이다." 일반독자들에게는 이 정도의 진술이 아마 『용
재총화』에 대한 진술의 거의 전부이리라. 물론 좀더 기
억력이 좋은 독자들은 학교에서 배운 몇 대목을 구체
적으로 들이대면서 그 성격을 짐작할 수도 있을 것이
다. 하지만 이 책은 제목 그대로 '총화(叢話)'이다. 무
슨 책인지 전혀 모르는 것도 문제이지만, 교과서 등을
통해서 배운 몇 대목만을 근거로 이 책 전부가 그런 내
용일 것으로 짐작하는 것도 문제가 아닐 수 없다. 따지
고 보면 이 작품을 '수필집' 정도로 규정짓는 것부터
가 큰 문제이다. 만약 요사이 이런 책이 나온다면 대체
어느 분야에 넣어야 할까? 당연히 문학의 어디쯤이라
고 생각하기 쉬울 텐데 실제 읽어보면 꼭 그런 것도 아
니다. 그리고 문학이라고 한다 해도 문학의 어떤 갈래
인가에 대해서는 의견이 분분할 수밖에 없다.

그러나 그런 고민은 아닌게 아니라 원인 무효이다.
요사이는 그런 책이 나올 만하지 않기 때문이다. 대체
어떤 사람이 제 나라 문학사를 나름대로의 시각으로
일별하면서, 역사의 뒷이야기를 쓰고, 또 외설스러운
이야기까지 주워담아서 하나의 책으로 내놓을 수 있으
랴. 이런 책은 어딘가 몇 분야쯤에는 정통하면서도 여
기저기에 두루 통하는 사람이 아니고서는 쓸 수 없는
일이다. 뿐만 아니라 그 정도의 잡다한 책을 거리낌 없
이 낼 만한 배짱이 있는 사람이 아니라면 쓰기는 해도

함부로 남에게 보일 수 없을 것이다. 그리고 제 아무리 배짱이 두둑해도 그런 책을 용납하지 못할 만큼 빡빡한 사회라면 대놓고 공간(公刊)할 수는 없다.

요사이로 돌아와서 생각한다면 『용재총화』 같은 책이 오히려 귀하다. 시나 소설처럼 정통 문학으로 치부되는 많은 작품들은 사실 요즈음의 전문 문인들이 그때보다 더 기를 쓰고 창작한다고 보는 편이 옳다. 그러나 이런 주변적인 책은

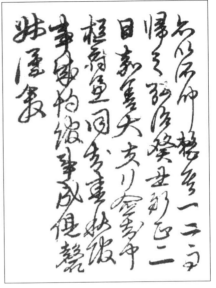

▲ 성현의 필적.

그 전통이 거의 끊어진 것으로 여겨진다. 우선 한 개인이 전문으로 하는 분야가 지나치게 좁아졌고, 게다가 중후한 '고급 필자'(?)와 가벼운 '저급 필자'(?)가 명확히 갈렸으며, 아직도 성(性) 문제 등을 공론화하면 여론의 질타를 받는 환경에서 누가 쉽게 전면에 나서서 그런 책을 쓸 수 있을까? 어찌 보면 그 시절 그 사람들이 부럽기까지 한 까닭이 바로 거기에 있다. 지금 시절에 어떤 인문학자가 이런 책을 써볼 염이나 낼 것인가? 잘 써지지도 않겠지만 힘은 힘대로 들고 욕은 욕대로 먹을 일을 누가 나서서 하겠느냐는 말이다.

각설하고, 모으면 다 쓸데가 있다. 모아보자. 하긴 잘 모으면 백화점이겠지만 잘못 모으면 고물상이나 폐기장이 될 터, 모으기는 모아도 어떻게 모으느냐가 요체이겠다. 비록 남들이 욕하는 3류 잡지라도 창간호부

터 폐간호까지 다 모아서 가지고 있으면 그만큼 훌륭한 자료가 또 없는 법. 아무튼 신념을 가지고 열심히 모을 일이다. 공연한 수집광이 되라는 말이 아니라 "구슬이 서 말이라도 꿰어야 보배"라는 말을 가슴에 새겨두고 꿰기는 나중에 하더라도 일단 모아두자는 말이다. 이 점에서 『용재총화』는 확실히 그런 보람을 느끼게 한다. 그 속에는 무거움과 가벼움, 사실과 허구, 문학과 역사, 고상함과 천박함이 참으로 절묘하게 공생하는 것이다.

2. 수필과 '총화'의 거리

웬만한 교양있는 사람이라면 『용재총화』를 모를리 없지만, 애석하게도 이 책을 다 읽은 이는 거의 없는 터라 그 진면목을 헤아리기 어렵다. 교과서에도 '수필'로 분류된 곳에 한 작품쯤 끼워넣기 일쑤이니 탓할 것은 아니나,[1] 내가 성현(成俔)이라면 몹시도 서운하겠다는 생각이 든다. 시험삼아 이 책을 놓고 아무데나 서너군데쯤을 뽑아 읽어보면 지금 흔히 말하는 '수필'과는 영 다른 구석이 발견될 것이다. 물론, 그런 일은 이 책에 있는 다음과 같은 대목 때문에 발생한 오해 아닌 오해이다.

대제학 박연(朴堧)은 영동(永同)의 유생이다. 젊어서

1) 『용재총화』 전체를 하나의 수필집으로 보는 견해는 『용재총화』(신화사, 1983, 남만성 역)의 해제에서 이루어졌고, 장덕순, 『한국수필문학사』(새문사, 1985)에서도 그 견해를 그대로 따르고 있다. 장덕순의 견해를 잠깐 옮겨보면 이렇다. "물론 『용재총화』 중에는 시평도 있고, 설화 내지 야담의 성격을 띤 것도 있고, 명사들의 일화도 있다. 그런가하면 소설에 접근된 비교적 째어진 단편도 있다. 그러나 양・질에서 월등히 우세한 것은 역시 수필인 것이다. 그래서 『용재총화』를 수필집이라고 규정한다는 것이 무리는 아니라고 생각된다."(104쪽)

향교에서 학업을 닦았는데, 이웃에 피리 부는 사람이 있었다. 제학이 독서하는 틈에 겸하여 피리를 익히니, 온 고을이 모두 명수로 인정하였다.

제학이 과거 보러 서울에 가다가 이원(梨園: 조선조 掌樂院의 별칭)의 뛰어난 광대를 보고 교정을 받는데 그 광대가 크게 웃으며 말하기를, "음절이 속되어 절주(節奏)에 맞지 않으

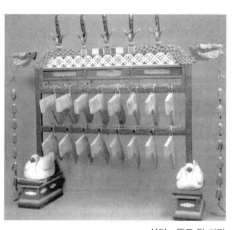

▲ 석경 : 돌로 된 가락 타악기로 16개의 경돌을 음높이의 순서대로 위, 아래 두 단에 8개씩 매달아서 경이 두꺼우면 소리가 높고, 얇으면 그 소리가 낮다.

며 구습(舊習)이 이미 굳어져서 전의 잘못을 고치기 어렵습니다."하였다. 제학이 말하기를, "그렇더라도 가르침을 받겠나이다." 하고, 나날이 왕래하여 게을리 하지 않았다. 수일만에 광대가 들어보고서, "선배는 가르칠 만합니다." 하고, 또 수일만에 들어보고는, "규범이 이미 이루어졌으니 장차 대성에 이를 것입니다." 하더니, 또 수일 후에는 저도 모르는 사이에 무릎을 치고 말하기를, "나는 도저히 미치지 못하겠습니다." 하였다. 그 뒤에 급제하여 또 금슬(琴瑟)과 제악(諸樂)을 익히니 정묘하지 않은 것이 없었다.

세종의 총애를 얻어 드디어 관습도감 제조(慣習都監提調)가 되어 오로지 음악에 관한 일을 관장하였다. 세종이 석경(石磬: 돌로 만든 경쇠)을 만들고 제학을 불러 교정케 하니 제학이 말하기를, "어느 음률은 1분이 높고, 어느 음률은 1분이 낮습니다."하므로, 다시 이를 본즉, 높은 음률에 찌꺼기가 있었다. 세종께서 명하여 찌꺼기 1분을 없애게 하고, 또 낮은 음률에는 다시 찌꺼기 1분을 붙이게 하였더니, 제학이 여쭙기를, "이제는 음률이

계유정란(癸酉靖亂) :
1453년(단종 1년)에 수
양대군이 왕위를 빼앗
기 위해 일으킨 사건.
수양대군은 이 정변을
일으켜서 정권을 장악
하였다.

2) 민족문화추진회
편, 『국역 대동야승』
(1989 중판), 206쪽.
이하 인용은 이 책에
따르는데, 필요한 경
우 필자가 번역문을
손질하였다.

고릅니다." 하였다. 사람들이 모두 그 신묘함에 탄복하
였다.

그 아들이 계유의 난(亂)에 관여하여 제학도 또한 이로
인하여 파직되고 향리로 내려갈 때, 친구들이 강 위에서
전송하였다. 제학은 말 한 필과 종 하나만 데리고 그 행
장이 쓸쓸하였다. 배 안에서 같이 앉아서 술자리를 베풀
고 소매를 잡고 이별하려 할 때 제학이 전대 속에서 피리
를 꺼내어 세 번 불고서 떠나갔다. 듣는 사람들은 모두
처량하게 여기어 눈물을 뿌리지 않는 이가 없었다.[2]

이야기는 대략 세 부분으로 나뉘는데, 한 부분은 그
가 얼마나 피리 부는 데 열심이었는지를 보여주고 또
한 부분은 그의 뛰어난 음감을 드러내준다. 그리고 마
지막 부분에서는 그가 쓸쓸히 떠나가는 모습을 부각시
킨다. 이 글이 훌륭한 수필이 될 수 있는 근거는 아마
도 그 마지막 부분 덕일 것이다. 앞의 두 단락만으로는
수필이라기보다는 간단한 일화에 불과하다. 이런 이야
기쯤은 흔히 야담이라고 하는 데에서 도리어 더 잘 드
러나는 것이어서 별로 눈여겨볼 것이 못된다.

문제의 부분인 맨 마지막 단락을 찬찬히 살펴보자.
아들이 계유정란(癸酉靖亂)에 연루되는 바람에 벼슬에
서 쫓겨나는 쓸쓸한 장면인데 그 쓸쓸함을 간단한 스
케치로 잘 표현하고 있다. 말 한 필에 종 하나, 그리고
피리 한 곡조로 모든 것이 집약되는 것이다. 비록 산문
으로 쓰이기는 했지만 한 폭의 그림이요 한 폭의 시라
하겠다. 앞에 나와 있는 박연에 대한 서술을 상기할 때
더욱 그렇다. 모름지기 생각 있는 독자라면 천부적인

재주에 초인적인 노력을 보였던 그가 보 잘것없는 세사에 휩쓸려서 제 자리를 잃 어버리는 모습에 숙연하지 않을 수 없다. 앞의 두 부분이 단순히 사실을 그려내는 데 머문다면 이 이별장면은 확실히 그 이 상의 무언가를 이야기하는 데 온 힘을 다 한다.

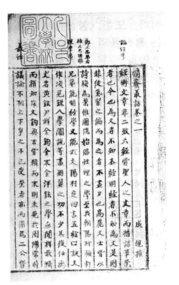

▲ 『용재총화』

이런 부분은 『용재총화』 전편에서 몇 군 데 더 끄집어낼 만한 것이고 그것이 이 책 의 특장이다. 그러나 좀더 솔직히 말하자 면 특장의 일부일 뿐이지 전부는 아니다. 더 심하게 이야기하면 이만한 수려함을 보여주는 소품 같은 글은 오히려 예외적인 경우이다. 『용재총화』는 수필이기 이전에 표제에 있는 그대로 총 화이다. 수필을 모으다 보니 총화가 된 것이 아니라 총 화이다 보니까 수필도 끼여들어있다고 보는 편이 옳겠 다. 그렇다면, '총화(叢話)' 란 무엇인가? 한마디로 이 런 이야기, 저런 이야기를 모두 모아놓았다는 뜻이다.

따라서 총화를 표방한 책이라면 그 안에는 온갖 다 양한 내용이 다양한 방식을 펼쳐질 것은 자명한 일이 다. 알기 쉽게 TV 쇼프로그램에 견주자면 '버라이어티 쇼' 에 해당할 법하다. 노래나 춤, 이야기만을 떼어내어 서 하는 것이 아니라, 노래도 하고 춤도 추고 이야기도 하는 그 화려한 버라이어티 쇼 말이다. 실제로 성현이 『용재총화』에서 다루고 있는 폭은 상상외로 넓다. 사 실과 허구, 역사와 현재, 사건과 인물, 문학과 미술, 심지어는 음담패설까지 종횡무진 내닫는 것이다. 이런 진술에 대해 의구심을 갖는 독자라면 우선 『용재총화』를 열고 처음부터 몇 페이지만 읽어보면 된다.

> 경술(經術 : 經書를 연구하는 학문)과 문장은 원래 두 가지가 아니다. 육경(六經 : 유교의 여섯 가지 경전)은 다 성인(聖人)의 문장으로서 모든 사업에 나타나 있다. 지금 글을 짓는 자는 경술(經術)의 근본된 것을 알지 못하고, 경술에 밝다는 자는 문장을 모르는데, 이는 편벽된 기습(氣習)뿐만이 아니라 이것을 하는 사람들이 힘을 다하지 않기 때문이다.[3]

3) 같은 책, 9쪽.

보다시피 무슨 선언문처럼 시작하고 있지 않은가. 말랑말랑한 수필을 기대하고 책을 펼쳤던 독자라면 적 잖이 놀랄 만한 대목으로, 문학의 기본원리를 천명하는 내용이어서 이 책이 문학비평서가 아닌가 의심하게한다. 실제로 그 뒤를 이어서 우리나라의 문장가들을 일별하고 있으니 그런 구실 역시 어느 정도 감당하기도 한다. 그러나 바로 그 뒷부분으로 가면 "우리나라에 글씨 잘 쓰는 이가 많으나 모범될 사람은 적다"는 식으로 시작하는 서예에 대한 품평이 이어지고, 다음으로는 역대 화가에 대한 비평이 따르며, 또 그 뒤에는 음악가가 따른다. 이렇게 보면, 이 책은 한마디로 '문화비평서' 라 할 만하다.

그러나 아직 단정하기에 이르다. 바로 그 다음으로 이어지는 내용은 우리 나라의 역대 도읍지에 대한 설명과, 한양의 명승지, 우리나라의 여러 가지 풍속과 종교, 신임관원의 신고식 절차, 중국 사신들이 남긴 명시 소개 등으로 계속된다. 그 가운데는 흥미롭게도 처용 놀이를 다룬 대목이나 궁중에서 행해진 구나(驅儺: 역 귀(疫鬼)를 쫓아냄) 의식의 절차를 적어둔 부분까지 있 다. 이 모든 것이 『용재총화』전 10권 중의 1권 중의 내 용이어서 이를 책 전체의 서론으로 본다면 그로써 이 책의 향방을 알기에 충분하다. 즉, 작가 자신이 관심을 두고, 알고 있는 모든 내용을 파노라마식으로 펼쳐보 이겠다는 의도인 것이다.

이쯤에서 독자들에게 이런 의문이 들지도 모르겠다. 그렇다면 『용재총화』는 제 멋대로 이것저것 휘갈겨놓은 잡서인가? 아니다. 결단코 그렇지 않다. 이를 확인할 겸, 아주 유명한 대목을 하나 골라서 읽어보도록 하자.

우리 나라 문장은 최치원(崔致遠)에서부터 처음으로 발휘되었다. 최치원이 당나라에 들어가 급제하니 문명 (文名)이 크게 떨쳐 지금은 문묘(文廟)에 배향되어 있다. 이제 그의 저술을 통하여 보면, 시구에는 능숙하나 뜻이 정밀하지 못하고, 사륙문(四六文 : 네 글자, 여섯 글자씩 글 자수를 맞추어가며 짓는 글의 종류)에는 재주가 있으나 용 어가 정돈되지 못하였다. 김부식(金富軾)과 같은 이는 넉넉하나 화려하지 못하고, 정지상(鄭知常)은 그 글이 빛나기는 하지만 드날리질 못하며, 이규보(李奎報)는 능 히 문장을 여닫을 줄 알았으나 거두지 못하였으며, 이인 로(李仁老)는 단련되었으나 펴지 못했고, 임춘(林椿)은 치밀하나 통하지 못하였으며, 가정(稼亭: 李穀)은 적실하 나 슬기롭지 못하였고, 익재(益齋: 李齊賢)는 노건(老健) 하나 아름답지 못하였고, 도은(陶隱: 李崇仁)은 온자(蘊

최치원(857~?) : 신라 말기의 문인. 당나라에 유학하여 과거에 급제 하였고, 〈토황소격문〉 으로 유명하며 『계원필 경』을 남겼다.

김부식(1075~1151) : 고려 인종 때의 문신 · 문인. 예부시랑, 어사대 부 등의 여러 벼슬을 거 쳤으며 묘청의 난을 평 정했고, 특히 산문에 뛰 어나 『삼국사기』를 편 찬했다.

정지상(?~1135) : 고려 인종 때의 문신 · 시인. 특히 한시의 명수로 유 명하며, 서경으로 도읍 을 옮길 것을 주장하다 김부식 일파에 의해 피 살되었다.

이규보(1168~1241) : 고려 고종 때의 문신 · 무인. 천재적인 글솜씨 로 유명하며 문집으로 『동국이상국집』이 있다.

이인로(1152~1220) : 고려 명종 때의 문신 · 문인. 글, 글씨에 두루 능했으며 『파한집』 등 의 저술을 남겼다.

임 춘(?~?) : 고려 인종 때의 문인. 강좌칠현(江 左七賢)의 한 사람으로 가전체 〈국순전〉으로 유명하며, 『서하선생 집』을 남겼다.

이제현(1287~1367) :
고려말의 문신·문
인·학자. 시문에 두루
능했으며 성리학의 도
입 및 보급에 크게 공헌
했고 『역옹패설』, 『익
재집』 등을 남겼다.

이숭인(1349~1392) :
고려말의 문신·문인.
삼은(三隱)의 한 사람으
로 알려지는 충신으로
『도은집』 등을 남겼다.

정몽주(1337~1392) :
고려말의 문신·문인.
삼은(三隱)의 한 사람으
로 조선건국에 협조하
지 않다가 피살되었으
며 『포은집』 등을 남겼
다.

정도전(?~1398) : 고려
말 조선초의 문신·학
자·문인. 조선의 개국
공신으로 불교를 배척
하고 유교를 건국이념
으로 세우는 데 앞장섰
으며 『삼봉집』 등을 남
겼다.

4) 같은 책, 10쪽.

藉)하나 길지 못하였으며, 포은(圃隱: 鄭夢周)은 순수하
나 종요롭지 못하였고, 삼봉(三峰: 鄭道傳)은 장대하나
검속(檢束)하지 못하였다.[4]

번역을 해놓아서 그렇지 원문으로는 불과 넉 자 정
도로 한 작가의 모든 것을 평해놓았다. 그것도 장단점
을 극명하게 표현하는 매서움을 보여준다. 만일 이 책
의 저자 성현이 선대의 문학작품들을 많이 읽지 못했
다거나 문학을 보는 눈에 자신감이 없었다면 이런 식
의 평가가 가능했을 것인가? 이야말로 그의 폭과 깊이
를 동시에 보여주는 사례이며, 책의 서두에서부터 이
후의 내용을 신뢰하게 해주는 장치이기도 하다.

3. 관청 및 민간의 풍속도

그러나 『용재총화』의 최고강점은 그런 비평적인 안
목을 갖추었다는 데 있기보다는 '있었던 사실'을 가감
없이 모아놓은 데 있을 것이다. 흔히 사실을 모으는 역
할은 역사서가 맡는 것으로 알고 있지만, 역사서는 어
쩔 수 없이 있었던 일들 중에서 '역사적으로' 의미 있
는 일만 모아놓는 한계를 갖는다. 그러다 보니 역사가
의 잣대를 벗어나는 일이나 너무 자질구레하다싶은 일
들은 역사의 그물코를 뚫고 사라지게 마련이다. 그러
나 시대가 조금만 변해서 그 잣대가 변하고 나면 그 빠

져나간 일들이 오히려 더 중요한 위치에 서는 일이 왕
왕 있다.

이런 점을 염두에 둘 때 『용재총화』의 위력은 실로
엄청나다. 성현이 관계(官界)의 요직을 두루 겸한 만큼
관청에서 일어나는 온갖 잡다한 사건, 인물, 관습들을
두루 알고 있었으므로 서술하기 쉬웠을 것이다.

> 이조(吏曹)에서 시관(試官: 과거시험을 담당하는 관원)
> 으로 마땅하다고 생각하는 사람을 시험 때가 되어서 왕
> 에게 아뢰어 낙점(落點)을 받는다. 시관으로 임명된 자
> 는 왕명을 받들고 나누어 시험장에 간다. 삼관(三館: 홍
> 문관·예문관·교서관)에 과거 볼 사람들을 모아놓고 그
> 날 새벽에 하나하나 이름을 불러 가시 울타리 안에 들여
> 보낸다. 수협관(搜挾官: 수험장에 부정행위 소지가 있는 물
> 품을 갖고 들어가지 못하게 검사하는 관원)이 문 밖에 나누
> 어 서서 의복과 상자를 조사하는데, 만약 문서를 가지고
> 있는 자가 있으면 붙잡아 순작관(巡綽官)에게 넘기어 결
> 박하게 한다. 숨겨 가진 문서가 발견된 것이 시험장 밖
> 인 경우에는 한 식년(式年: 3년에 한번씩인 과거시험이 있
> 는 해)의 과거를 못 보게 하고, 과거장 안에서 발견되면
> 2식년의 과거를 못 보게 하였다.[5]

5) 같은 책, 39쪽.

옛날의 선비들이 과거장에서 어떠했는지를 단적으
로 보여주는 예이다. 얼마나 컨닝이 심했으면 가시 울
타리를 치고 몸수색을 하며, 시험응시 자격을 박탈하
는 규정까지 만들었을까. 정통 역사책에서 배우는 과
거는 그 제도가 공식적으로 어떻게 운영되었는가 하는

것뿐이지만, 『용재총화』에는 이처럼 거기에 응시하는 사람들의 생생한 모습이 담겨있다. 이상하게도 이런 비공식적인 기록에서 오히려 그 시절 인간들의 생동감 넘치는 모습이 더 잘 살아난다. 이면사(裏面史)는 정통으로 기록한 역사에서 미처 다루지 못한 내용을 기워줄 뿐만 아니라, 그것만으로는 도저히 기록할 수 없는 내용까지 담아낼 묘방을 제시해주기 때문이다.

이것뿐만이 아니다. 이 책에는 역대의 임금, 유명한 문무 대신들의 이야기며, 관청의 뒷얘기까지가 무궁무진하게 씌어있다.

옛날에 신래(新來: 새로 문과에 급제한 사람)를 제재한 것은 호협한 선비의 기를 꺾고 상하의 구별을 엄격히 하여 규칙에 따르게 하는 것이었다. 바치는 물품이 물고기면 '용(龍)'이라 하고, 닭이면 '봉(鳳)'이라 하였으며, 술은 청주이면 '성(聖)'이라 하며 탁주이면 '현(賢)'이라 하여 그 수량도 한이 있었다. 처음으로 관직에 나가는 것을 '허참(許參)'이라 하고 10여일을 지나면 구관(舊官)과 자리를 같이하는 것을 '면신(免新)'이라 하여 그 정도가 매우 분명했다. 그런데 오늘날에는 사관(四館: 성균관, 예문관, 숭문관, 교서관)뿐만 아니라, 충의위(忠義衛)·내금위(內禁衛) 등 여러 위(衛)의 군사와 아전, 하인들에 이르기까지 새로 배속된 사람을 괴롭혀서 여러 가지 귀한 음식을 졸라서 바치게 하는데 한이 없어 조금이라도 마음에 들지 않으면 한 달이 지나도 함께 앉는 것을 불허하고, 사람마다 연회를 베풀게 하되 만약 기악(妓樂)이 없으면 침노하여 책임을 추궁하는 것이 끝이 없다.[6]

신입자에 대한 환영식(?)은 동서고금 매한가지인가 보다. 그 살벌한 군대의 신고식은 말할 것도 없고 최고의 지성이라는 대학에서의 신입생 환영회 역시 신입생 입장에서 어떤 면에서는 공포스럽기까지 하다. 신고식이라는 게 들어온 신참을 배려하기는커녕 횡포로 여겨질 때 일종의 사회문제를 야기한다. 성현이 보고한 위의 내용은 신참자를 곯려먹는 정도가 아니라 가히 가학과 수탈에 근접한다 하겠다. 맨 앞에 절도 있는 신고식 절차를 예시함으로 해서, 생생한 보고에만 머물지 않고 매서운 비판이 되도록 했다. 이 신래자의 가학행위에 대한 좀더 생생한 기록을 보자.

삼관(三館) 풍속에는 남행원(南行員: 과거를 거치지 않고 조상의 덕으로 벼슬을 한 사람)이 그 우두머리를 높여서 상관장(上官長)으로 삼아 공경해서 받들었고, 새로 급제하여 배속된 자를 '신래'라 하여 욕을 주어 괴롭혔으며, 또 술과 음식의 제공을 강요하되 대중이 없었으니 이는 교만함을 꺾으려 함이었다. …(중략)… 신래자는 사모(紗帽)를 거꾸로 쓰고 두 손은 뒷짐을 하며 머리를 숙여 선생(여기서는 벼슬이 4품 이하인 사람을 이르는 말) 앞에 나아가서 두 손으로 사모를 받들어 올렸다 내렸다 하였는데, 이것을 '예수(禮數)'라 하였다. 직명(職名)을 외우되 위로부터 아래로 내려가면 '순함(順銜)'이요, 아래로부터 위로 올라가면 '역함(逆銜)'이며, 또 기뻐하는 모양을 짓게 하여 '희색(喜色)'이라 하고, 성내는 모양을 짓게 하여 '패색(悖色)'이라 하였으며, 그 별명을 말하여 모양을 흉내내게 하였고 이것을 '3천3백'이라고 한다. 그렇게 하여 모욕하는 것이 여러 가지여서 이루

7) 같은 책, 41-42쪽.

다 말할 수 없다. …(이하 생략)…[7]

'조선조 선비' 하면 퍼뜩 떠오르는 이미지는 근엄한 도학자이거나 남산골 샌님 스타일의 백면서생, 혹은 임금 앞에서도 서슬 퍼런 충간을 서슴지 않는 기개 있는 벼슬아치겠지만 여기에서 만나는 유생은 뜻밖의 면모를 보인다. 성현은 그런 모습을 카메라에 담듯이 세세하게 포착하여 그려낸다. 다른 어떤 설명도 필요 없이 '그런 일이 있었다'를 강조하겠다는 자세인 듯하다. 여전히 비판적인 시각이 강하게 느껴지는 대목이지만, 이런 면면을 좀 좋게 보아주자면 혹 인간적인 모습이라고 할 수도 있겠다. 어떤 집단이든 새로운 구성원이 들어와서 기존의 구성원들과 자연스럽게 어울리기는 어려운 일이다. 물론, 아주 많은 세월이 가면 자연스럽게 되기야 하겠지만, 이런 극약처방으로 그 기간을 단축할 수만 있다면 그 효과가 아주 없는 것은 아니겠기 때문이다. 성현의 그런 기록 덕분에 관청의 뒷얘기도 슬쩍 엿보면서 그 당시의 인간이나 지금의 인간이나 그리 크게 다른 것이 아니라는 점을 확인할 수 있으니 이는 『용재총화』의 문학성 여부를 떠나서 확실히 중요한 업적이다.

이런 것들은 그가 고급관료로서 보고들은 일을 어렵지 않게 기록한 것이라고 보면 그뿐이겠다. 놀라운 것은 그의 신분과는 어울리지 않게도 민간 풍속까지 기록해두고 있다는 점이다.

▲ 신윤복 작, 〈단오풍
정(端午風情)〉

　5월 5일은 단오이다. 이 날은 쑥으로 호랑이를 만들어
문에 달고, 술에 창포를 띄워 마시며, 아이들은 쑥으로
머리를 감고 창포로 띠를 하며, 또 창포의 뿌리를 캐어
수염을 붙인다. 도성(都城) 사람들은 거리에 큰 나무를
세워 그네 놀이를 하였고, 계집아이들은 모두 아름다운
옷으로 곱게 단장하고 동리마다 요란스럽게 떠들며 다투
어 그넷줄을 잡으며, 사내아이들은 떼를 지어 와서 그네
를 밀고 당기고 하면서 음란한 장난이 그치지 않았는데,
조정에서 금지하고 단속하니 지금은 성행하지 않는다.[8]

8) 같은 책, 47쪽.

　단오절 풍습에 대한 간단한 보고이다. 역시 잘 몰랐
던 사실이 실려있다. 본래 단오절에는 남녀가 자유롭

게 어울리면서 놀았던 것 같다. 두 사람이 마주서서 그네를 타는 이른바 '쌍그네'는 그 동작만으로도 묘한 상상을 하게 하기에 충분하다. 그런 자세로 그네를 타다 보면 자연스럽게 성행위의 모의(模擬)처럼 보이기 때문이다. 지금은 막연히 단오절에 여자들끼리 그네를 뛰며 논다고 생각하지만, 이런 기록들은 당시만 해도 그네를 뛰고 논다는 데에는 그 이상의 의미가 있었음을 짐작케 해준다. 그런데, 사실 이런 기록들은 그 당시로서는 특별히 모르는 사람이 없을 시덥잖은 내용이었을 것이며 따라서 세세하게 기록하지 않는 게 당연하게 여겨졌겠다. 그러나 의외로 그런 기록을 남긴 사람이 많지 않기에 『용재총화』의 가치가 높아지며, 그런 '시덥잖은 내용'들이기에 오히려 당대 사람들의 체취가 물씬 느껴진다.

그런가 하면 『용재총화』 속에는 속담이나 민간신앙 등도 적지 않게 실려 있어서 가뜩이나 빈약한 그 방면의 자료를 풍부하게 해주기도 한다.

> 속담에, "하루의 근심은 아침의 술이요, 1년의 근심은 맞지 않는 가죽신이요, 일생의 근심은 성질 나쁜 아내라."라는 말이 있으며, 또, "배가 부른 돌담과 말 많은 아이와 함부로 쓰는 주부는 소용이 없다."는 말이 있는데 말은 비록 속되나 역시 격언이다.[9]

9) 같은 책, 24쪽.

기우제를 지내는 절차는 먼저 오부(五部)로 하여금 개천을 수리하고 밭두둑 길을 깨끗이 하게 한 다음 종묘사직에 제사를 지내고, 다음에 사대문에 제사를 지내며,

다음에 오방(五方) 용신(龍神)에 제를 베푸니 동쪽 교외에는 청룡, 남쪽 교외에는 적룡, 서쪽 교외에는 백룡, 북쪽 교외에는 흑룡이요, 중앙 종루(鐘樓) 거리에는 황룡을 만들어 놓고, 관리에게 명하여 제사를 지내게 하되 3일만에 끝낸다. 또 저자도(楮子島)에다 용제(龍祭)를 베풀어 도가(道家)의 무리로 하여금 『용왕경(龍王經)』을 외우게 하고 또 호두(虎頭)를 박연(朴淵)과 양진(楊津) 등지에 던진다. 또, 창덕궁 후원과 경회루(慶會樓)·모화관(慕華館) 연못가 세 곳에 도마뱀을 물동이 속에 띄우고, 푸른 옷 입은 동자 수십 명이 버들가지로 동이를 두드리며 소라를 울리면서 크게 소리 지르기를 "도마뱀아, 도마뱀아, 구름을 일으키고 안개를 토하여 비를 퍼붓게 하면 너를 놓아 돌아가게 하리라." 하고, 현관과 감찰이 관과 홀(笏)을 정제하고 서서 제를 지내되 3일만에 끝낸다. 또 성내 모든 부락에 물병을 놓고 버들가지를 꽂아 향을 피우고 방방곡곡에 누각을 만들어서 여러 아이들이 모여 비를 부르며, 또 저재[市]를 남쪽 길로 옮기어 남문을 닫고 북문을 열며, 가뭄이 심하면 왕이 대궐을 피하고 반찬을 줄이고 북을 울리지 않으며 억울하게 갇힌 죄인을 심사하고 중외(中外)의 죄인을 사면한다.[10]

10) 같은 책, 174-175쪽.

기우제에 대한 이보다 상세한 기록을 만나기는 여간해서는 어려울 듯하다. 국가에서 주관하여 기우제를 지내는 전과정이 소상하게 기록되어 있을 뿐만 아니라, "도마뱀아, 도마뱀아~" 하는 주술적인 노래는 그 자체만으로도 아주 소중한 기록이다. 〈구지가〉에서 보았던 "거북아, 거북아~"의 위협이 그대로 남아있어서 흥미로울 뿐만 아니라 누가 일삼아서 적어두지 않았다면 영원히 사라지고 말았을 것이기 때문이다.

4. 설화와 일화

그런가하면 『용재총화』는 설화와 일화의 보고(寶庫)이다. 그것도 점잖은 내용뿐만이 아니라 음탕한 내용까지 가리지 않는 이야기 창고인 것이다. 거기에는 이른바 '소화(笑話)'라고 하는 우스개나 민간의 속담이나 속신(俗信) 등 민속학의 자료가 될 만한 많은 구비문학들이 수록되어 있어서, 연구문헌으로서의 가치가 매우 높다. 여기에 적어놓은 이야기들은 성현의 창작이 아니라 항간에 떠돌던 이야기의 채록임이 분명한만큼 성현은 요즘 말로 하면 설화수집가인 셈이다. 짧은 이야기의 앞부분만 잠깐 살펴보도록 하자.

> 옛날 두 형제가 있었는데 형은 어리석고 동생은 똑똑했다. 아버지 제삿날이 닥쳐서 재(齋)를 올리려 하였으나 집이 가난하여 아무 것도 없었으므로, 형제가 밤중에 몰래 이웃집 벽을 뚫고 들어갔다. 마침 늙은 주인 영감이 나와서 집안을 둘러보던 차라 형제가 숨을 죽이고 섬돌 밑에 엎드려 있는데 영감이 섬돌에 오줌을 누었다. 형이 동생에게 "뜨뜻한 비가 내 등을 적시니 웬일이지?" 하다가 결국 영감에게 잡히게 되었다. 영감이 말하기를, "너희들에게 무슨 벌을 줄까?" 하고 물으니, 동생은 "썩은 새끼로 묶으시고 겨릅대(껍질을 벗긴 삼대)로

치시기를 원합니다." 하고, 형은 "칡끈으로 묶으시고 수정목(水精木)으로 치십시오." 하였다.

영감이 그들의 말대로 벌을 주고 난 뒤에, "어디에 쓰려고 도둑질하려 했느냐?" 하고 물으니, 동생이 "제삿날에 아버지의 제사를 지내려고 그랬습니다." 하였다. 영감이 불쌍히 여겨 곡식을 주면서 마음대로 가져가게 하니, 동생은 팥 한 섬을 얻어 힘을 다하여 짊어지고 집으로 돌아왔는데, 형은 팥 몇 알을 얻어서 새끼줄에 끼어 끌면서, "야허, 야허." 하면서 돌아왔다.

이튿날에 동생이 팥죽을 쑤고 형을 시켜 중을 청하여 재(齋)를 올리려 하였더니, 형이 말하기를 "중이란 어떻게 생긴 물건이야?" 하므로, 동생이 "산중에 들어가서 검은 옷을 입은 것이 있으면 청해 오시오." 하였다. 형이 가다가 나무 끝에 까마귀가 있는 것을 보고, "선사(禪師)님, 저희 집에 오셔서 재를 올려 주소서." 하니 까마귀는 울면서 날아갔다. 형이 돌아와서, "중을 청했더니 까악까악 하면서 가버리더라." 하였다. 동생은 "그것은 까마귀요 중이 아니니 다시 가서 누런 옷을 입었거든 청해 오시오." 하였다. 형이 산중에 들어가서 나무 끝에 꾀꼬리가 앉아 있는 것을 보고, "선사님, 저희 집에 오셔서 재를 올려주소서." 하니 꾀꼬리도 울면서 날아가 버렸다. 형이 돌아와서, "중을 청했더니 예쁜 모습으로 물끄러미 보면서 가더라." 했다. 동생이 "그것은 꾀꼬리요 중이 아니니, 내가 가서 중을 청해 오리다. 형님은 계시다가 만약 솥 안의 죽이 넘치거든 퍼내서 오목한 그릇에 담아놓으시오." 하였더니, 형은 처맛물이 떨어져서 움푹 패인 섬돌을 보고 죽을 그 속에 모두 부었으므로 동생이 중을 청하여 돌아오니 한 솥의 죽이 다 없어졌다.[11]

11) 같은 책, 115-116쪽.

설화에서 흔히 볼 수 있는 바보 형제 이야기이다. 무슨 특별한 교훈을 주자는 것 같지는 않고 그저 웃자는 이야기로 보인다. 아마도 성현은 그 당시 유머를 수집했던 듯한데 이 부분이 참 예사롭지 않다. 상당히 근엄하게 있을 것만 같은 유식한 학자요 관료인 그가 선뜻 민간에 유행하는 우스개를 모은다는 것이 보통일은 아닐 것이기 때문이다. 물론 요사이도 인터넷 상에 허다한 우스개가 오르고 그것들을 모으는 사람이 꽤 있으니 그때라고 그러지 말라는 법은 없다. 그러나 지금도 그런 유머를 열심히 읽는 사람은 많지만 그것을 적극적으로 유포시키는 데까지 나아가는 사람은 그리 많지 않다. 특히 점잖다고 하는 사람들의 경우라면 그런 일을 아예 하려들지 않는다. 필자의 경험으로만 보더라도 내게 배운 학생들이 혼자 보기 아까운 유머라며 이메일로 보내온 일이 있기는 해도, 선생님이나 동료들 중에 그런 경우는 없다. 모두 저 할 일이 바쁠 뿐만 아니라 그런 일을 했다가는 공연히 실없는 사람으로 몰리기 딱 좋기 때문이다.

그럼에도 불구하고 성현은 그런 현실적인 장벽을 훌쩍 뛰어넘었다. 심지어는 위와 같은 가벼운 우스개가 아닌 음담패설까지도 주저 없이 싣고 있다. 가령 어떤 중이 과부를 꾀어 재미를 보려다가 상좌에게 골탕을 먹는 이야기라든지, 바람기 있는 맹인이 아내가 아닌 다른 여자를 탐하다가 다른 여자인 척하고 나타난 아내에게 호되게 당한 이야기 같은 것들이 그렇다. 그러나 음담이라고는 해도 대개가 음탕한 짓을 하려던 사람이 뜻하지 않은 낭패를 보는 쪽의 이야기가 많고, 곳곳에 웃음이 폭발할 만한 장치를 많이 가지고 있어서 외설스러움은 훨씬 덜 느끼게 된다. 현대판 음담에 익숙한 사람이라면 오히려 그 건강함(?)에 놀랄 정도이다.

그러나, 이쯤에서 오해하면 안 될 일이 하나 있다. 『용재총화』에는 위의 예와 같이 '옛날에 어떤 사람이 있었는데~'로 시작하는 설화만 있는 것이 아니라, 정확하게 역사적으로 실재했던 사람을 제시하면서 그 사람의 이야기를 써나가는 것도 있다. 즉, 꾸며낸 이야기가 아니라는 점에서 '일화'라 할 만한 것이 아주 많은 편인데, 이는 일단 사실을 근거로 한다는 점에서 웃음이나 심심풀이가 아닌 교훈 위주의 이야깃거리이기 쉽다. 흔히 위인전에서 볼 수 있을 법한 여러 선비들의 일상을 소개하는가 하면, 온화한 품성을 보인 사람, 기발한 능력을 가진 재주꾼들의 이야기들이 즐비하게 있다.

특히, 그런 실제 인물을 등장시킬 경우 교훈과 풍자의 목적이 강하게 드러나기 마련이다. 가령, 똑같은 우스개라 할지라도 웃으면서도 촌철살인(寸鐵殺人)의 기지가 있고, 비수(匕首)보다 날카로운 풍자의 맛이 훨씬 더 생동감있게 전해지는 것이다.

수원 기생이 손님을 거절하였다는 죄로 볼기를 맞고, 여러 사람들에게 말하기를 "어우동(於宇洞)은 음란한 것을 좋아하여 죄를 얻었고, 나는 음행(淫行)을 하지 않음으로써 죄를 얻었으니, 조정의 법이 어찌 이처럼 같지 아니

12) 같은 책, 145쪽.

한가." 하니 듣는 사람들이 모두 옳은 말이라 하였다.[12]

　　신재추(辛宰樞)는 성품이 매우 급하였다. 파리가 밥그릇에 어지럽게 모아들어 날려 보내도 다시 모아드니, 재추는 크게 노하여 그릇을 땅에 던져버렸다. 부인이, "미충이 무지하거늘 어찌 이다지도 노하시오?" 하니, 재추는 눈을 똑바로 뜨고 꾸짖기를, "파리가 네 서방이냐? 어째서 두둔하느냐?" 하였다.[13]

13) 같은 책, 163-164쪽.

손님을 거절하였다는 이유로 볼기를 맞고는 어우동을 떠올린 것은 기가 막힌 재치이다. 어우동은 음탕하다 하여 벌을 받았는데 자기는 도리어 그렇지 않다고 하여 벌을 받은 것이기 때문이다. 일견 비교할 수 없는 일을 재미 삼아 비교한 듯하지만, 사람들이 모두 옳은 말이라 수긍했다는 데에서 그 속뜻을 찾을 수 있겠다. 여성을 남성의 전유물로 생각하는 한, 남성의 잣대에 의해서 어떤 때는 음란한 것이 문제이고 어느 때는 조신한 것이 문제였던 것인데, 이 짧은 이야기에서 그 이중성을 풍자한다. 두 번째 이야기의 주인공인 신재추는 이 인용 부분의 바로 앞대목에서도 그가 얼마나 문제가 많은 인물인지 익히 드러난다. 그는 남들에게 폼 잡는 데 일가견이 있는 인물로, 있지도 않은 재물을 있는 척하느라 온갖 해프닝을 벌이곤 한다. 한마디로 부화(浮華)하고 허황된 인물이라 하겠는데, "파리가 네 남편이냐?"며 노여워하는 데에서는 웃음이 나지만, 웃음 뒤에는 그 변변치 못한 인물됨에 대한 혹평이 숨어 있다.

또, 경우에 따라서는 한 인물의 품평을 넘어 세태풍자에 이르는 걸작도 있다.

> 고려 재신(宰臣) 조운흘(趙云屹)은 시대가 어지러워질 것을 알고 환(患)을 피하고자 미친 사람 시늉을 하였었다. 그 전에 서해도(西海道) 관찰사가 되었을 적에는 언제나 "아미타불"을 외웠다. 공과 서로 친한 수령(守令) 한 사람이 있었는데, 창 밖에 와서 "조운흘" 하고 외웠다. 공이 "너는 어찌하여 내 이름을 외우느냐?" 하니, 수령은 "영공(領公)의 염불은 성불(成佛)하기 위함이요, 나의 염불은 영공같이 되고자 하는 것입니다." 하고는 서로 마주 보고 크게 웃었다.[14]

조운흘(1332~1404) : 고려말 조선초의 문신. 고려조에 국자감직광, 좌간의대부 등의 여러 벼슬을 지냈으며 조선 개국 후 강릉부사로 제수되었으나 곧 병을 핑계 대고 사직하였다.

14) 같은 책, 66쪽.

벼슬을 하고자 하는 욕망은 누구나 있을 터이지만, '나무아미타불' 대신 '조운흘'을 외워서 조운흘 같은 높은 벼슬을 하고자 했다는 데에서 그 심각성을 알 수 있다. 벼슬을 하기 위해 공부를 한다거나 경륜을 쌓는 것이 아니라 오로지 벼슬을 하는 아무개처럼 높은 자리에만 오르면 된다는 맹목이 우리를 웃기면서, 한편으로는 씁쓸하게 한다. 요즈음의 국회의원이나 지자체의 단체장은 여기에서 얼마나 멀지 생각해보면 그냥 웃어넘길 일만은 아닌 것이다.

그러나 그런 의미를 부여하든 말든, 이런 설화나 일화는 흡사 TV의 개그 프로그램을 보는 기분이나 짧은 인물 탐방 기사를 하나 보는 듯한 태도로 쉽게 볼 만한 것들이어서 아무 부담이 없다. 그저 재미있게 읽는 것

이 최고의 미덕이고, 또 그러다 보면 얻을 게 없지는 않
겠기 때문이다. 그런데 좀더 자세히 본다면 정말 뜻밖
의 소득을 얻을 수도 있다. 가령 다음과 같은 대목을
보자.

옛날에 선비 세 사람이 과거 시험장으로 나아가려 할
때, 한 사람은 거울이 땅에 떨어지는 꿈을 꾸었고 한 사
람은 허수아비가 문 위에 걸린 꿈을 꾸었으며, 또 한 사
람은 바람이 불어 꽃이 떨어지는 꿈을 꾸어, 모두들 해
몽하는 사람의 집으로 갔더니, 해몽하는 사람은 없고 그
의 아들이 혼자 있으므로 세 사람이 나아가 물으니 그
아들이 점을 쳐 말하기를, "모두 상서롭지 못한 것이니,
소원을 이루지 못할 것이다." 하였다. 조금 있다가 해몽
하는 사람이 와서 그 아들을 꾸짖고 시를 지어주면서 말
하기를, "허수아비는 사람들이 우러러보는 바요, 거울
이 떨어지면 어찌 소리가 없겠는가. 꽃이 떨어지면 응당
열매가 있을 것이니 세 분이 함께 이름을 이루리라." 하
더니 세 사람이 과연 모두 과거에 급제하였다.[15]

15) 같은 책, 148쪽.

'꿈보다 해몽'이라는 말도 있고 꿈은 반대로 푼다지
만 어쩌면 이렇게 어긋나게 풀 수 있을까 싶다. 아무리
보아도 불길할 것으로 예상되는 내용들을 행운의 표지
로 바꿔 풀어놓고 있지 않은가. 해몽 잘하는 이의 아들
과 같은 생각을 하는 게 우리네 일반인 수준이라면 해
몽 잘하는 이의 생각이야말로 해몽의 진면목을 보여준
다 하겠다. 그러나 '뜻밖의 소득'이라는 게 그런 거꾸
로 풀기식 해몽을 말하는 것은 아니다. 그런 정도의 상

식을 찾자면 간단한 꿈풀이 책자를 찾아보거나 인터넷 사이트에 접속하면 대번에 알 만한 것이기 때문이다.

만약 바로 이 대목을 어딘가에서 한번 보았다 싶은 독자들이 있다면 그 뜻밖의 소득에 가까이 다가설 수 있을 것이다. 잘 생각해 보라. 어디선가 본 듯한 내용이 아닌가. 어디선가 무릎을 탁 치는 독자가 있을 듯도 하다. 맞다. 바로 그 대목이다.

봉사 왈,

"네 무슨 꿈인다?"

춘향이 대답하되,

"단장하던 거울 한복판이 깨어져 보이고, 옥창에 앵두화 떨어져 보이고, 문 위에 허수아비 달려 보이오니 그 아니 흉몽이니까?"

봉사 침음양구(沈吟良久: 속으로 깊이 생각한 지 오램)에 산통을 내어들고 흔들며 축사(祝辭: 주문)를 외우거늘 … (중략)…

점을 다한 후에 눈을 희번덕이며 글 두 귀를 지었으되,

"화락(花落)하니 능성실(能成實)이요, 파경(破鏡)하니 기무성(豈無聲)가? 문상(門上)에 현우인(懸偶人)하니 만인(萬人)이 개앙시(皆仰視)라."

이 글 뜻은 옥창에 앵두화 떨어져 뵈니 능히 열매 열 것이요, 거울이 깨져 뵈니 어찌 소리 없으며 문 위에 허수아비 달렸으니 일만 사람이 우러러 볼 꿈이라.

"어허, 이 꿈 잘 꾸이었다! 쌍가마 탈 꿈이로다. 너의 서방 이도령이 지금 고추 같은 벼슬 띄고 오니 내일 정녕 만나리라. 너는 과도히 설워 말라. 때를 잠깐 기다리라."[16]

16) 〈열녀춘향슈절 가라〉(완판 33장본) 중에서. 설성경, 『춘향전』(시인사, 1986) 103-105쪽.

어쩌면 이 두 꿈이 그리 신통하게 같은가 놀랄 일이다. 성급한 독자라면 어느 것이 어느 것을 베꼈는지 따지고 싶겠지만 부질없는 짓이다. 『춘향전』은 우리가 다 아는 대로 적층문학이어서 이것저것 가져다가 재료로 삼았으며, 『용재총화』의 이 대목 역시 그런 것 중의 하나일 뿐이다. 성현 역시 떠돌던 해몽담(解夢譚)을 하나 구해다 실어놓았겠고, 『춘향전』 역시 그랬겠는데 그 둘의 소스가 서로 같다고 보면 되겠다. 이런 예로 볼 때 『용재총화』에 실린 설화나 일화는 비록 성현이라는 특정 개인이 채록해놓은 것이기는 하더라도 우리 민족의 공동유산이다.

5. 또 다른 『용재총화』를 기다리며

지금껏 상당히 많은 지면을 썼어도 『용재총화』의 전모를 설명하기에는 역부족이다. 필자의 능력 탓도 탓이겠지만 한 가지의 큰 줄거리로 모아질 수 없는 이 책의 특성 탓이 크다. 그러다 보니 이 책을 읽으면서 일목요연하게 정리되는 내용은 없는 것이 불만이겠는데, 거꾸로 그렇기 때문에 거기에서 일반상식에 해당할 법한 내용을 다양하게 취하기에는 더없이 좋다. 예를 들어 어느 지역 꿩이 제일 맛있는지, 우리 나라 활자의 현황은 어떤지, 채소와 과일은 어느 지역 것이 특산인지, 우리 나라 불교의 역사는 어떤지, 온천의 분포는 어떤

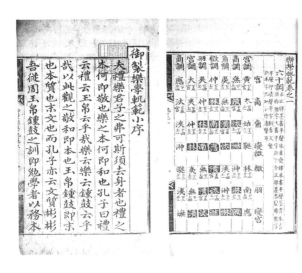

◀ 악학궤범(樂學軌範)
: 조선 성종 때 성현 등
이 임금의 명을 받들어
편찬한 음악서. 음악의
원리·악기배열·무용
절차·악기 등이 서술
되어 있다.

지와 같은 국내의 시시콜콜한 문제는 물론, 일본의 황
제와 풍속, 북쪽 야만족의 생활에 이르기까지 실로 종
횡무진이요 무불통지(無不通知)의 경지이다.

　물론, 그렇다고 해서 이 『용재총화』가 완미(完美)하
다고 주장하려는 것은 아니다. 파계승이나 소경이 등
장하는 이야기에서 가학적인 내용이 속출한다든지 중
국과 우리 나라를 비교하면서 중국은 빼어나고 우리는
못하다는 식의 서술이 지나치다든지 하는 점은 다소
못마땅한 부분이다. 그러나 그런 부분 때문에 이 책의
가치가 떨어질 정도는 아니다. 그런 문제들은 대개 당
대의 사대부들이 공통적으로 가지고 있던 본원적인 한
계에 속하는 것이기 때문이다. 거듭 강조하거니와 『용
재총화』는 '총화' 답게 잡다하다. 그러나 그 잡다함의
근저에는 박식과 여유, 그리고 관용이 숨쉬고 있음을
몰라서는 안 된다.

장악원 : 조선시대 때 궁중 음악 및 무용에 관한 일을 맡아보던 관청. 우두머리인 제조 이하의 문관들이 행정을 담당하고, 악생과 악공들이 교육 및 연주를 담당했다.

성현은 조선초기의 학자이자 고급 관료였다. 당시의 학자들이라면 누구나 대개 박식하다 하겠으나, 그의 경우는 좀 남다른 데가 발견된다. 우선 그의 대표적 업적으로 꼽히는 『악학궤범(樂學軌範)』의 편찬이 갖는 의미를 생각해보자. 그가 음악에 정통하지 않았다면 어떻게 그런 일을 맡아서 할 수 있었겠는가? 그는 실제로 궁중음악을 총괄하던 장악원(掌樂院)의 제조(提調)까지 지낸 인물이니 이미 음악 방면의 전문가로 정평이 난 셈이다. 문장가이면서 음악가, 그러면서 행정가로서의 면모를 보였으니 이런 책이 결코 우연히 나온 것이 아님을 알 것이다. 그 뿐만이 아니라, 이 책 중에는 실제로 그처럼 점잖은 사람이 썼으리라고는 상상도 할 수 없을 만한 대목이 숱하게 나온다. 일반백성들 사이에 떠돌던 이야기들, 상스런 사람들 사이에서나 오갈 듯한 걸쭉한 음담, 그리고 자질구레한 일상풍속까지가 두루 섞여 있는 것이다.

그러나 책이 전부 그런 것들로만 채워졌다면 영락없는 잡서에 그치고 말았을 테지만, 아무도 쉽게 말할 수 없을 듯한 문화비평까지 척척 해대면서 그런 이야기들이 개재(介在)될 때, 우리는 그것을 함부로 폄하할 수 없게 된다. 편찬자인 황필(黃㻶)이 책의 발문에 적었듯이 '담소의 자료를 제공'하면서 '국사의 미비한 것'을 실어놓는 효과를 십분 누렸다 하겠다. 즉, 작게는 사람들과의 이야깃거리이지만 크게는 국가대사를 논하는 데 필요한 자료로 그 효용가치는 매우 높은 것이다. 담소거리와 국정 자료, 그 양립할 수 없을 듯한 두 기둥이 『용재총화』를 떠받치고 있는 셈이다.

　아, 그러나 지금은 어떤가? 어떤 학자가 역사와 문학을 꿰뚫으면서 민속을 이야기하고 음악을 논하며, 거기에다 유머를 채집하여 담을 수 있을까? 그만한 통을 가진 사람도 드물지만 그런 사람이 있다해도 가만 두지 않는 것이 현실이라고 생각하면 참으로 답답한 노릇이다. 아닌게아니라 『용재총화』는, 전문화를 내세우며 좁아지고 고상함을 내세우며 각박해지는 시대에는 좀처럼 기대하기 어려운 명품이다. 제 아무리 뛰어난 재주가 있더라도 성현처럼 명문가에 태어나서 고급문화를 두루 섭렵하고 그를 토대로 자유롭게 쓸 수 있는 외적 토양이 갖추어지지 않는 한 좀처럼 나오기 힘든 작품이다.

고전에 나타난 자연

1. '자연'하면 생각나는 것

'자연' 하면 무엇이 생각날까? 높은 산, 푸른 들, 혹은 넓은 바다……. 사람들마다 자연을 대하는 모습은 각자 다를 것이다. 그리고 그 자연을 그리면서 거기에 자기 자신을 겹쳐놓는 것이 예사이다. 산에 올라가 새 소리를 듣고, 들에 나가 농사를 지으며, 바다에 낚싯대를 드리우는 그런 한가로운 모습을 그린다. 그러나 요즘처럼 환경이 문제가 되는 시절이라면 아무래도 '자연'은 '인위'와 대비되는 개념으로 다가온다. 사람의 손때가 묻지 않은 곳, 사람의 발길이 닿지 않은 곳은 그대로 자연이 된다. 이 경우 자연이란 무공해로 남은 천연 그대로를 일컫는다. 그러나 요즘 같은 시절에, 특히 우리나라처럼 땅덩이가 좁은 나라에서 그런 자연을 만나기는 실로 어려운 일이다.

그렇다면 예전에는 어땠을까? 사람이 만든 '인위'라고 해봐야 결국은 '자연'이었던 그 시절 말이다. 가령 집이 있다고 해도 그냥 나무와 돌, 진흙, 짚단으로만 만들던 시절이라면 그 때의 인위라는 게 요사이의 자연보다 훨씬 더 자연에 가깝지 않을까 한다. 지금의 집은 말이 집이지 하나의 거대한 시스템이다. 집안팎을 연결하는 온갖 관과 선을 뺀다면 집의 구실을 할 수 없도록 설계되어 있다. 그렇기 때문에 콘크리트로 된 공원에 심어진 나무를 몇 그루 보아도 대단한 휴식처를 찾은 듯이 느끼는 것이 현대 도시인들의 평균적인 모습이다. 반대로 시골에서 농사를 짓는다 해도 예전처럼

▲ 안견 작, 〈몽유도원
도(夢遊桃源圖)〉. 안평
대군의 꿈 이야기를 듣
고 그의 부탁으로 3일
만에 그렸다고 한다. 이
상향으로서의 자연의
모습이 잘 드러나 있다.
아래의 확대된 부분이
바로 도원(桃源)이다.
(http://www.kcaf.or.kr)

자연에 가깝기는 어렵다. 기계와 약품이 없이는 농사
자체가 불가능한 지경에 이르렀기 때문이다. 그러니
자연을 대하는 태도가 예나 지금이나 똑같기를 기대할
수 없다.

  좀더 세심하게 파고들면 근대화 이전이라고 또 다
같은 것이 아니다. 시대마다 사람마다 환경과 이념에
따라 서로 다른 자연관을 가졌을 것이다. 이번 강의에

서는 그런 점을 염두에 두기로 한다. 가령, 도회지에서 풍요로운 삶을 누리다가 잠시 쉬러 산에 올라간 사람과 일자리를 못 얻고 산골로 쫓겨가다시피 떠밀린 사람, 또 특별한 신념을 가지고 깨달음을 얻고자 산사에 몸을 숨긴 사람과 정치적 억압을 피해 제 본래모습을 감추고 은둔하는 사람이 근본적으로 같을 수 없음에 주목하려는 것이다. 더구나 고전문학을 향유하던 우리 선인들은 여러 가지 이유로 자연에 특별한 관심을 가졌다. 그것은 단순히 자연환경이 지금과 달랐다는 것만으로는 설명할 수 없는 이념적이고 현실적인 문제였다.

물론 지금도 "자연에서 배운다"는 말을 상투적으로 하기는 해도 실제로 자연에서 배우는 사람은 그리 많지 않다. 대부분의 도시인은 하루 종일 흙 한 번 밟지 않고도 일과를 마칠 수 있으며, 한 달 내내 달이나 별을 보지 않고도 세월을 보낼 수 있다. 뿐만 아니라 겨울 추위에 떨거나 여름 더위에 땀흘릴 필요도 없기까지 하다. 그만큼 자연은 무력하게 다가오기 쉽다. 그러나 홍수나 가뭄이 들면 그대로 흉년과 기근으로 이어지던 시절이라면 자연을 대하는 태도가 한결 덜 오만했을 것이 분명하다. 자연에 자연 이상의 의미를 부여하기 시작한 데에는 분명 그런 맥락이 깔렸겠고 그것은 그대로 독특한 문학을 형성하게 된다.

자연으로 가는 것을 잠시의 여행으로 생각하지 않고 '돌아간다'고 여겼다거나, 고향을 자기가 나서 자란 곳 정도로만 인식하지 않고 끝내 영원한 안식처로 생각했다거나, 산천과 인간을 공동운명체처럼 생각했던 것은 그런 독특함을 빚어내는 데 크게 기여했다. 비록 지금은 너무 상투적인 것으로만 여겨져서 피부에 와닿기 어렵다 할지라도, 그 정도의 생명력이 있을 만큼 자연은 우리 선인들의 삶과 문학에서 매우 중요한 위치를 차지한다.

2. 보이는 대로, 보고 싶은 대로

일반인더러 고전문학에서 자연의 모습을 더듬어내라고 할 때 가장 먼저 떠오르는 작품이 아마도 〈청산별곡〉일 것이다.

> 살어리 살어리랏다 청산에 살어리랏다
> 머루랑 다래랑 먹고 청산에 살어리랏다
> 얄리얄리 얄라셩 얄라리 얄라

이 작품의 시적 화자는 현실생활에 몹시 지쳐있는 듯하다. 심하게 말하는 이는 유랑민일 것이라고도 하지만, 꼭 유랑민이 아니어도 삶의 피곤함은 누구나 겪는 바이다. 피곤함이 가중될 때 도피처이든 휴식처이든 잠시라도 청산에 파묻혀 보고 싶다는 생각은 얼마나 환상적인가. 이는 김소월이 "엄마야 누나야 강변 살자"를 읊던 것과 크게 다르지 않을 것이다. 청산이나

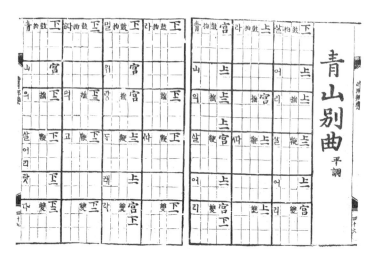

청산별곡 : 『시용향악
보』, 『악장가사』에 실
려 있는 고려 속요. 모
두 8연으로 되어 있다.
이 그림은 『시용향악
보』에 있는 악보이다.

강변이 딱히 좋아서가 아니라 그저 거기라면 복잡한
세사를 잠시 잊어볼 수는 있을 듯하기 때문이다. 실제
로 찾아보면 더 먹고살기 힘들 뿐이더라도, 지금 그렇
게 보인다면 또 그렇게 읊으면 그뿐이다. "청산에 살어
리랏다.", "강변 살자.", "저 푸른 초원 위에 그림 같은
집을 짓고~"가 모두 한 궤인 것이다.

그러나 〈청산별곡〉만 해도 민요적 속성이 강한 작품
으로, 사실은 본래 민요였을지도 모른다. 그만큼 일반
백성들의 목소리가 짙게 배어 있다는 말인데, 적어도
유교(儒敎)나 도교(道敎)의 세례를 흠뻑 받은 식자층의
문학에서라면 그와는 또 다른 성향을 발견할 수 있으
리라. 같은 고려 후기 작품을 한편 보자.

지리산은 두류산이라고도 한다. 북쪽 백두산으로부
터 일어나서 꽃봉오리처럼 그 봉우리와 골짜기가 이어
져서 대방군(남원)에 이르러서야 수천리를 서리고 얽혀

서 그 테두리는 무려 십여 고을에 걸쳐 있기에 달포를 돌아다녀야 대강 살필 수 있다. 옛 노인들의 전하는 말로는 '그 속에 청학동이 있는데 길이 매우 좁아 겨우 사람이 다닐 수 있고, 몸을 구부리고 수십리를 가서야 광활한 경치가 전개된다. 거기에는 모두 좋은 밭과 기름진 땅이 널려 있어 곡식 심기에 알맞다. 그러나 청학만 살고 있기 때문에 이런 이름이 붙여졌으며, 대개 옛날 세상을 피해 사는 사람들이 살았기에 무너진 담과 구덩이가 가시덤불에 싸여 남아 있다' 고 한다.

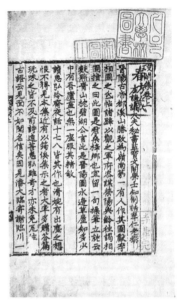

파한집 : 고려 명종 때 이인로가 지은 시화집. 시화는 물론, 일화 등도 실려 있어 국문학 연구의 귀한 자료이다.

연전에 나는 당형 최상국과 같이 옷깃을 떨치고 이 속된 세상과는 등지고 싶은 마음이 있어 우리는 서로 이곳을 찾아가기로 하였다.

대고리짝에 소지품을 넣어 소 두서너 마리에다 싣고 들어가 이 세속과는 담을 쌓기로 하였다. 드디어 화엄사로부터 출발하여 화계현에 이르러 신흥사에 투숙하였는데, 가는 곳마다 모두가 선경이었다. 온갖 바위는 빼어남을 다투고 골짜기마다 시원하게 물이 흐르며 대울타리에 초가들이 복숭아꽃 살구꽃 핀 사이로 은은하게 비치니 거의 인간 세상이 아닌 듯하나 찾고자 하는 청학동은 마침내 찾지 못하고 말았다. 하는 수 없이 시만 바윗돌에 남기고 돌아왔다.

저녁구름 낮은 아래 두류산은 아득한데
많은 골짝 숱한 바위 회계산(會稽山)과 닮았구나
지팡이에 의지하여 청학동 찾았지만

삼신산 : 중국 전설에
나오는 신령스러운 세
산. 봉래산(蓬萊山), 방
장산(方丈山), 영주산
(瀛洲山)을 말하는데,
우리 나라에서는 금강
산, 지리산, 한라산을
일컫는다.

숲건너에 부질없이 원숭이만 울고 있다.
누대가 아득하니 신선의 산 예일런가
이끼 속에 희미한 채 네 글잔가 남았으니
물어보자 신선세계 거기가 어디인지
시냇물에 낙화만이 사람들을 홀리누나.

어제 서루에서 우연히 『오류선생집(五柳先生集)』을
훑어보다가 〈도원기(桃源記)〉가 있기에 이걸 반복해 보
니, 대개 진나라 때 난리를 피해 처자를 거느리고 깊고
험난한 곳을 찾아, 산이 둘렸고 시내가 거듭 흘러 초동
도 갈 수 없는 험한 곳을 찾아 여기에 살았던 것이다.[1]

1) 이인로, 『파한집
(破閑集)』(유재영 역
주, 일지사, 1994),
39-41쪽.

이인로의 『파한집(破閑集)』에 나오는 구절이다. 자
연을 대하는 태도가 분명 다르다. 무엇보다도 그냥 '청
산' 이 아니라 '지리산(두류산)' 이라 밝힌 데 유념하지
않을 수 없다. 그런데, 외견상 '청산' 보다 '지리산' 이
훨씬 더 구체적임에도 불구하고 그렇기 때문에 더 현
실적이라고 말하기는 어렵다. 예로부터 지리산은 천하
의 영산(靈山)으로 꼽히는데, 전설상의 삼신산(三神山)
중의 하나인 방장산(方丈山)이 바로 이 산이다. 신선이
살고 불사약이 있다는 그런 신산(神山)인 것이다. 그러
니까 이인로가 찾은 산은 해발 1,915미터의 구체적인
지리산이라기보다는 전설상의 신선산인 방장산이었던
셈이다.

실제로 지리산의 산세가 중국의 회계산과 닮았던 것
인지에 대해서는 확인해보지 않았지만 이인로가 눈으
로 확인하여 쓴 말이 아님은 명확하다. 중국을 다녀오

지 않고 썼다면, '말로만 듣던 회계산과 비슷도 할 듯' 정도의 다른 표현이겠다. 화첩을 보고 산세를 익혀두었다 해도 사실상 그게 그것 같은 그림을 보면서 사실을 대조했다고 보기도 억지스럽다. 이 글의 작자에게 지리산이 회계산 같아 보인다기보다는 작자가 그렇게 '보고 싶은' 것이다. 무신란의 참화를 만나 기를 펴지 못하게 된 대표적 문인인 그로서는 현실에서 어떤 희망도 찾을 수 없었을지도 모른다. 그리하여 그는 현실이 아닌 이상적인 세계를 찾아나서는데, 그 이상적인 세계는 단순히 '변화한 도회가 아닌 자연'이 아니라, '이 세상이 아닌 또 다른 세상', 곧 이상향을 뜻한다.

  바로 그 점이 '청산'과 '지리산'을 가르는 잣대이다. 세상살이에 지쳐서 잠시나마 자연에서 위안을 얻

▲ 죽서루. 관동팔경 중의 하나로 아래 보이는 물이 오십천(五十川)이다. (손종흠 교수 제공)

고 싶다는 것과, 이 세상이 아닌 또다른 세상을 찾아들어가는 것과는 엄청난 차이가 있다. 우리 나라에는 있지도 않은 원숭이를 운운하며 글자 넉 자가 있다는 둥 유난을 떤 것도 따지고 보면 작자가 그 이상향을 몹시도 그리워했다는 표지이다. 중국 이야기에 전하는 무릉도원을 우리 나라에서 찾아본 예겠는데, 아직껏 지리산에는 청학동이 없다. 지금 있는 청학동은 나중에 인위적으로 만들어진 것일 뿐이며, 사람들이 애타게 찾던 그 청학동, 그 이상향은 아니다. 사실 '청학(靑鶴)'의 뜻이 '푸른 학(鶴)'이고 보면 청학동은 영원히 도달할 수 없는 비현실적인 곳이 아닐까 한다. 이 세상을 고수하면서 잠시 위안을 얻고 싶은 쉼터로서의 자연이 있는가 하면, 이처럼 아예 이 세상을 떠나서 찾는 이상향으로서의 자연이 있는 것이다.

그런가 하면, 자연이 그저 풍광으로 빛나는 경우도 있다. 우리가 종종 멋진 풍경을 만났을 때 감탄사를 터뜨리며 놀라곤 하는데, 이때의 자연이란 휴식이나 이상향으로서의 자연이 아닌 풍경 그 자체이다.

안 축(1287~1348) : 고려말의 문신·문인. 뛰어난 문재로 원나라 과거에까지 급제했으며, 강원도 존무사로 파견되는 등 여러 관직을 거쳤다. 경기체가 〈관동별곡〉, 〈죽계별곡〉을 남겼으며 문집으로 『근재집』이 있다.

> 오십천(五十川) 죽서루(竹西樓) 서촌팔경(西村八景)
> 취운정(翠雲亭) 월송정(越松亭) 십리청송(十里靑松)
> 취옥적(吹玉笛) 농요금(弄瑤琴) 청가완무(淸歌緩舞)
> 위(爲) 영송가빈(迎送佳賓) 경(景) 하여(何如)
> 망사정상(望槎亭上) 청파만리(淸波萬里)
> 위(爲) 구이도소갑두사라(鷗伊道蘇甲豆斜羅: 갈매기도 반갑두세라)
>
> —안축(安軸), 〈관동별곡(關東別曲)〉 제8연[2]

2) 안축, 『근재집(謹齋集)』, 권2. 『한국문집총간』 2, 474쪽.

이 작품은 작가 안축이 강원도(江原道) 존무사(存撫使)로 있다가 돌아오는 길에 관동지방의 빼어난 경치를 보고 읊은 것이다. 전체 9장인데 서사(序詞)를 빼고 나면 역시 8장이다. 지금 흔히들 '사방팔방'이라고 하는 그 팔방, 곧 모든 방위를 뜻하는 '8'에서 나온 것으로 보면 좋겠다. 어디든 좀 경치가 괜찮다 싶은 곳은 예외 없이 '8경'을 꼽았던 만큼, 이 연에서도 8경을 운위하고 나온다. 꼭 여덟 가지 경치가 제일 빼어났다기보다는 이런 저런 좋은 경치를 망라했다고 보면 되겠다. 따라서 여기나오는 대부분의 명사들은 고유명사로, 좋은 경치를 하나씩 열거한 데 지나지 않는다. 물론 갈매

▲ 월송정. 관동팔경 중의 하나로, 이 민화에는 달과 소나무가 유난히 강조되어 있다. (윤열수, 『민화이야기』, 디자인하우스, 1995)

정 철(1536~1593) : 조선 명종·선조 때의 문신·문인. 서인(西人)의 거두로 동인(東人)과의 당쟁으로 유배되기도 했으며, 〈관동별곡〉, 〈사미인곡〉 등의 뛰어난 국문시가를 남겼다.

기도 반갑다는 감탄에서 작가의 환희 넘치는 모습이 없는 것은 아니지만 전반적으로는 그 좋은 경치들을 화면으로 보여주듯 쭉 늘어놓는 데 주력한다.

이 〈관동별곡〉을 앞의 〈청산별곡〉과 견주면 똑같은 자연이지만 그 용도가 아주 다르다. 거기에서 위안을 받는다거나 잠시 휴식을 취하는 의미가 아니라, 그것을 보는 일이 한없이 기쁜 것이다. 지방에서의 공식임무를 마치고 다시 서울로 가는 관원에게 그렇지 않아도 멋진 관동의 풍경들이 좋지 않게 보일 리가 없다. 이 점은 똑같은 제목으로 우리에게 훨씬 더 익숙하게 알려진 조선조 정철(鄭澈)이 지은 가사 〈관동별곡〉만 생각해보아도 금세 이해가 될 것이다. 그 역시 강원도 관찰사로 부임하는 과정에서의 풍광을 읊고 있는 것이니 벅찬 감격을 억누를 길이 없을 것이다. 지금의 생활이 불편한 것도 아니고, 그런 만큼 은둔처나 이상향을 그릴 필요도 없다. 그러니 이 세 번째의 자연은 이 세상에서 적당한 거리를 두고 바라만 보아도 아름답고 그 아름다움만으로도 모든 역할을 다하는 그런 자연, 곧 풍경으로서의 자연이다.

3. 자연에서 배운다

문학에서 자연을 읊는다는 것은 단순히 자연송(自然頌)일 리가 없다. 물론 자연을 찬미하는 노래가 없을 수 없으니, 일차적으로 그런 기능이 주된 것이라고도 할 수 있다. 그러나 자연을 그렇게 열렬히 그린다면 그 이면에는 무언가 다른 이유가 있다고 보는 편이 훨씬 그럴법하게 들린다.

> 잔 들고 혼자 앉아 먼 산(山)을 바라보니
> 그리던 님이 온들 반가움이 이러하랴
> 말씀도 웃음도 아녀도 못내 좋아하노라
>
> —윤선도[3]

시인은 그저 먼 산을 바라본다. 그런데 그렇게 하는 것이 님이 와서 느끼는 반가움보다 더하다고 했다. 말도 못하고 웃지도 못해도 못내 좋다고 했다. 이쯤이면 철저하게 자연옹호론자라 할 만하다. 그러나 정말 그럴까? 정말 님이 오는 것보다 먼 산을 바라보는 것이 더 좋을까? 아니, 한 발 물러서서 님과 함께 먼 산을 바라보면 그냥 혼자서 보는 것보다 훨씬 더 좋지 않을까? 그런데도 이 시인은 왜 이렇게 말했을까? 연애를 해본 사람이라면 무언가 집히는 것이 있으리라. 사람을 사귀는 일은 여간한 에너지가 드는 것이 아니다. 오늘은 나를 좋다고 하다가도 내일은 싫다 할 수도 있고, 좋아하는데도 볼 수가 없어서 더 속상하기도 하다. 사람은

[3] 박을수 편저, 『한국시조대사전』하(아세아문화사, 1992), 962쪽. 앞으로 시조 인용은 모두 이 책을 따르며, 의미나 율격상의 문제가 없는 고어는 현대어로 바꾸어 표기한다.

박인로(1561~1642) :
조선 선조 때의 문인·
문신. 임진왜란 때 전공
을 세웠으며, 〈노계가〉,
〈태평사〉 등의 가사와
60수 가량의 시조를 남
겼다.

항상 일정할 수가 없으니 그게 속상한 것이다. 생각이
여기에 미치면 인간이 자연을 배우자는 데로 뜻이 모
아진다.

> 강두(江頭)에 흘립(屹立: 우뚝 섬)하니 앙지(仰之: 우러
> 러 봄)에 더욱 높다
> 풍상(風霜)에 불변(不變)하니 찬지(鑽之: 뚫음)에 더욱
> 굳다
> 사람도 이 바위 같으면 대장부인가 하노라
>
> —박인로[4]

4) 박을수 편저, 『한
국시조대사전』 상,
44쪽.

〈입암(立巖)〉으로 제목 붙여진 29수의 연시조 가운
데 두 번째 작품이다. 바위를 예찬하는 노래이다. 이
시에서 읊고 있는 것은 바위이다. 바위는 우뚝 서서 우
러러 볼수록 더욱 높다고 했다. 그러면서 풍상에도 변
하지 않고 뚫으려 하면 더욱 굳은 것이 바위이다. 말하
자면 바위의 속성을 있는 그대로 드러낸 셈이어서 별
스럽지 않게 느껴질 법하다. 하지만 찬찬히 보면, 무정
(無情)의 바위를 유정(有情)의 인간에게 빗댄 흔적이
역력하다. 바위는 그저 바위로 서 있을 뿐이지만 그 우
뚝하고, 불변하며, 굳은 속성을 대장부가 갖추어야 할
덕목으로 보고 싶은 것이다. 그러니 그 자연처럼 우뚝
하고, 불변하며, 굳게 살자는 것이 작시(作詩) 의도라
면 의도이겠다.

이런 작품은 아주 흔하다 못해 상투적인 인상까지
줄 정도이다.

청산(靑山)은 어찌하여 만고(萬古)에 푸르르며
유수(流水)는 어찌하여 주야에 긋디(그치지) 아니난고
우리도 그치지 마라 만고(萬古) 상청(常靑)하리라.
　　　　　　　　　　　　　　　　　　　　　　　－이황[5]

이　황(1501~1570) :
조선 중종·명종 때의
학자·문신. 우리 나라
성리학을 집대성한 큰
학자로 『퇴계전서』,
『주자서절요』 등의 저
술을 남겼다.

5) 박을수 편저, 『한
국시조대사전』 하,
1108쪽.

　청산유수(靑山流水)는 지금도 항용 쓰는 말이다. 물론 지금은 '푸른 산, 흐르는 물'의 본의(本意)를 넘어 말을 번드름하게 잘하는 일에 빗대 쓰이고 있기는 하지만, 그 뜻이 그리 어려운 것은 아니다. 산이 푸르고 물이 흐르는 것이 무엇이 대단한가? 산에는 나무가 있으니 푸르고 물은 액체이니까 높은 데에서 낮은 데로 흐를 뿐이다. 그런데 작가 이황은 거기에 매우 심오한 의미를 부여한다. 그냥 푸른 것이 아니라 '만고에' 푸르르며, 그냥 흐르는 것이 아니라 '그치지 않고' 흐른다고 했다. 작가는 그 항상성(恒常性)에 주목한 것이다. 재미있는 것은 하나는 움직임이 없이 일정한 것이며 하나는 계속 움직여서 일정한 것인데 그 둘을 한데 아울렀을 때, '수양(修養)'이라는 문제와 만나게 된다는 사실이다.

　인간이 수양하기 위해서는 무언가 일정한 목표를 가지고 쉼없이 전진해야 하는데, 그 둘을 청산유수로 풀어놓은 데에 이 작품의 묘미가 있다. 옛문학을 통해서 자연을 이렇게 보는 데에 우리가 매우 익숙해 있어서 그것을 당연하게 여기기 십상이다. 그런데 사실은 똑같은 자연을 그와 정반대로 해석할 수 있기에 그런 해석이 얼마나 자의적인 것인가를 알아차릴 수 있다.

황진이(?~?) : 조선 중기의 유명한 기생. 재색을 겸비하여 많은 선비, 벼슬아치들을 매혹시켰고, 한시와 시조에도 능하여 몇몇 작품이 전해진다.

6) 박을수 편저, 앞의 책, 하, 569쪽.

7) 이 부분에 대해서는 신연우, 『조선조 사대부 시조문학 연구』(박이정, 1997), 33-34쪽을 참조.

산은 옛 산이로되 물은 옛 물 아니로다
주야(晝夜)에 흐르거든 옛 물이 있을소냐
인걸(人傑)도 물과 같도다 아니 오는도다

―황진이[6]

역시 청산유수를 끌어왔지만 이황과는 정반대의 논법으로 풀어간다.[7] 물은 흘러서 어디론가 간다. '끊임없이' 흘러서 있는 자리를 '옮기는' 것이다. 이황이 '끊임없이'에 중점을 두었다면 황진이는 '옮기는' 데 중점을 두었기 때문에 상반된 해석이 나왔다. 이황과 황진이의 시조 중 어느 것이 더 나은가를 따지는 것은 매우 부질없어 보인다. 이황은 선비의 분발을 촉구하는 시를 썼고, 황진이는 쓸 만한 인재가 다 사라져버린 쓸쓸함을 이야기했다. 물을 이황처럼 변하지 않는 것으로 볼 필연적인 이유가 없었듯이, 황진이처럼 변하는 것으로 볼 필연적인 이유 역시 없다. 사실 물과 인간의 속성을 놓고 따질 때 양자간에 필연적인 관련이 있는 것은 아니다. 비유에서 시작해서 비유로 끝날 뿐이다.

그러나 비유뿐인 것이라고 해서 그렇게 보는 시도를 허망한 것으로 치부한다면 사실 모든 문학의 절반 이상이 헛것일 것임이 분명하다. 그 비유를 써서 도무지 잡아낼 수 없는 것을 잡아냈다면, 그래서 그것이 인간사를 이해하는 데 도움을 주고 수양을 하는 데 도움을 준다면 그것으로 그 가치는 충분하기 때문이다. 어차피 자연이 널린 곳에서는 자연을 매개로 인간을 이해하고, 인공물이 널린 곳에서는 인공물을 매개로 인간을 이해하게 되는 것이다. 여섯 살 먹은 딸아이가 "손톱이 플라스틱 같아요." 했을 때, 나는 얼마나 놀랐는지 모른다. 아이가 '자동차처럼 튼튼하기'를 기원하는 아빠도 있다고 하는 세상에서 그깟 일이 대수일까만은, 그런 비유가 어쩐지 삭막해 보이던 느낌만은 지울 수 없다. 조작을 가하지 않은 자연이란 예나 지금이나 한가지이고, 그 한가지라는 특성에서 어쩌면 우리의 마음이 편해지는지도 모를 일이다.

하지만 그럼에도 불구하고 분명한 사실 한 가지는, 이황이든 황진이든 자기 나름의 해석을 했다는 것이다. 그리고 그 해석의 밑바탕에는 시인의 본바탕이 여지없이 드러나고 있으니, 그 본바탕을 무시하고서는 자연을 그려낸 시를 제대로 이해할 수 없을 것이다. 정말 그런지 다음 작품을 보자. 누구나 잘 아는 윤선도의 〈오우가(五友歌)〉이다.[8]

윤선도(1587~1671) : 조선 중기의 문신 · 문인. 송강 정철과 더불어 가사문학의 쌍벽을 이루었고, 많은 시조와 가사를 남겼으며 문집으로 『고산유고』가 있다.

8) 차례로 박을수, 앞의 책, 상.234, 126, 85, 339, 187, 하.981쪽.

내 벗이 몇이나 하니 수석(水石)과 송죽(松竹)이라
동산(東山)에 달 오르니 그 더욱 반갑고야
두어라 이 다섯밖에 또 더하여 무엇하리

구름 빛이 좋다 하나 검기를 자주 한다
바람 소리 맑다 하나 그칠 적이 하노매라
좋고도 그칠 적 없기는 물뿐인가 하노라

꽃은 무슨 일로 피면서 쉬이 지고
풀은 어이하여 푸르는 듯 누르나니

아마도 변치 않을손 바위뿐인가 하노라

더우면 꽃 피고 추우면 잎 지거늘
솔아 너는 어이 눈서리를 모르느냐
구천(九泉)에 뿌리 곧은 줄을 그로 하여 아노라

나무도 아닌 것이 풀도 아닌 것이
곧기는 뉘 시키며 속은 어이 비었는가
저렇고 사시(四時)에 푸르니 그를 좋아 하노라

작은 것이 높이 떠서 만물을 다 비취니
밤중의 광명이 너만한 이 또 있느냐
보고도 말 아니하니 내 벗인가 하노라

　맨 앞의 서사(序詞)격인 시조에 있는 대로 차례로 수(水) · 석(石) · 송(松) · 죽(竹) · 월(月)을 그려내고 있으며, 이것들을 관통하는 공통적인 주제가 있다면 그 불변, 그 항상성에 있다. 그리고 그것을 높이 기리는 까닭은 인사(人事)가 매우 심하게 변하기 때문이다. 그런데 특히 윤선도에게 그 점이 절실했던 이유가 무엇인가를 물었을 때, 문학 속에서 왜 그렇게 자연을 찾아 댔던가를 밝힐 수 있다. 윤선도의 시에서는 이황이나 황진이의 시에서 느낄 수 없는 무언가가 있지 않은가. 항상 초 · 중장은 수시로 변하는 대상을 그려놓고 종장에 가서는 절대로 변하지 않는 대상을 대비시켜, 그 양자간의 낙차를 크게 하고 있다. 즉, 물은 부단(不斷)을, 돌은 불변(不變)을, 솔은 불굴(不屈)을, 대는 불욕(不

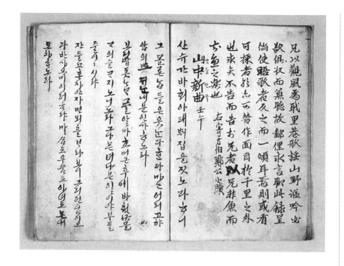

兄以觀鼠爲戰 里巷歌
欵俱収西無聰故 山野湿吟必
俳使聰歌者久 郵俚永言取此錄呈
可探者約 ……之而一頃耳蓋則或有
此來夫不告而 面目拊千里之外
告者 作者約
左寺有伯 兄老非魚而
玄翁之 鄭公出處
山中新曲 氏
壬午

산수ㅼ바회아ㅼ집을짓노라ㅎ니
그릷ㅅ놈들우온눈ㅅ치라만ㅼ여ㅼ고
발의쁜빗진수ㅎ오노라
불릷ㅼ듯노ㅼ금언만ㅎ흐ㅁㅌ은후에바릿홀
ㄷ의ㅅ를굳기노여노라굿튼여ㅼ튼이야ㅅ부ㅼ
즐기ㄱㅣ이샤
잔들ㅼ모루자ㅎㄴ자면뫼ㄹ롤부ㅎ뇨ㅣ구름넌ㅎ전니라ㅎ니
과반상ㅇㅅ이ㅼ이되ㅎㅎㄴ마ㅼ승도우흘ㄱ려컨전이로ㅣ
토황홀도라

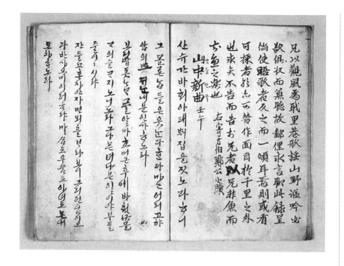
▶ 『산중신곡』. 윤선도
가 친필로 쓴 노래집으
로 〈오우가〉 등 시조
20수가 있다. (http://
www.ocp.go.kr)

慈)을, 달은 불언(不言)을 강조하여, 인간의 단(斷), 변
(變), 굴(屈), 욕(慾), 언(言)을 비판하는 효과를 갖게 된
다. 물론 앞서 본 이황의 작품에서도 불변성을 그려놓
기는 했지만, 세상만사가 쉽게쉽게 변해가는 것에 대
한 아쉬움을 그렇게 크게 토로하지는 않았다.

　이런 의문은 윤선도의 개인사를 살펴볼 때 좀더 분
명하게 풀린다. 윤선도는 임진왜란이 발발할 어름인
1587년에 태어났으니 그의 삶이 당쟁과 전란의 여파에
서 자유로울 수 없었음은 너무도 뻔한 일이겠다. 그러
나 그는 그 어려운 시절에도 한눈팔지 않고 공부한 것
으로 알려졌다. 열한 살 때 절에 들어가서 공부할 때는
큰 재(齋)가 있어서 사람들이 구름떼처럼 모여들었지
만 소년 윤선도만큼은 꼼짝 않고 글을 읽었다는 일화
가 전해질 정도이다. 그렇게 공부해서 기본적인 경학
은 물론 제자백가, 의약, 음양지리 모르는 것이 없었다

고 한다. 이런 능력이라면 앞길이 탄탄할 것은 당연한 일이었다. 하지만 당연함을 뒤엎는 것이 또한 인간사였으니, 윤선도는 그 대표적인 경우였다.

그는 18살부터 각종 과거에 잇달아 합격하여 일찍부터 두각을 나타냈지만, 서른 살에는 이이첨(李爾瞻) 등 당대의 쟁쟁한 권력가들을 탄핵하는 상소를 올렸다가 함경도 경원(慶源)으로 귀양간다. 그 7년간의 귀양 중에 아버지를 여의는 비운을 맛보았으며, 복직하여 인조의 두 아들인 봉림대군과 인평대군의 스승이 된다. 이는 그의 학식과 덕망이 왕실에서 인정받은 일로 이는 확실히 전화위복의 기회였다. 그러나 임금의 신임과 함께 다른 신하들의 질시도 함께 받게 되면서 그는 벼슬을 내놓고 고향인 해남으로 내려간다. 회의가 들었던 것이다. 그러나 세상은 그가 고향에서 편히 있게 두지를 않았다. 1636년 병자호란이 일어나고 그는 마음 속 깊은 충정에서 급히 배와 사람을 모아 강화도에 이르렀으나 이미 항복한 후라 할 수 없이 되돌아 왔다. 그 후 남한산성으로 왕을 문안하러 가지 않았다는 죄목으로 경상도 영덕(盈德)으로 귀양을 갔다. 나중에 봉림대군이 임금(효종)이 되어 스승인 윤선도에게 여러 벼슬을 주었으나 서인(西人)들에게 몰려 다시 고향으로 돌아왔다. 다음에 효종이 승하하자 조대비의 상복 문제로 논쟁하다가 서인들에게 몰려 함경도 삼수갑산(三水甲山)에 안치되어 9년간이나 또 귀양살이를 해야 했다. 81세에 겨우 풀려나서 85세에 삶을 마쳤다.[9]

이런 삶이 또 있을까? 윤선도 하면 대개 풍류를 떠올

9) 이 전기적 사실은 신연우, 앞의 책, 참조

▲ 세연정. 윤선도가 몸 담았던 보길도에 있는 정자로, 이곳에서 〈어 부사시사(漁父四時詞)〉 를 지어 불렀다고 한다. 아래 보이는 물은 밑바 닥 암반(岩盤)을 이용하 여 보(洑)를 쌓아 인공 적으로 만든 것이다. (손종흠 교수 제공)

리겠지만, 그의 삶은 그렇게 파란만장했다. 재주도 많 고 노력도 많이 했지만 세상이 그를 가만 두지 않았다. 좀 좋은 일을 하려고 하면 꼭 뒤트는 사람이 생기고, 귀 양을 갔다가도 그를 도와주는 사람이 있어서 다시 벼 슬을 얻고, 벼슬자리를 지킬 만하면 다시 귀양을 가는, 이상한 싸이클이 그를 따라다녔다. 그러므로 그에게 가장 절실한 것이 있다면 일정한 인심(人心), 불변하는 인사(人事)였을 것이다. 그러나 번번이 실패하고 나면 회의가 들 뿐이고 그런 회의 속에서 찾을 것이 자연밖 에 달리 무엇이 있을까. 현실정치에서 탈진 상태에 빠 진 그에게 자연은 위안처이기에 충분했다. 그리고 그 런 자연을 부러워하는 이면에는, 그런 자연에 따라갈 수 없는 인간사의 변덕스러움에 대한 염증이 배어 있다. 이 점이 〈청산별곡〉과는 다른 점이다. 단순히 세상살이에 지쳤다기보다는 조변석개하는 그 몹쓸 세태에 완전 녹초가 되었다 하겠다.

세태가 복잡할수록 자연은 인간의 쉼터가 되고, 스승이 되기 쉬웠을 것은 자명한 이치이다. 그러니 윤선도가 그런 식의 반응을 보인 것은 어찌 보면 당연한 일이기도 하다. 그런데 바로 거기에 어딘지 석연치 않은 구석이 있다. 그렇게 모진 정치적 박해를 받았으면서도 어떻게 해서 시에서는 그런 어려움이 드러나지 않고 오히려 풍류적인 면모가 드러나는가? 바로 이 문제의 해답은 그의 독특한 가정환경에서 찾을 수 있을 것이다.

> 그는 첫째, 정치적으로 열세에 있던 남인의 가문에서 태어나 자랐다. 둘째, 왕권 강화와 발호하는 사류(士類: 주로 득세한 西人)의 타도를 주장함으로써 정치적 열세를 만회하려고 노력하였고, 셋째, 이러한 노력이 실패로 돌아갔기 때문에 유배와 도피가 그의 생애의 주된 양상을 이루었고, 넷째, 그의 도피를 가능하게 한 바탕은 조상 전래의 부(富)였다.[10]

10) 윤성근, 『윤선도 작품집』(형설출판사, 1982), 해제 부분.

매우 간단하게 끊어놓아서 앞뒤 문맥을 잡기 어려울 수도 있겠으나 문제는 역시 한 인간의 본바탕이다. 정치적인 열세에 놓인 가문에서 태어나서 그것을 만회해 보기 위해 세도가와 충돌해야 했고, 그 패배의 결과 자연이 선택된 것이다. 이때 중요한 사실은 그 자연이 단순히 세상에 염증을 내고 찾은 것이 아니라는 점이다.

더욱이, 그는 조상으로부터 엄청난 재산을 물려받아 일반인이 상상하기 어려울 정도의 호사를 누린 인물이다. 한적하고 풍광이 좋은 곳으로 가서 정자와 누각을 곳곳에 지어놓고 풍류를 즐겼다. 그러므로 그의 자연에는 '땅'과 '땀'이 결여된 느낌이 든다. 자연에 파묻혀 농사를 짓는다거나 함께 호흡하며 무언가에 매진하는 것이 아니라 좋은 풍광을 즐기면 그만인 것이다. 생각이 이쯤 이르면 자연도 한 가지 자연이 아니며, 자연을 스승으로 여긴다고 해도 작가마다 작품마다 같지 않다고 하겠다.

다음 작품들을 몇 수 읽어가면서 그런 생각들을 정리해보기 바란다.[11]

물은 거울이 되어 창 앞에 빗겨있고
산은 병풍이 되어 하늘 밖에 어울렸네
이중에 벗삼은 것은 백구(白鷗) 외에 없어라
— 곽기수(郭期壽)

추강(秋江)에 밤이 드니 물결이 차노매라
낚시 드리우니 고기 아니 무노매라
무심한 달빛만 싣고 빈 배 저어 오노매라
— 월산대군(月山大君)

십년을 경영하여 초려(草廬) 한 간 지어내니
나 한 간 달 한 간에 청풍(淸風) 한 간 맡겨 두고
강산(江山)은 들일 데 없으니 둘러두고 보리라
— 김장생(金長生)

곽기수(1549~1616) : 조선 중기의 문신. 벼슬이 예조좌랑에 이르렀으며, 광해군 때에는 두문불출하고 『주역』을 연구하였다고 하며, 『안택지(安宅誌)』 등을 남겼다.

월산대군(1454~1488) : 조선 성종의 형. 문장에 뛰어났으며 『풍월정집』을 남겼다.

김장생(1548~1631) : 조선 중기의 문신·학자. 이이의 제자이자 송시열의 스승으로 예학(禮學)의 태두로, 『경서변의(經書辯疑)』 등의 저술을 남겼다.

11) 차례로 박을수, 앞의 책, 상·440, 하. 1147, 상.708, 상.47쪽.

강산 좋은 경(景)을 힘센 이 다툴 양이면
내 힘과 내 분(分)으로 어이하여 얻을소니
진실로 금할 이 없을새 나도 두고 노니노라
- 김천택(金天澤)

김천택(?~?) : 조선 영
조 때의 가객(歌客). 평
민출신으로 창곡에 뛰
어났으며 『청구영언』
을 편찬하여 시조발전
에 큰 공헌을 하였다.

4. 생활의 터전으로서의 자연

앞서 말한 대로 자연은 늘 일정한 질서가 있는데 사
람들은 그렇지 못하다고 생각하는 한 자연을 그리워하
고, 그것을 본받고자 하는 노력이 계속되는 것은 너무
도 당연하다. 그러나 그 때문에 인간사와 멀어진 상태
에서 마냥 관념화하기만 한다면, 그것은 엄밀한 의미
에서 자연을 그린 것이 아니라 자연에 내재한 도(道)
― 혹은 내재한다고 믿어지는 도― 를 그린 것일 뿐이
다. 이 점에서 자연과 인간사가 어떻게 어우러져 있느
냐 하는 점이 매우 중요하다 하겠다. 자연은 아주 먼
데 있다거나 가까운 풍경으로만 있다고 하는 것이 아
니라, 인간이 그 속에서 실제로 '살아가는 터전'으로
서의 자연이 훨씬 더 생동감 있게 다가설 수 있다.

산중에 책력(册曆: 달력) 없어 계절 가는 줄 모르노라
꽃 피면 봄이요 잎 지면 가을이라
아이들 헌 옷 찾으면 겨울인가 하노라[12]

12) 박을수, 같은 책,
상. 573쪽.

달력조차 볼 필요가 없는 삶을 그대로 그리고 있다.

그런데 그 속에 무슨 거창한 이념이나 구호를 집어넣은 것이 아니라 '자연≒인간'인 삶을 드러내준다. 꽃과 잎으로 상징되는 자연과 헌 옷으로 상징되는 인위가 한 치의 어긋남도 없이 잘 스며들어 있다. 봄에 꽃이 피고 가을에 잎이 지는 것과 겨울에 아이들이 헌 옷을 찾는 것이 전혀 다르지 않다. 세속 같으면 달력을 보고 계절감을 깨닫겠지만, 산 속에서는 계절감을 몸으로 그냥 느낀다는 것이다. 자연을 두고 과도하게 해석하거나 자연에 빗대어 자신의 속내를 드러내려는 억지가 없이 정말 자연스럽게 있는 사실을 그려내는 여유가 엿보인다.

그러나 그런 자연을 느낄 수 있는 것이 꼭 산 속 같은데 숨어있어야만 가능하지는 않다. 삶의 여유만 있다면 어디에서든 그런 아름다운 경험을 할 수 있다.

> 대추 볼 붉은 골에 밤은 어이 떨어지며
> 벼 벤 그루에 게는 어이 내리는고
> 술 익자 체 장수 돌아가니 아니 먹고 어이리[13]

13) 박을수, 같은 책, 상.334쪽.

그 유명한 황희(黃喜)의 시조이다. 사람됨이 워낙 넉넉했던 것으로 평가받는 만큼 작품 역시 그렇다. 초장과 중장은 그대로 자연이다. 그것도 바라보는 자연이나 탐구대상으로서의 자연이 아니라 대추나무가 있고, 벼가 있는 '농촌'이다. 그런데 종장은 '술'과 '체 장수'라는 인위적인 요소를 담뿍 담고 있다. 가을이 되면 대추알이 붉어지고, 벌어질 만큼 벌어질 밤은 떨어지

는 것은 당연하다. 벼를 다 베고 나면 밑둥만 남은 포기에 게가 보이는 것 역시 당연하다. 논에 살던 게였으니 그 게가 드러나는 일은 매우 자연스럽기 때문이다. 대추를 먹으려고 익힌 것도 아니요 밤을 따려고 벌린 것도 아니며 게를 잡자고 벼를 벤 것도 아니다. 대추는 대추대로 밤은 밤대로 게는 게대로 모두 자연스럽게 제 모습들을 드러낸 것이다. 그리고 바로 그 때 담가놓은 술이 익고, 술을 걸러 먹을 체를 파는 장수가 왔다간다. 자연과 인사는 한치의 오차도 없이 서로 스며들고 있다.

다음 시조도 위와 유사하다.

삿갓에 도롱이 입고 세우중(細雨中)에 호미 메고
산전(山田)을 흩매다가 녹음(綠陰)에 누웠으니
목동(牧童)이 우양(牛羊)을 몰아 잠든 나를 깨와다

이 작품의 작가 역시 황희로 알려지고 있는데,[14] 작가가 어떤 사람인가와 관계없이 시적 화자는 아무래도 직접 일을 하는 농사꾼일 듯하다. 누군가 비가 부슬거리는 날 우장을 챙겨서 산비탈 밭으로 갔을 것이다. 한참 일하고 나니 날이 갰겠고 그 참에 나무그늘에선 한잠 달게 자고는 목동이 소와 양을 몰아가는 소리에 퍼뜩 깬 것이다. 그냥 한 폭의 동양화가 연상된다. 일하러 갔다고는 하지만 자연과 나 사이에 조금의 거리도 없다. 한여름이라면 햇볕이 강한 날보다는 오히려 부슬비가 오는 날이 밭일을 하기에는 힘이 덜 들 것이다. 삿갓에 도롱이를 입었다고 했으나 지금의 우의나 장화 같은 꽉꽉한 복장은 아니고 마치 가랑비만큼이나 헐렁한 차림이다. 도무지 막히거나 걸리는 구석이 없다. 그리고 종장에서 소와 양을 몰아가는 목동이 나오는 걸로 보아서 한잠 자고 났을 때는 이미 저녁이다. 어스름이 되어서, 자연도 휴식을 취하는 저물녘이 되어서 농부도 함께 산비탈을 내려간다.

그러나 모든 시가 다 그렇게 되어 있는 것은 아니다. 자신이 그 안에 들어가지 않고, 바깥에서 훈수하듯 쓰는 작품도 얼마든지 있기 때문이다. 가장 유명한 시조 중의 한 편인 남구만(南九萬)의 다음 시조가 그런 예이다.

> 동창이 밝았느냐 노고지리 우지진다
> 소치는 아이는 상기 아니 일었느냐
> 재 너머 사래 긴 밭을 언제 갈려 하느냐[15]

남구만(1629~1711) : 조선 숙종 때의 문신. 벼슬이 우의정·좌의정·영의정에 이르렀고 소론의 거두로 활약했다.

14) 이 작품의 작가가 맹사성(孟思誠)이나 김굉필(金宏弼)로 전하는 자료도 있다. 박을수, 같은 책, 상. 593쪽 참조.

15) 박을수, 같은 책, 상.363쪽.

동창이 훤히 밝았는데 일하는 아이는 아직 안 일어났다. 이 시는 그 일어나지 않은 아이가 쓴 것이 아니라 그것을 보고 있는 누군가가 쓴 것이다. 굳이 작가의 이력을 들먹이지 않더라도 양반임에 틀림없다. 자기가 일하러 나가지는 않지만 일하러 나가는 사람을 채근하는 듯하기 때문이다. 그러나 그렇다고 해서 이 시조를, 북한의 어느 연구서에서 그랬듯이, 양반들이 하인들을 일하러 가게 만들기 위한 시라고 몰아붙이는 해석에는 확실히 문제가 있다. 무엇보다 이 시를 읽고 나면 그런 착취의 기운을 느낄 만큼 강압적인 면모가 없다. 그림으로 말하자면 밝은 색조가 강하게 느껴지는 그런 노래이다. 동창이 훤히 밝고 노고지리가 우짖는 배경부터가 그렇고 아직껏 잠에서 덜 깨었을, 일하는 아이가 그렇다.

이 시를 굳이 자연의 질서와 연관지어 설명하자면, 동창과 노고지리로 표상되는 자연은 이미 아침을 시작했는데 소치는 아이로 표상되는 인간은 채 거기에 맞추지 못하고 있는 상황이다.[16]

이렇게 볼 때, 시 뒤편에 숨어있는 주인은 아직 잠이 덜 깬 아이를 매몰차게 내모는 못된 어른이 아니라, 자연과 함께 자고 자연과 함께 일어나는 '깨우친' 인간이다. 아이가 아직 채 깨우치지 못한 자연의 질서를 일상의 가장 간단한 사례를 통해 일러주는 것이다. 물론 표면에 드러나는 가장 강한 메시지는 역시 농촌 풍경이겠지만, 마치 앞에서 살펴본 황희의 시조가 그렇듯이 그 안에 자연스럽게 자연의 질서를 보여주는 셈

16) 이 점에 대해서는 신연우, 『사대부 시조와 유학적 일상성』(이회, 2000), 149-151쪽 참조.

이다.

　여기에서 한 발 더 나아가게 되면 교훈성이 너무 강조되어 자연의 본 모습이 퇴색한 느낌이 드는 작품도 있게 된다. 이른바 '훈민가(訓民歌)'로 불리는 작품들이 그런 예이다.

　　오늘도 다 새거다 호미 메고 가자스라
　　내 논 다 매여든 네 논 좀 매어주마
　　올길에 뽕 따다가 누에 먹여 보자스라[17]

17) 박을수, 같은 책, 상. 799쪽.

　정철(鄭澈)이 지은 훈민가 중의 한 수이다. 앞의 시작은 〈삿갓에 도롱이 입고~〉와 비슷하지만 뒤로 갈수록 영 다르다. 자연과 하나가 되는 자연스러운 합일(合一)을 강조하는 것이 아니라 거의 기계적으로 맞춘다는 인상을 받는다. 아침에 해가 뜨면 호미 메고 밭으로 가고, 낮에는 논을 매고, 저녁에는 뽕을 따다 누에를 먹인다는 일의 순서이다. 물론 이런 순서 역시 자연의 질서를 그대와 일치시키는 것이라고 볼 수도 있겠으나 선뜻 동의하기 어렵다. 여기에서의 자연은 사실상 인위와 대비되는 자연이 아니라 인간의 생존을 위한 노동현장으로서의 자연이기 때문이다. 더구나 '내 논을 다 매거든 네 논 좀 매어주마'에 드러난 상부상조(相扶相助) 정신은 향촌사회를 이끌어 가는 매우 중요한 덕목이다. 자연히 이 작품은 부지런히 일하고, 서로 열심히 도우라는 메시지를 전해준다.

　그렇다면 정철 같은 사람들은 왜 이렇게 열심히 그

▲ 송강정. 송강 정철이
이곳에서 〈사미인곡〉
을 지었다고 한다. 전남
담양군 창평 소재. (손
종흠 교수 제공)

런 메시지를 보내는 데 애를 썼을까? 가장 손쉬운 대답
은 사대부 정신에서 찾을 수 있을 것이다. 사대부는 비
록 벼슬을 하지 않더라도 어디에서든 일반백성들의 지
도자적인 위치에 있었기 때문에 그들을 계도할 의무감
같은 것을 느꼈다고 본다면 틀림이 없을 듯하다. 그러
나, 그렇다고 하더라도 모든 것을 그런 공익을 우선하
는 정신에서만 찾을 수는 없는 일이다. 잘 들여다보면
그 이상의 이유가 발견된다.

한 국문학자가 진단했듯이 이 문제는 조선조의 토지
제도와 연관되어 설명될 때 큰 힘을 발휘할 듯하다. 고
려조의 토지제도는 사실상 국유제로 모든 토지는 국가
가 소유하는 원칙 아래 벼슬을 하는 사람에게 일시적
으로 나누어주었다가 나중에 벼슬이 끝나면 환수하는

방식을 택했다.[18] 그러나 조선조에 이르면 여러 가지 방식으로 토지의 소유가 이루어지면서 벼슬을 할 만한 특수계층의 사람들에게 토지는 사유물로 인식되었고, 그 토지 안에 있는 백성들을 다스리는 일은 자신들의 이해관계와 밀접하게 연결되게 된다. 이렇게 되면, 결국 '자연≒향촌'이 되어서 한편으로는 자연의 질서와 연관한 훈민가를 읊으면서, 한편으로는 자신들의 영향력을 높이기도 했던 것으로 보인다.

5. 다시 문제가 되는 자연

여기까지 읽은 독자라면, 말이 쉬워 자연이지 고전문학에 나타난 자연의 실상이 실로 복잡함을 느꼈을 것이다. 그렇다면, 자연과 한없이 멀어져만 가는 이때, 그렇게 애타게 찾던 자연의 의미는 어떻게 변했을까. 예전만은 못해도 자연을 찾는 시인의 목소리는 여전하고, 실제 생활에서도 자연을 지키자는 목소리 역시 결코 작지 않다. 당장, 교가(校歌)를 생각해보자. 필자가 나온 학교마다 교가에는 웬일인지 근처의 산들이 나왔다. 초등학교는 북한산이, 중고등학교는 목멱산이, 대학시절은 무악산이 교가에 떡허니 버티고 있었던 것이다. 그러나 불행하게도, 나는 교가를 부를 때마다 의례적으로 그렇게 부르는 것이려니 하고만 생각했지 거기에 대해서 진지하게 생각해본 일은 없다.

18) 이런 식의 해석을 펼친 예로 다음 대목을 참조하기 바란다: "이와 같이 고려문학에서는 자연(自然)은 심화되지 못하였는데, 그러면 그 까닭은 무엇인가. 단적으로 말하여 고려문학인의 생활이 강호(江湖), 즉 토지(土地)에 근거한 것이 아닌 때문이다. 고려의 토지제도는 국유원칙(國有原則)으로, 그 소유형태의 중심은 전시과(田柴科)로서 주로 관인(官人)에게 직위에 따라 일정한 토지(土地)가 지급되었다. 그러나 직위에서 물러나든지 혹은 죽게 되면 그 토지는 국가에 반납되어 사유(私有)는 허용되지 않았으며, 그 토지의 지급도 토지 자체의 지급이 아니라 거기서 나오는 조(租)로써 지급하는 것이었고, 그 조율(租率)도 국가에서 공정(公定)했다. 그러므로 당시의 관인은 토지를 스스로 관리 경영하는 지주가 아니고 국가의 힘에 의존하여 일정한 조(租)를 받을 뿐이었다." — 최진원, 『국문학과 자연』(성균관대학교출판부, 1986년 3판), 19쪽.

그러다가 최근에야 그 의미를 심각하게 되새겨볼 기회가 생겼다. 공교롭게도 내가 나온 학교에 큰딸이 입학을 하게 되어서 나는 모처럼 모교를 방문할 기회를 얻었다. 코흘리개 꼬마가 어느새 다 커서 제 딸을 다시 그 학교에 보낸다고 생각하니 어찌 감격스럽지 않으랴. 학부모들은 앞쪽의 스탠드나 학생들의 뒤편에 서게 되어 있었는데, 나는 아이를 잘 볼 요량으로 앞쪽의 스탠드에 올라갔다. 과연 우리 아이의 모습이 또렷이 보이는 게 기분이 그만이었다. 그런데 모든 의식이 끝나갈 무렵 신입생들의 뒤편에 섰던 고학년 재학생들이 교가를 부르기 시작하면서부터 나는 참으로 묘한 순간을 경험했다. 나는 나도 모르게 그 교가를 따라불렀는데 노래를 부르면서 깜짝 놀랐던 것이다.

　"눈부신 아침 햇살 우리 힘 삼고 북한산 굳센 정기 이어받으니 힘차게 뻗어가는~"으로 시작하는 모교의 교가를 신기하게도 나는 조금도 까먹지 않고 다 외우고 있었다. 정말 깜짝 놀랄 만한 사실은 그 다음에 생겨났다. 내가 그제서야 그 교정에 서서 처음으로 교가에 나오는 북한산을 똑똑히 보았던 것이다. 학교 다니는 6년 내내 조회를 했고 조회 때마다 교가를 불렀었지만, 단 한번도 북한산을 바라보면서 노래를 한 일이 없었다. 세상에! 학생들이 서 있는 방향과 정 반대로 하였을 때 그 산이 선명히 눈에 들어왔다. 북한산은 참으로 아름다운 산이다. 굳이 서울에 있는 훌륭한 산이라고 한정할 것 없이, 전국 어디에 내놓아도 빠지지 않는 산이다. 아니, 박지원이 금강산보다 높이 쳤다는 말을 되새길 것도 없이 세계적 명산이라고 해도 전혀 과장이 아닐 것이다.

그런데 허구한 날 교가를 부르면서도 단 한 번도 그 북한산을 바라보지 못하게 했다는 사실. 참으로 놀라웠다. 그 산이 북한산이라고 일러주고 그쪽을 보면서 노래를 부르게 했더라면 얼마나 좋았을까. 그 산의 정기를 정말 받는지는 알 수 없는 일이지만, 적어도 그 산의 기운을 내가 받을 수 있다고만 믿었더라도, 얼마나 힘찬 삶이 되었을까 생각해본다. 대학 시절 북한산을 오르면서도 기억해내지 못한 그 교가를 아이의 입학과 더불어 되새기면서, 문학과 자연이 어떻게 만나야 하는지를 일깨웠다고 한다면, 지나친 생각일까. 아니다. 결코 그렇지 않을 것이다. 아직껏 자연만큼 훌륭한 스승은 별로 없다. 예전처럼 도교적인 이상향을 찾는다거나 자연을 토대로 제 힘의 근거지를 삼기는 어렵겠지만, 거기에 담긴 맑음과 굳셈, 한결같음, 그리고 무엇보다도 그 풍요로움만큼은 여전히 우리의 좋은 스승이다. 아침조회 시간에 뒤로 돌아서기만 하면 만날 수 있는 훌륭한 스승을 제쳐 두고 낡은 교사(校舍)만 바라보고 뜻 모를 소리만 중얼거리게 하는 교육은 분명히 문제가 있다.

개인사를 들먹이다 너무 교훈적인 데로 흘렀다. 내가 좋아하는 정현종 시인의 시 한 수로 이번 강의를 마감할까 한다. 함께 읽어보자. 그리고 생각할 것 없이 느끼자.

나의 자연으 로

정현종

더 맛있어 보이는 풀을 들고
풀을 뜯고 있는 염소를 꼬신다
그저 그놈을 만져보고 싶고
그놈의 눈을 들여다보고 싶어서.
그 살가죽의 촉감, 그 눈을 통해 나는
나의 자연으로 돌아간다.
무슨 충일(充溢)이 논둑을 넘어 흐른다.
동물들은 그렇게 한없이
나를 끌어당긴다.
저절로 끌려간다
나의 자연으로.

무슨 충일이 논둑을 넘어 흐른다.[19]

19) 정현종, 『한 꽃송이』(문학과지성사, 1992)

『옹고집전』의 '가짜'와 '진짜'

1. 누가 진짜인가?

대학시절, 어떤 벗으로부터 책을 한 권 선물 받았던 기억이 난다. 어느 인형의 이야기를 담은 감동적인 내용이었다. 우단으로 만든 토끼 인형이 있었는데 주인 아이가 하도 가지고 놀아서 털이 다 빠지고 볼품 없이 되고 말았다. 그래서 폐기처분에 처해질 위기를 맞았지만, 끝내 '진짜'가 되었다는 내용이었다. 인형은 어쩔 수 없이 가짜인데 그것이 어찌 진짜가 될 수 있을까? 그리고 무엇보다 나를 감동시켰던 한마디, '한번 진짜가 된 것은 영원히 가짜가 되지 않는다'는 또 무슨 말인가? 스물 두어 살 무렵의 나는, 그런 문제를 가지고 즐거운 고민을 했었다. 물론 그런 머릿속 고민보다 실제적인 연애가 더 급했고, 사실은 그게 연애 문제의 핵심이기도 했다.

연애 도중에 사람들은 끊임없이 사랑을 확인한다. 겉으로는 그러지 않더라도 속으로라도 계속 확인하고 싶어한다. "정말 나를 사랑해?" 하지만 이런 물음은 참 쓸데없는 것이기 쉽다. 속 시원한 대답을 해주지 않으면 갑갑증에 열불이 날 테고, 또 그렇다는 대답을 듣는다 해도 마음 속의 불안이 그리 깨끗하게 해소되는 것은 아니기 때문이다. 그리고 사실은, 그런 질문은 남들에게 필요한 것이 아니라 "나는 정말 그를 사랑하는가?"라고 자기 자신에게 되돌려져야 마땅하다. 이 문제에 관해서는 어느 누구도 확신하기 어렵기 때문이다. 우화에서야 사랑받는 날에는 진짜가 되고 한번 진짜가 되면 영원히 진짜인 것이라고 일러주지만, 실제로 그런지에 대해서는 여전히 미심쩍기 마련이다.

사람들은 누구나 진짜를 좋아한다. 그러나 누구나 다 진짜를 얻을 수 있는 것이 아니다. 아무리 진짜를 얻고 싶어도 여건이 따라주지 않으면 가짜에 속기 때문이다. 물건만 그런 게 아니라 사람도 그렇다. 진짜 좋은 사람인 줄 알고 믿었다가 낭패를 본 일이 어디 한두 번인가. 그래서 진짜 사랑이라고 생각했다가 눈물을 뺀 일쯤은 보통 사람이라면 누구에게나 있는 법이다. 그리고 한 발 더 나아가서, '자신의 삶이 진짜인가?'를 물을 때, 가끔씩은 절망에 빠지게 된다. 내가 하는 일, 내가 맡은 역할, 내가 살아가는 방식 등등이 참된 것인가? 내가 하는 일이 그렇게 몸바쳐서 세월을 보낼 만한 일인가? 그에 대해서는 누구도 선뜻 대답하기 어려울 줄 안다.

그렇다면 어떻게 진짜를 얻을 것인가? 그것은 바로 어떻게 가짜를 구별해낼 것인가의 문제와 연관되는데, 『옹고집전』은 그 미묘한 주제를 잘 다룬 작품이다. 가짜 옹고집과 진짜 옹고집이 한바탕 소동을 벌이고 나면 어느새 작품은 끝이다. 그런데 이 두 인물, 즉 '허옹(가짜 옹고집)'과 '실옹(진짜 옹고집)'은 묘하게도 '옹'이라는 공통분모를 지니고 있다. 제법 유사한 스토리라인을 갖고 있는 『흥부전』의 놀부와 흥부가 악인과 선인으로 독립된 존재인 데 비한다면 허옹과 실옹은 어쨌거나 모두 한 옹고집인 것이다.

그런데 바로 그 점이 『옹고집전』을 살려주는 요소이

다. 만일 다른 인물을 설정하여 옹고집을 응징했더라면 이 작품의 주제는 단순한 권선징악(勸善懲惡)에 그치고 말았을 것이다. 그러나 이 작품은 '허옹'을 내세우는 기발함을 통해 그러한 평범함을 거부한다. 이 소설이 있기 이전에 이런 유형의 이야기는 이미 널리 퍼져 있었는데, 먼저 그 이야기부터 짚고 넘어가서, '진짜 삶'에 대해 진지하게 캐보기로 한다.

2. 괴상한 쥐 이야기

설화집을 보다보면 '괴서(怪鼠)'라고 명명된 이야기들을 심심찮게 만나게 된다. 글자 그대로 '괴상한 쥐'의 이야기이다. 하도 유명해서 따로 소개할 필요가 없을 정도이지만, 기억을 더듬기 위해서라도 한 편 읽어보기로 한다. 사투리가 독서를 방해할 수도 있겠으나 설화 구연현장을 간접적으로라도 맛보기 위해 그대로 옮겨둔다.

　　이전에 어떤 부자영감이 있었는디 이 영감이 하루는 밖으로 출입했다가 돌아와 봉게 지가 그츠[거처하는 사랑방에 자기와 똑같이 생긴 영감이 앉아 있어서 웬 사람이 쥔두 읂는디 와 있냐구 했다. 그르니게 그 영감은 내 방에 내가 앉아 있는디 웬 영감이 와서 그 무신 소리냐 썩 나가라고 도루 야단쳤다.
　　이릏게 되구 보니게 둘이는 내가 이 집 주인이다. 느는

웬 놈이냐 하면스 스루 다툼질을
하구 있었다. 사랑방에서 다투
는 소리가 나니게 아들과 마누
래가 나와서 보니게 똑같은 영감
둘이스 내가 이 집 주인이다, 내가
이 집 주인이다 호구 다투는데 아들
과 마누라가 봐스도 어떤 영감이 아
부지고 남편인지 분간할 수가 없었다.
그리서 아들은 두 영감보구 우리집에
밥그릇이 몇 개구 숟갈이 몇 개구 쟁기

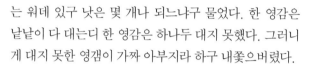

▲ 설화집에 있는 〈괴
서(怪鼠)〉. 임석재, 『한
국구전설화』 중에서.

는 워데 있구 낫은 몇 개나 되느냐구 물었다. 한 영감은
낱낱이 다 대는디 한 영감은 하나두 대지 못했다. 그러니
게 대지 못한 영갬이 가짜 아부지라 하구 내쫓으버렸다.

이 집에는 수십 년 동안 이 집 곳간의 쌀이며 콩이며를
믁고 자라스 큰 노강쥐(크고 늙은 쥐)가 있었는디 이 쥐가
이 집 영감과 똑같은 모습으로 도섭[변신]해가고 있었다.
쥐는 이 집 구석구석을 돌아댕겨스 이 집에 있는 물근이
믓이구[무엇이고 어디 있구 또 몇 개라는 긋을 잘 알구
있어서 그긋을 낱낱이 다 댈 수가 있었다. 그런데 진짜
영감은 사랑방에만 있으스 그 집에 있는 물근이 믓이 있
이며 몇 갠지 통 몰랐다. 그리스 대지 못했다.

이 진짜 주인영감은 집을 쫓겨나스 할수없이 이리저
리 돌아댕김스 은으믁으문스 제우[겨위 목숨을 이여가
다가 한 븐은 으뜬 절에 찾어갔다. 쫓겨나스 여그꺼지 왔
다구 말했다. 중은 말을 다 듣구 나드니 그르냐구 하드니
자기가 오랫동안 기르든 괴양이를 줌스[주면서] 이 괴양
이를 집으로 가지고 가스 그 가짜 영감이 들어 있는 방문
을 꼭 닫으글구[닫아 걸고] 이 괴양이를 놔 쥐 보라구 했
다. 그래스 이 영감은 즈의[저의] 집이로 가스 사랑방으

로 들으가스 방문을 꽉 닫으글구 그 가짜 영감 앞이다가 괴양이를 내놨다. 그랬드니 괴양이는 그 가짜 영감에 달라들으 멕살을 물으뜯으스 죽겠는디 그 영감은 크단 노강쥐가 돼서 죽었다. 아들과 마누라를 불르다가 이긋을 뵘스, "이그 봐라. 이게 니 애비라구 한 긋이다." 이릏게 말하구 마누라보구, "이년아 그래 쥐좆두 모르구 살았느냐?" 했다.

아무긋두 모르는 긋을 쥐좆두 모른다는 말이 있는디 이른 말은 이른 일이 있으스 생겼다구 한다.[1]

1) 임석재, 『韓國口傳說話』(임석재전집 6)(평민사, 1990), 324-325쪽.

충청남도 당진에서 채록된 것인데, 다른 지방의 이야기도 이 정도 내용을 중심으로 약간씩의 넘나듦을 보인다. 이 이야기는 좀 다르지만 쥐가 사람이 되는 이유로 자기가 깎아버린 손톱발톱을 깎아먹은 것을 든다거나, 고양이 대신 개가 등장한다거나 하는 등의 미세한 차이가 보이기도 하는 것이다. 또, 주인공이 단순히 외출하는 것이 아니라 몇 년간을 절이나 산에 들어가서 공부를 하고 오는 것으로 설정되어 있는 예들도 많다. 이 이야기의 맨 끝에는 '쥐좆도 모른다'는 속언에 대한 그럴듯한 유래담이 붙어 있지만 사실상 사족처럼 덧달린 것으로 특별히 신경쓸 것은 없다.

어린 시절 어른들에게 한두 번쯤 들어보았을 이야기이고, 듣지 않았다 하더라도 어디선가 꼭 한번 들어본 듯한 이야기이다. 초면이어도 구면 같은 매우 편안한 얼굴인 것이다. 그런데 이상하게도 이런 이야기를 만나면 참으로 난감하다. 재미있다고 생각하며 듣기는 하지만 대체 그런 이야기가 무엇을 말하려고 하는지

종잡을 수 없기 때문이다. 설령 이야기를 열심히 전해 주는 사람들에게 물어본들 깜깜하기는 마찬가지이다. 착하게 살아서 복을 받았다는 이야기도 아니고, 못된 녀석을 늘씬하게 골탕먹였다는 이야기도 아니다. 그저 신기한 변신담 같은 이야기일 뿐, 달리 설명할 재간이 없다.

그러니 이런 이야기는 설명 없이, 설명 못하고 넘어가는 것이 상례였는데 최근에 어느 심리학자의 해설을 듣고서야 무릎을 쳤다.[2] 거기에 따르자면, 여기에 등장하는 진짜와 가짜가 사실은 두 인물의 서로 다른 삶이 아니라 한 인물이 필연적으로 갖게 되는 두 삶이다. 쥐는 야행성 동물이므로, 사실은 우리가 놓치고 있는 일부분의 삶을 드러내는 장치라는 것이다. 너무 암호풀이 같아서 거부감이 올 수도 있겠으나, 실제 이야기를 찬찬히 읽어내려가면 그 정도의 해석을 끄집어낼 만한 구석은 쉽게 발견된다.

우선 진짜 영감과 쥐의 활동무대를 살펴보자. 주인 영감은 고작해야 사랑채에만 머물 뿐이었는데 쥐는 집안 곳곳을 뒤지고 다녔다고 했다. 영감은 자신이 부엌일에까지 신경쓰는 것이 쓸데없는 일이라고 여겼을 터이고, 사실은 안방 출입조차 남들이 볼까 무서워서 밤으로만 다녔을 것이다. 영감에게는 사랑채에 머물면서 어려운 책을 보고 손님들과 고담준론을 펼치는 삶만이 전부였다. 또 설혹 실제로 그가 그것을 원치 않는다 해도 어쩔 수 없이 그렇게 되도록 종용하는 것이 사회적 관습이고 규범이다. 반면에 쥐는 사람들이 모두 잠든

2) 이에 대해서는 이부영, 『한국민담의 심층분석─분석심리학적 접근─』(집문당, 1995), 55-87쪽에 자세히 설명되어 있고, 이 글의 상당부분 역시 거기에 기대서 쓴다.

틈을 이용해서 여기저기 들쑤시고 다닌다. 그 세계는 바로 진짜 주인영감이 무시하고 있었던 세계이다.

결국, 이 이야기에서는 '낮의 사랑방'과 '밤의 부엌'이 정면으로 충돌하고 만다. 물론 지금도 '남자가 부엌에 들어가면 ○○이 떨어진다'는 웃지 못할 속언이 통용되는 구석이 있기는 하지만, 예전에는 지금과 비교가 안 될 정도로 심했을 것이다. 그러나 그것이 온전한 삶인가? 바깥사람은 바깥일만 하고 안사람은 안 일만 하고, 사랑채에서는 모르는 게 없지만 안채나 부엌, 혹은 창고의 일에서는 돌아다니는 쥐만도 못한 것이 그 집 가장이라면 어떨까? 이야기의 결말은 쥐를 물리치는 것으로 끝났지만, 쥐가 장악하고 있던 '밤의 부엌'이야말로 이 진짜 영감이 가슴에 새겨두어야 할 소중한 삶이다.

그러니까 '쥐좆도 모른다'는 말은 영감을 몰라본 영감의 부인에게 할 말이라기보다는 오히려 영감 자신이 가슴깊이 새겨야 할 말인지도 모른다. 자기 모습으로 변신한 쥐의 등장으로 자신이 '진짜'라고 여기고 살아왔던 삶에 대한 반성의 기회가 생겼기 때문이다. 그러나 이 설화에서는 진지한 반성과 성찰을 통해 무언가 개선되는 내용이 보이지 않는다. 그저 진짜 영감이 본래의 자리를 차지할 뿐이다. 이는 어찌 보면 짧은 설화가 갖는 한계일지도 모르겠는데, 그런 데 대한 불만은 소설 『옹고집전』으로 가면 씻은 듯이 사라지게 된다.

3. 진짜 옹고집의 가짜 삶

『옹고집전』의 초반에는 여느 고소설과 마찬가지로 등장인물에 대한 소개가 나온다. 그런데 거기에서부터 매우 특이한 구석이 발견된다.

> 옹정(雍井) 옹연(雍淵)의 옹진(雍眞)골 옹당촌(雍堂村)에 한 사람이 있으되, 성은 옹이요 명은 고집이라. 성벽(性癖)이 고약하여 풍년을 좋아 아니 하고, 심술이 맹랑하여 매사를 마음이 비뚤어진 고집으로 하더라.
> 가사(家事)를 볼작시면 석숭(石崇: 중국 진(晉)나라의 큰 부자)의 부자와 도주공(陶朱公: 중국 越(월)나라의 큰 부자)의 성세(聲勢)를 부러 아니 하더라. 앞뜰에 노적이요 뒤뜰에 장옥(墻屋)이라, 울 밑에 벌통 놓고, 오동 심어 정자 삼고 송백(松柏) 심어 차면(遮面)하고, 사랑 앞에 연못 파고 연못 위에 석가산(石假山: 돌을 쌓아 산처럼 만들어놓은 것) 무어(만들어) 놓고, 석가산 위에 일간 초당(草堂)을 지었으되⋯⋯[3]

옹고집이 악인임은 말할 나위가 없겠으나 여느 악인에 비해서 좀 이상한 구석이 있다. 일반적으로 아무리 악인이어도 자기에게 이익이 없는 일을 좋아할 리가 없겠는데, 풍년을 좋아하지 않았다고 했으니 아무래도 비정상적이다. 물론, 이런 선례는 『흥부전』의 놀부에게서도 발견되지만, 거기에서는 매우 귀엽게 희화화하는 맛이 있었는데 여기에서는 아주 진지함에 유념할 필요가 있다. 특별한 과장 없이 '성벽(性癖)'이 고약하

3) 『옹고집전』은 그 지명도에 비해 이본의 수가 매우 적다. 목판본 같은 인쇄본이 없으며, 지금 흔히 볼 수 있는 작품은 김삼불이 어느 필사본을 교주한 교주본인데 그 모본인 필사본조차 구할 수 없게 되었다. 그 밖의 몇몇 필사본이 있으나, 여기에서는 김삼불 교주본을 근거로 정주동이 교주한 『옹고집전』(『한국고전소설선』, 새글사, 1965)을 쓴다. 정주동 교주, 위의 책, 271쪽.

여 풍년을 좋아 아니 하고, 심술이 맹랑하여 매사를 마음이 비뚤어진 고집'을 가진 인물로 단정짓고 넘어가는 것이다.

이해를 돕기 위하여 『조웅전』이나 『유충렬전』에 나오는 간신들을 생각해보자. 이런 작품에서는 악인의 악행은 그냥 어쩌다 보니 터져 나온 심술이 아니다. 정치적으로 자신의 상대편에 있는 인물을 제압하고 끝내 정권을 장악하기 위해 계산된 행동인 것이다. 그러므로 그의 반대편에 서 있는 정의로운 인물, 선한 주인공이 나타나서 그들을 무찌르면 작품이 완결된다. 그런데 이 『옹고집전』에는 그렇게 이해될 만한 대목이 발견되지 않는다. 그렇다고 해서 놀부처럼 흥부 같은 선인과 대비된, 선인의 대척점에 있는 그림자 같은 인물도 아니다. 어찌 보면 이 점에서 진정한(?) 악인이라고도 할 수 있겠다. 아무런 대가도 바라지 않고 선행을 하는 사람이 참된 선인인 것처럼, 옹고집이야말로 이유 없이 악을 행하는 순도 100%의 악인이다.

작품에서 제시하는 옹고집의 악행은 대략 두 가지이다.

조웅전: 우리 나라 고소설 중 대표적인 군담(영웅)소설. 주인공 조웅이 간신 이두병과 일파를 물리치고 가문과 명예와 왕실의 평안을 회복한다는 줄거리이다.

유충렬전: 우리 나라 고소설 중 대표적인 군담(영웅)소설. 주인공 유충렬이 간신 정한담 일파를 물리치는 과정을 흥미롭게 그려냈다.

팔십 당년(當年) 늙은 모친 병들어 누웠는데 닭 한 마리 약 한 첩도 봉양은 아니 하고 조반석죽(朝飯夕粥) 대접하니, 냉돌방에 홀로 누워 설히 울며 하는 말이, "너를 낳아 길러낼 제 애지중지 나의 마음 보옥(寶玉)같이 사랑하여 어루만져 하는 말이 '은자동아 금자동아, 무하자태(無瑕姿態: 흠이 없는 자태) 백옥동아. 천지만물 일월(日月)동아, 아국사랑 간간동아, 하늘같이 어질거라, 땅같이 너릅거라. 금을 준들 너를 사랴. 천상 인간 무가보(無價寶: 값을 따질 수 없는 보물)는 너 하나 뿐이로다.' 이같이 사랑하여 너 하나를 길렀더니 천지간에 이런 공을 모르냐. 옛날 왕상(王祥)이는 얼음 속에 잉어 낚아 부모 봉양하였으니 그렇지는 못하여도 불효는 면하여라."

불측한 고집이놈이 어미말 대답하되,

"진시황(秦始皇) 같은 이도 만리장성 쌓아 두고 아방궁 높이 지어 삼천궁녀 시위하여 천년이나 사잤더니 이산(離山) 일분총(一墳塚)을 못 면하여 죽어 있고, 백전백승 초패왕(楚覇王: 항우(項羽))도 오강(烏江)에 죽어 있고, 안연(顏淵: 공자의 수제자) 같은 현학사(賢學士)도 삼십에 조사(早死)커든 오래 살아 무엇하리. 옛글에 하였으되, '인생칠십고래희(人生七十古來稀: 사람이 70세까지 사는 일은 예부터 드물다)'라 하였으니, 팔십 당년 우리 모친 오래 살아 쓸데없네. 수즉다욕(壽則多辱: 오래 살면 욕됨이 많음) 우리 모친 뉘라서 단명하리. 도척(盜跖: 중국 춘추 시대의 큰 도둑)이 같은 몹쓸 놈도 천추(千秋)에 유명커든 무슨 시비 말할손가."

　이놈 심사 이러한 중에 또한 불도(佛道)를 능멸하여 무죄한 중 곧 보면 결박하여 귀뚫기와 어깨 타고 뜸질하기 유명하더라. 이놈 욕심 이러하니 옹가 집 근처에는 동냥 중이 갈 수 없다.[4]

4) 정주동 교주, 앞의 책, 271-272쪽.

　하나는 불효이며 또 하나는 시주승에 대한 행악이다. 하나가 가정의 일이라면 하나는 사회의 일이고, 하나가 속계(俗界)에 관련된 일이라면 하나는 성계(聖界)에 관련된 일이다. 이 둘을 나란히 늘어놓은 의도는 그러한 두 가지 악행만으로 옹고집의 총체적 문제를 노출시키겠다는 것으로 보인다. 물론, 이 소설을 '불교소설'로 보는 견지에서는 문제가 다르겠지만, 꼭 불교에 국한하지 않더라도 한 인간에게서 감지되는 문젯거리를 선명하게 드러내는 데 이 이상의 좋은 방법은 그리 많지 않겠다. 더욱이 시주승의 문제는 보시(布施)와 연결되어 '베풂'의 미덕을 생각지 않을 수 없어서 옹고집이 대(對) 사회적 덕목이 부족함을 일러준다.

　이렇게 그 두 가지 악행은 같은 코드로 풀이될 수 있다. 어머니가 그렇게 애써서 자기를 길러주었지만, 정상적인 봉양은커녕 '인생칠십고래희'나 '수즉다욕' 같은 옛 문구를 따다가 견강부회를 일삼으며 그 은혜에 보답할 생각을 하지 않는다. 전통적인 부모자식 관계는 비록 내리사랑이 강조되기는 해도 '되갚음'에 근거한다. '효도'란 결국 자신이 성장하면서 부모로부터 입은 은혜를 부모님이 노쇠하는 동안 돌려주는 것에 지나지 않으며, 그 점에서 매우 당연한 도리이다. 마찬가지로, 사회적 베풂이라는 것도 자신이 남에게 베풀어도 좋을 만큼 살게 해 준 사회에 대한 되갚음이다. 요즈음 흔히 쓰는 '사회에 환원'이라는 말은 바로 그런 의미이다.

그런데 앞서 옹고집은 중국의 석숭에 뒤지지 않는 부자라고 했지 않던가. 물론 중국에 비해 아주 작은 조선에 석숭만한 부자라는 말은 과장에 지나지 않겠지만, 옹고집이 어느 정도 이상의 재력을 갖춘 것만은 분명한 사실이다. 그런 부자에게 약 한 첩, 밥 한 그릇이 무슨 대수이랴. 그럼에도 불구하고 옹고집은 사람은 늙으면 다 죽는 법인데 오래 살아서 무엇하겠느냐며 애써 합리화한다. 그는 사실 효·불효를 떠나서 인간에 대한 애정이 없는 인물이었던 것이다. 또 동냥 나온 스님에게 못 주면 그만이지 귀를 뚫고 뜸질을 한다는 것도 전혀 납득할 수 없는 일이다.

한마디로 옹고집은 베풀 줄 모르는 인간이다. 어머님을 봉양하거나 시주승에게 쌀 한 됫박 퍼주는 정도로는 표도 나지 않을 만큼의 재물을 지니고서도 그 정도의 베풂에 인색한 인물이다. 그런데, 우리는 여기에서 옹고집의 나이가 37세임에 유의할 필요가 있다. (245쪽 인용문 참조) 공교롭게도 필자의 나이와 엇비슷하여 여러 가지를 생각하게 해준다. 물론 그 시절의 서른 일곱과 지금의 서른 일곱은 많은 차이가 있을 터이다.

▲ 필사본 『옹고집전』 (연세대학교 중앙도서관 소장)의 첫 장.

수륙재(水陸齋) : 물과
육지에서 헤매는 외로
운 영혼과 아귀(餓鬼)를
달래며 위로하기 위하
여 올리는 재. '수륙회
(水陸會)'라고도 하는
불교 행사로 우리 나라
에서는 고려 때부터 행
해졌다.

옹고집만 해도 자기 아들의 나이가 열 아홉이라 했으
니 이제 겨우 여덟 살 난 딸을 데리고 있는 나와는 많이
다르다. 그러나 예나 지금이나 중요한 것은 30대 후반
은 청년에서 중년으로 가는 길목이라는 점이다.

꿈이 많던 청년기에는 사실 모든 것이 용서된다. 방
탕하게 사는 것도 무언가 낭만적인 것 같고, 인색하게
사는 것도 남들이 모르는 큰 뜻 때문인 것처럼 보인다.
성격이 이상한 사람은 개성이 강하다 하고, 세상 물정
에 어두운 사람은 순진하다고 한다. 그러나 나이가 들
면 그렇지 않다. 오지 않은 미래를 핑계로 무언가를 유
보하는 일이 불가능해지기 때문이다. 앞으로 닥칠 행
운을 믿고 제 멋대로 살고, 장밋빛 미래를 위해 남들의
희생을 강요할 수 없는 것이다. 더 이상 남들에게 받기
만 바랄 수는 없고 이제 자기가 가진 범위 내에서 무엇
이든 내놓아야 할 때이다. 그것이 중년이다.[5]

5) 이에 대해서는 알
렌 B. 치넨의 다음
두 권의 책을 참고로
했으며, 이후의 논의
역시 거기에서 시사
받은 바가 크다. 『인
생으로의 두번째 여
행』(이나미 역, 황금
가지, 1999) : 『어른
스러움의 진실』(김
승환 역, 현실과미래
사, 1999)

그러나 옹고집은 그 중년의 과업을 수행하질 못한
다. 수행하기는커녕 아예 엉뚱한 길로 새고 만다.

　저 노장 대답할 제 육환장(六環杖)을 눈 위에 높이 들
어 합장배례하는 말이,
　"황금 일천 냥만 시주하옵시면 소승의 절에 가서 수륙
재(水陸齋)를 올릴 적에, 아무면 아무촌 아무라 축원을
올리오면 소원대로 되나이다."
　옹 좌수 하는 말이,
　"가소롭다 네 말이여! 천생만민(天生萬民) 마련할 제
부귀빈천 유무자손(有無子孫) 복불복(福不福)을 분별하여
내었거든, 네 말대로 하라기면 가난할 이 뉘 있으며 무자

할 이 뉘 있으리. 진속(塵俗: 속세)에 일렀으되 인중(人中) 마른 중이라, 너의 마음 고이하여 부모은혜 배반하고 삭발 위승(爲僧) 부처의 제자 되어 아미타불 거짓 공부, 어른 보면 동냥 달라 아이 보면 가자 하고 불충불효(不忠不孝) 네 행실 내 이미 알았으니 동냥 주어 무엇하리."[6]

6) 정주동 교주, 앞의 책, 274쪽.

옹고집의 주장은 두 가지로 집약된다. 하나는 부귀빈천은 타고나는 것이지 임의로 바꿀 수 없다는 것이며, 또 하나는 시주 나온 노승더러 도리어 불충불효하다고 충고하는 것이다. 그런데 이 둘이야말로 사실은 옹고집에게 되돌아가야만 마땅한 것이다.

첫째, 그의 말마따나 부귀빈천이 타고나는 것이라면 자신이 지금 잘 사는 것은 절대로 저 잘난 탓이 아니다. 『옹고집전』어디에 보아도 그가 열심히 일해서 재물을 모았다거나 근검한 인물이라는 설명이 없기 때문이다. 이 점에서 옹고집은 놀부와 사뭇 다르다. 놀부는 최소한 자신이 열심히 일하는 미덕만은 가지고 있었기에 재산을 늘릴 수 있었다. 그렇다면 자신의 부귀에 대해서 최소한의 겸손함을 보이고, 그것을 함께 나눌 방안을 모색해야 하는 것이 인간된 도리이다. 그리고 그가 중년에 들어섰다는 점을 인지한다면, 위로부터 받아서 자신이 가꾼 것을 아래로 베풀고, 안에서 축적한 것을 밖으로 내줄 줄 알아야만 한다. 그러나 그는 그 당연한 이치조차 파악하지 못하고 있다.

둘째, 불충불효를 행동으로 보여주는 인물이 바로 옹고집이다. 옹고집을 '옹좌수'라 했으니 그의 직함은

좌수(座首)이다. 좌수는 향청(鄕廳)의 최고 우두머리로 사실상 고을 수령과 백성의 사이에서 그들의 통로 구실을 맡은 직책이다. 백성들의 어려움이 무엇인지 잘 파악하여 수령에게 보고하고, 수령의 뜻이 무엇인지 헤아려서 아래로 전달하는 역할을 해야만 했던 것이다. 그래서 통상적으로 나이도 많고 덕망도 높은 사람이 좌수가 되었다. 그런데 옹고집의 행실은 그와 정반대였으니 좌수의 직책을 생각할 때 그런 불충(不忠)이 없으며, 앞서 살핀 바 노모를 봉양하는 일 역시 낙제점이다.

이쯤에서 다시 〈괴상한 쥐 이야기〉를 상기해보도록 하자. 자기가 자신의 역할을 제대로 하지 못할 때 '가짜'가 되고 만다는 그 이야기 말이다. 그 이야기나 이 이야기나 독특하게 '변신'이라는 모티브를 사용하여 가짜를 만들었지만, 사실은 가짜를 세움으로 해서 진짜가 가짜였음을 밝혀준다고 하겠다. 말장난 같아졌지만 진짜 옹고집이 살아온 삶이 진실된 것이 아니었기 때문에 가짜 옹고집을 내세워서 그 허구성을 폭로하는 전법이다. 대사가 허수아비를 옹고집으로 만들어서 옹고집의 집으로 들여보내자 옹고집의 아내가 이 말을 듣고 내뱉는 일성은 '당연하다'였다.

마누라님 이 말 듣고 대경실색(大驚失色),
"애고애고 이게 웬 말이냐. 너희 좌수님이 중을 보면 결박하고 악한 형벌 무수하고 불도를 능멸하며 팔십 당년 늙은 모친 박대한 죄 없을소냐. 지신(地神)이 발동하

고 부처님이 도술하여 하늘이 주신 죄를 인력으로 어이

하리."[7]

7) 정주동 교주, 같은
책, 273쪽.

옹고집을 가장 가까이에서 본 아내의 말이 이럴진
대, 그의 삶이 온전한 것이라고 볼 수 없다. 결국, 가짜
옹고집의 소동은 진짜 옹고집의 온전치 못한 삶이 만
들어낸 파국인 것이다.

4. 가짜 옹고집의 진짜 삶

난데없는 가짜 옹고집의 등장으로 한바탕의 소동이
일자, 진짜 옹고집은 자신이 진짜이니까 당연히 승리
를 장담한다. 그러나 어지간한 나이의 어른들이라면
그런 확신이 얼마나 순진한 것인가를 알리라. 자신만
결백하다면 언젠가는 밝혀질 것으로 믿었으나 끝내 누
명을 쓴 일은 얼마며, 누명까지는 아니더라도 풀리지
않은 오해는 또 얼마던가? 무엇보다 자신의 정당성을
입증하기가 어렵고, 더욱이 자신이 정말 정당한지는
자기도 모르는 일이 많다. 다만 나는 내가 옳다고 믿고
싶을 뿐이다.

가짜 옹고집과 진짜 옹고집의 승부는 극히 객관적인
외형에서 출발한다. 아내는 도포에 불탄 자국이 있는
가로 가리려 했지만, 그 정도의 표식은 가짜 옹고집도
얼마든지 만들 수 있는 것이었다. 이에 반해 가짜 옹고

집은 지난 삶의 세세한 부분을 반추하는 데 귀신 같은 재주를 보여준다.

이같이 자탄할 때 며늘아기 여쭈오되,
"집안에 변을 보매 무슨 체모 있으리까."
사랑문을 열고 들어가니 허(虛)옹가 나앉으며,
"아가, 자세히 들어 보아라. 창원 마산포서 너희 신행(新行)하여 올 때 가마 십여 필에 온갖 기물 실어 두고, 나는 후배(後陪)하여 따라올 제 상사마 한 필 뒤등걸어 실은 것이 모두 다 파삭파삭 절단나서 놋동이 한복판이 떨어져서 쓰지 못하고 벽장에 넣었으니, 그도 또한 헛말이냐. 너의 애비는 내로다."
실(實)옹가 나앉으며,
"애고 저놈 보소. 내가 할 말 제가 하네. 애고애고 이 일을 어찌하리. 새아가, 내 얼굴 자세히 보아라. 네 시아비는 내 아니냐."[8]

서방님(옹고집의 아들) 거동 보소. 화살 전통 걸어메고 집으로 바삐 와서 사랑에 들어가니, 허옹가 나앉으며 하는 말이,
"저 건너 최서방에게 작전(作錢: 소작의 대가로 받는 돈) 열 냥 가져온 거 너더러 주라 하였더니, 그 돈에서 한 냥만 술 사오라 하여라. 분하고 분하다, 이놈이 우리 세간을 앗으랴고 이리 한다."
실옹가 나앉으며,
"애고애고 저놈 보소. 내가 할 말 제가 하네."[9]

허옹가 실옹가의 아내보고 하는 말이,
"내 말 자세히 들어보소. 우리 처음 만나 새방 차려 동

8) 정주동 교주, 같은 책, 280쪽.

9) 정주동 교주, 같은 책, 281쪽.

숙할 제 동품하자 하니 괄연(恝然: 언짢게) 불응하옵기에, 내 다시 개유(開諭)할 제 좋은 말로 자네를 홀릴 적에, '이같이 어진 밤은 백년에 일득(一得)뿐인지라. 어찌 서로 허송할까' 하니, 그제야 서로 동품하였으니, 그런 일을 생각하여 진위를 분별하소."[10]

실옹가 아내 생각하되 과약기언(果若其言: 과연 그 말과 같음) 그런지라. 허옹가를 실옹가라 하니, 실옹가가 할 수가 전혀 없어 갖은 복통하여 눈에서 불이 나되 어찌할 수 없는지라.

차례로 아내, 아들, 며느리에게 자기가 진짜임을 입증하는 대목이다. 진짜 옹고집은 외형적인 면 같은 데에서나 맞설 수 있을 뿐이고, 삶의 디테일에 대해서는 늘 가짜 옹고집이 먼저이다. 진짜 옹고집이 번번이 '내가 할 말 제가 하네.'라며 원통해하지만 이미 때가 늦었다. 여기에서 중요한 사실은 가짜 옹고집이 하는 이야기를 듣고 보면 그것은 자신도 알고 있는 것이라는 점이다. 왜 이런 일이 생기는가? 간단하게 말하면, 그런 일들을 가슴에 절절하게 담고있지 않았기 때문이다. 그래서 어떤 일을 가슴에 두고 사느냐에 따라, 함께 결혼생활을 한 부부에게조차도 서로에게 명료한 인상을 남기는 사건들은 서로 다르다.

잠깐, 이와 연관하여 여담을 하나 하고 넘어가자. 연초에 어떤 학생이 이메일 카드를 보내왔는데 대충 이런 내용이었다: '별똥별이 떨어질 때 소원을 빌면 이루어진다는데 그 순간은 너무도 짧습니다. 그렇다면, 어떻게 해야 그 짧은 시간 동안 소원을 빌 수 있을까요?'

10) 정주동 교주, 같은 책, 282쪽.

모처럼 진지하게 물어온 데 대해 참으로 답하기 곤란
했으나, 제시된 해답은 너무도 간단했다. '소원 하나쯤
은 늘 가슴에 품고 다니면 됩니다.' 하긴 어느 세월에
소원을 생각해서 하늘에 대고 빌 것인가. 그저 늘 생각
했던 것을 순간적으로 터뜨리면 그만이다.

가짜 옹고집이야말로 언제든 식구들의 세세한 삶을
가슴속에 담고 다녔던 것이다. 반면, 진짜 옹고집은 그
유별난 심술과 고집 탓에 식솔들의 세세한 삶에는 신
경을 쓰지 않았다. 설령, 되새겨보기만 하면 익히 아
는 것일지라도 그것들을 평소에 가슴에 담아두고 살지
는 않았던 것이리라. 이는 앞서 살핀 〈괴상한 쥐 이야
기〉의 주인영감이 사랑채에 나앉아서 집안 일을 도외
시한 것과 마찬가지이다. 바로 이러한 허를 찌르고 들
어온 것이 가짜 옹고집이다. 그는 집안 식솔들과의 자
잘한 일들을 기억할뿐더러, 애틋한 사랑을 아는 인간
이었다. 진짜 옹고집이 오랜 세월 묻어두었던 진짜 삶
을 되새겨낼 줄 알았다. 그리고 그렇게 되새겨내는 자
체가 바로 진짜 삶의 조건이기도 하다.

어쨌거나, 이런 일로 인해 진짜 옹고집은 오히려 점
점 더 불리한 위치에 처하게 되고 급기야 원님 앞에 나
가서 판결을 기다린다. 이때 가짜 옹고집은 다음과 같
이 진술함으로 해서 진짜 옹고집을 물리친다. 지금까
지가 그저 변죽을 울린 것이라면 이제부터가 결정타이
다. 진짜 옹고집은 원님 앞에서 겨우 제 아버지와 할아
버지의 이름자만 대고 그치자, 가짜 옹고집은 다음처
럼 장황하게 늘어놓는다.

허옹가 아뢰되, "자하골 김등내(金等內: '등내'는 '벼슬 아치가 벼슬을 하고 있는 동안'의 뜻으로, 여기에서는 '김씨 성을 가진 전임 사또'를 가리킴) 좌정시(坐定時)에 민(民: 옛날에 원님 앞에서 백성이 자기를 이르는 말)의 애비가 좌수를 거행하올 때에 백성을 애휼(愛恤: 불쌍히 여기어 은혜를 베풂)한 공으로 하여금 연호잡역(煙戶雜役: 옛날에 일반백성들의 집집마다 부과하던 여러 가지 잡다한 부역)을 삭감하였기로 경내 유명하오니, 옹돌면 제일호 유학(幼學: 옛날에 벼슬을 하지 않은 선비)에 옹고집이라. 고집의 연(年: 나이)이 삼십칠이요, 부(父) 학생(學生: 생전에 벼슬 못하고 죽은 사람을 높여 부르는 말)에 옹송이오니 절충장군(折衝將軍: 조선시대 정3품의 무반벼슬)하옵고, 고조는 맹송이요, 본은 해주오며 …(중략)… 또 민의 세간을 아뢰리다. 곡식 두태(豆太: 콩과 팥) 합하여 이천 백석이요, 마구에 기마가 여섯 필이요……"[11]

11) 정주동 교주, 같은 책, 284-285쪽.

당연히 가짜 옹고집의 이러한 진술이 훨씬 더 진짜처럼 느껴진다. 결국, 원님은 가짜 옹고집의 편을 들어주고 진짜 옹고집은 곤장을 삼십 대나 맞은 끝에 울며 겨자 먹기로 제 스스로 가짜 옹고집이라고 시인하고 쫓겨난다. 그러나 가짜 옹고집이 이렇게 진술한 것이 그저 진짜 옹고집을 몰아내기 위한 수단으로만 여겨져서는 이 작품을 제대로 보는 것이 아니다. 찬찬히 뜯어보면 더 깊은 뜻이 발견된다.

맨 먼저 옹고집의 아버지 이야기를 하는 데 유념해 보자. 자신의 신원을 밝히는 당연한 절차 가운데 드러난 일이지만, 이상하게도 그의 아버지는 '백성을 애휼한 공'이 있는 사람임이 강조된다. 옹고집의 집안이 그만큼 유명해진 것은 모두 그 아버지가 좌수로 있을 때에 백성들을 불쌍히 여겨서 베푼 덕이라는 것이다. 이는 남들에게는커녕 어머니에게조차 베풀 줄 모르는 옹고집의 모습과 극심한 대조를 이룬다. 아버지는 잘 베풀어서 유명해졌고 그 덕분에 집안이 번창했는데, 자기는 반대로 잘 베풀지 않는 것으로 세상에 소문이 나고 그 때문에 망신을 당한다.

결론적으로, 진짜 옹고집의 삶은 가짜인 데 비해, 가짜 옹고집의 삶은 진짜이다. 적어도 자신의 뿌리를 알고, 그 때문에 어느 것이 옳은지는 분간할 수 있는 조건을 갖춘 삶이기 때문이다. 좀더 살펴보면, 그는 집안 내력을 소상하게 꿰고 있고, 이 점에서 혼자 떨어져 사는 독불장군이 아님을 제대로 간파했다고 할 수 있다. 그리고 무엇보다도 중요한 점은 집안의 세세한 살림살이와 가족의 잡다한 일상들을 훤히 알고 있다는 사실이다. 이는 독선과 아집에 사로잡힌 인간으로서는 결코 흉내낼 수 없는 일이다. 어찌 보면 너무도 시시콜콜한 일들을 늘어놓음으로써 진짜 옹고집의 말문을 막아버린 것은 바로 그런 이유일 것이다.

그 후, 가짜 옹고집은 진짜 옹고집의 처를 데리고 잘 살아간다. 가짜가 진짜 행세를 하면서 생길 법한 문제를 작품에서는 전혀 그려놓지 않는다. 오히려 더 정답고 오붓하게, 자식들을 숱하게 낳는 것으로 써놓을 뿐이다. 자식이 많다는 것은 부부사이의 금실이 좋다는 말이겠다. 또, 옹고집의 처는 그 많은 자식들을 즐거운 마음으로 길러냈다고 했으니 그것으로 '행복한 삶'은 충분히 입증된 셈이다. 물론 허수아비가 낳은 허수아비 자식이라는 점이 아쉽기는 하지만, 진짜 옹고집이 집에 있을 때는 느낄 수 없었던 행복과 평화로움이 가정을 감싸는 것이다.

5. 성숙 − 진짜가 되는 길

자, 이제 이 작품의 핵심으로 여겨지는 '성숙(成熟)'을 탐색할 차례이다. 우선 말해둘 것은 성숙은 단순한 '성장'을 의미하지 않는다는 점이다. 시간이 지나면 누구나 성장은 하지만 아무나 다 성숙할 수 있는 것은 아니다. 성장이 아이를 벗고 어른으로 크는 것이라면, 성숙은 '어른스럽게' 되는 것이다. 글자대로 풀자면 하나는 '자라는' 것이고 하나는 '익는' 것인데, 자란다고 다 익는 것이 아니라는 점에 유의할 필요가 있다. 어른이 되어서도 어린 아이 생각만도 못한 치졸한 사람이 있고, 세상 이치를 파악하는 데 중학생만큼도 못한 미숙한 사람이 분명 있지 않은가 말이다. 앞서 말한 대로 진짜 옹고집이 참된 자신의 모습을 망각하고 헛된 삶을 살았다면 분명히 미흡한 삶이겠는데, 뜻밖의 시련을 겪은 옹고집은 어렵사리 그 성숙의 문을 향해 나아가게 된다.

무지한 고집이놈 인제는 개과(改過)하여 애통하는 말

이, "나는 죽어 마땅한 놈이거니와, 당상(堂上) 학발(鶴髮: 학처럼 하얀 머리칼) 우리 모친 다시 봉양하고지고. 어여쁜 우리 아내 월하(月下: '월하노인'. 곧, 중매를 맺어준다는 전설상의 노인)의 인연 맺어 일월로 본증(本證) 삼고 천지로 맹서하여 백년종사하였더니 독수공방 적막한데 임 없이 홀로 누워 전전반측(輾轉反側: 그리움에 잠을 못 이루고 이리저리 뒤척임) 잠 못 들어 수심으로 지내는가. 슬하의 어린 새끼 금옥같이 사랑하여 어를 제 '섬마둥둥 내 사랑 후두둑 후두둑 엄마 아빠 눈에 암암' 나 죽겠네. 아마도 꿈인가 생신가 꿈이거든 깨이거라." [12]

▲ 아동용 『옹고집전』의 표지. 소설가 이청준이 쓴 판소리 동화 『옹고집이 기가 막혀』의 표지인데, 원님 앞에서 두 옹고집이 겨루는 장면이 재미있게 그려져 있다.

12) 정주동 교주, 같은 책, 287쪽.

옹고집이 가짜로 몰려 쫓겨나면서 후회하는 대목이다. 보다시피 어머니, 아내, 자식에 대한 사랑을 절절하게 읊고 있다. 항용 절체절명의 위기에 처하면 누구나 자신이 잘못한 점을 후회하게 된다지만 옹고집의 경우는 천만의외이다. 바늘로 찔러도 피 한 방울 날 것 같지 않던 그의 입에서 그런 말이 줄줄 나오다니 놀랍지 않은가. 이제야 참된 사람이 될 조짐을 보인다 하겠는데, 그러나 그 정도만으로 성숙을 이루게 해서는 좀 싱겁다 하겠다. 모든 것이 익는 데에는 시간이 걸리는 법.

옹고집은 모든 것을 다 빼앗기고 세상을 버리고 깊은 산 속으로 들어간다. '세상에 살아 무엇하리. 애고 애고 내 팔자야' 라는 자탄으로 보아 거의 자포자기 상태로 보아도 좋겠다. 그러나 깊은 숲 속은 본래 조용하고 무서운 곳이다. 자신의 내면을 들여다보면서 깊이 생각할 수 있는 곳이면서 한편으로는 어떤 뜻밖의 사태를 만날지 모르는 곳이라는 말이다. 따라서 이야기에서 깊은 숲 속이나 넓은 바다 같은 곳으로 간다고 하면, 무언가를 탐색하는 과정이기 쉽다. 그는 거기에서 통한의 눈물을 흘리며 슬피 운다. 빈 산에 대고 한없이 울어대는 것이다. 이쯤 되면 성숙을 이루기 위해 한 발짝 더 다가선 셈이다.

이때를 놓치지 않고 앞서 도술을 걸었던 도사가 등장하고, 옹고집은 그의 앞에 가서 공손하게 합장배례한다.

이렇듯 슬피 울 제 한 곳을 바라보니 층암절벽상에 백발도사 높이 앉아 청려장(靑藜杖)을 옆에 끼고 반송(盤松) 가지를 휘어잡고 노래로 하는 말이,

"후회막급이로다. 하늘이 주신 죄를 수원수구(誰怨誰咎:누구를 원망하고 누구를 허물할까?) 하단말가."

실옹가 듣기를 다하여 천방지방 도사 앞에 급히 나아가 합장배례하며 공손히 하는 말이,

"이놈의 죄를 생각하면 천사(千死)라도 무석(無惜: 아까울 게 없음)이요 만사(萬死)라도 무석이나 명명하신 도덕하에 제발 덕분 살려 주오. 당상의 늙은 모친 규중의 어린 처자 다시 보게 하옵소서. 원견지(願見之)하온 후 돌아가도 여한이 없을까 하나이다. 제발 덕분 살려주옵소서."[13]

13) 정주동 교주, 같은 책, 289쪽.

이로써 공연히 승려를 모욕했던 과거의 잘못을 말끔

히 씻어낸다. 그리고 노모와 처자식을 한번만이라도 보게 해준다면 죽더라도 여한이 없다며 사정사정하게 된다. 이 정도면 누가 보아도 '새 사람'이 된 새로운 옹고집이다. 도사는 부적을 하나 주어서 옹고집의 살 길을 틔워주고, 옹고집은 집으로 돌아와서 '진짜 옹고집'의 자리를 되찾는다. 그러나, 이 과정은 잃었던 것을 되찾는 것이 아니다. 단순 회귀나 회복이 아니라 질적인 비약이 있음을 잊어서는 안 된다. 전에는 비록 진짜 옹고집이라고는 해도 그 삶이 가짜였지만, 이제는 진짜 옹고집의 진짜 삶을 얻어낸 것이다.

세상을 살다보면 가짜 삶으로의 유혹이 너무도 많다. 그러나 거기에 빠져버리면 비록 제 뜻대로 움직이며 저의 삶을 사는 듯하지만, 실상은 자기다운 삶을 살 수 없게 되고 만다. 『옹고집전』은 진짜와 가짜를 오가는 단순한 과정을 통해, 참된 자신을 찾을 것을 촉구한다. 제 자리를 찾지 못하면 자기 자신에게나 그 주위 사람에게나 씻을 수 없는 고통만을 안겨줄 뿐이다. 이 점에서 가면을 벗고 제 자신을 찾으라는 메시지가 강하게 다가온다. 그러나 그 과정은, 옹고집이 보여준 대로, 매우 고통스러운 것이다. 모든 것을 잃고서야 가짜 딱지를 뗀 옹고집이 그것을 웅변으로 보여준다. 성장은 아무에게나 있지만 성숙은 깨닫는 자만의 몫임을 새삼 실감나게 해준다.

이쯤에서, 앞서 살펴본 〈괴상한 쥐 이야기〉와 이 『옹고집전』과의 차이점을 짚고 넘어가야겠다. 〈괴상한 쥐〉에 나오는 주인영감과 『옹고집전』의 옹고집이 동궤

에 서는 인물임은 새삼 강조할 게 없겠지만, 그 둘 사이
에는 상당한 차이가 있다. 물론 『옹고집전』이 다른 소
설 작품에 비해볼 때 분량이나 서사에서 뒤떨어지는
면이 많아서 설화적 틀을 많이 못 벗은 것도 사실이다.
하지만 양자간의 분명한 차이는 바로 이 '성숙' 과정에
있다. 설화에서는 단순히 쥐가 사람으로 변했다가 다
시 쥐로 돌아가는 과정만이 보일 뿐, 그것 때문에 촉발
되는 주인공의 내적 변모는 간과되고 만다.

그러나 소설 『옹고집전』은 철저하게 자기반성을 이
끌어내는 데 주력한다. 굳이 둘을 나누자면 설화가 변
신(變身)이라는 환상적인 이야기에 치중한다면, 후자
는 개심(改心)이라는 현실적인 이야기에 치중한다. 쥐
가 사람으로 변했다가 다시 쥐로 돌아간다는 내용은
어린 아이들이 관심을 가질 법한 황당한 이야기로 들
리지만, 사람이 제 자리를 찾아가는 과정을 통해서 마
음을 고쳐먹는다는 설정은 훨씬 그럴듯하게 들린다.
그리고 이 과정에서 자기 외부에 있는 악인과의 대결
을 통해 승리를 이끌어내는 방식이 아니라, 자기 내면
에 드리워진 추악한 면과 맞서게 하여 깊은 성찰을 유
도한다.

그렇다면, 이 글을 쓰고 있는 필자나 읽고 있을 독자
나 자신의 삶이 진짜임을 확신할 수 있는 사람이 얼마
나 될까? 맨 처음에 제기한 이 문제가 머릿속에 오래도
록 새겨지는 것은 그것이 그만큼 어렵기 때문이다. 다
른 고소설들이 주인공에 맞서는 악인을 내세워서 모든
악을 상대에게 투사(投射)하고 자신의 선(善)을 지켜내

는 데 안간힘을 쓰는 동안, 『옹고집전』만큼은 주인공의 내면에 저도 모르게 쌓여 있는 악과의 대결을 힘겹게 펼쳐나간다. 그리고 옹고집이 겪어온 길이, 사실은 참된 인간을 지향하는 모든 이들이 귀기울여야 할 대목이 아닌가 한다.

지은이 **이강엽**

연세대학교 국어국문학과를 졸업하고
같은 대학원에서 석사 · 박사학위를 취득했다.
현재, 대구교육대학교 교수.
「판소리 사설의 문체연구」, 「군담소설 연구 방법론」 등
다수의 논문을 썼고, 저서로는 『토의문학의 전통과 우리 소설』(태학사,
1997), 『바보 이야기, 그 웃음과 참뜻』(평민사, 1998) 등이 있으며,
어린이를 위한 인물 삼국유사(전3권, 『임금을 내리소서』,
『이 일을 이룬다면 무엇인들 두려우랴』, 『정성이 하늘을
움직이도다』, 웅진출판사, 1996)를 펴낸 바 있다.

이강엽의 고전 여행 시리즈

강의실 밖 고전 여행③

초판 1쇄 발행일   2001년 6월 25일
초판 2쇄 발행일   2005년 11월 25일
지은이   이강엽
펴낸이   이정옥
펴낸곳   평민사

주소   서울특별시 서대문구 남가좌2동 370-40 (우: 120-122)
전화   (02)375-8571(代) 팩스   (02)375-8573
홈페이지: www.pyungminsa.co.kr
이메일: pms1976@korea.com

등록번호   제10-328호

값 8,000원

ISBN   89-7115-348-2   03810
ISBN   89-7115-310-5   (SET)

※인지가 없거나 잘못 만들어진 책은 바꾸어 드립니다.